「うわっ！　大叔父様達!?
ホントに王都に来てるし！」

「にゃ！」

「っにゃっち！」

「楽しい？」

「うっにゃっーん！」

「エマ様？　どうなってんですか、コレ？

あとアレもソレも、どうなってんですか!?」

帝国より3年ぶりに
帰ってきたカルロスの、
心からの叫びであった。

療養中(?)の
エマのお見舞い

田中家、転生する。

5

Choco
猪口

[illust]
kaworu

口絵・本文イラスト：ｋａｗｏｒｕ
デザイン：杉本臣希

CONTENTS

登場人物紹介

田中家／スチュワート家

一志／レオナルド

田中家の大黒柱。現在は辺境の領主で、魔物狩りの腕は一流。裁縫の腕は国宝級。前世も今世も娘大好きな親バカパパ。

頼子／メルサ

才色兼備な一家の元締め。元公爵家令嬢で、貴重な田中家のブレーキ役……の筈。今世の目標は孫を見ること。

航／ゲオルグ

田中家長男で、現在は魔物狩りの修行中。次期領主として、学園卒業という難関に挑戦中。目下の課題は講師の話を理解すること。

港／エマ

田中家長女で、虫大好きな研究者。巨大蚕の育成でスチュワート家の財政を支えたが、同じくらい厄介ごとを引き起こす大体の元凶。

平太／ウィリアム

田中家末弟で、3兄弟の頭脳役兼姉のパシリ。キラキラ美少年に転生するも、前世に引き続きロリコンを患う何かと残念な弟。お目当ての少女たちは兄に取られがち。

マーサ

スチュワート家のメイド。
主にエマの世話係。

ウッくん（ウデムシ）たち

ロバートの悪戯でエマにけしかけられた超貴重な虫。何故か巨大化してスチュワート家敷地内の洞窟に生息中。

コーメイ（田中諸葛孔明）

エマ（港）と仲良しな三毛猫。港を守るために転生＆巨大化し最強のモフモフに。好物は真夏に食べるきゅうり。

リューちゃん（田中劉備）

ウィリアム（ぺぇ太）と仲良しな三毛猫。前世より先見の力があり、田中家転生の未来を予見した。好物はネコ缶。

かんちゃん（田中関羽）

ゲオルグ（航）と仲良しな黒猫。やんちゃな武闘派。必殺技は無音の猫パンチ。好物はネコ缶だったが、転生後は魔物も好んで食べる。

チョーちゃん（田中張飛）

レオナルド（一志）と仲良しな白猫。お気に入りの場所はレオナルドのお腹の上。のんびり優しい。長毛種。和顔。好物はちゅ〇る。

フランチェスカ・デラクール

第一王子を支持する派閥に属する侯爵令嬢で、毎年の洗礼を仕切るナンバー2だったが、今はエマ達と仲良しのお友達。

キャサリン・シモンズ
ケイトリン・シモンズ

海に囲まれ、王国一の港を持つ貿易の街シモンズ領の双子令嬢。
何をするのも一緒。

マリオン・ベル

代々騎士団を率いる名門ベル公爵家の令嬢で、学園に通う令嬢たちの憧れの君。

アーサー・ベル

マリオンの兄で、エドワード第二王子の護衛として学園に通う。

シャルル・コンスタンティン・ロイヤル

現国王様。
戦いでは自ら前線に出る武闘派ワイルド系ガチムチイケオジ（エマ談）。

ローズ・アリシア・ロイヤル

側妃。パーティーで田中家と知り合い、以来お泊りするほど仲良し。
輝くように美しい絶世の美女。

エドワード・トルス・ロイヤル

第二王子。エマの天使スマイルの被害者。
王族としての務めと学業の両立で多忙。

ヤドヴィガ・ハル・ロイヤル

第一王女で、エマとは友達。優しいゲオルグが大好き。ウィリアムは別に……。遊び（特におままごと）には厳しい。

ロバート・ランス

四大公爵家ランス家の令息で、王族の血筋を引いている。ウデムシ紛失の罪で寒村に追放され、ダリウスとして老人たちと暮らしている。

ヨシュア・ロートシルト

スチュワート家が作った絹を売る商人の息子。エマが好きすぎて時々暴走するが、本人もとても優秀な商人。エマと学園に通うために爵位を買った。

ハロルド

スラムで子供たちと暮らしている。インテリ系サブカルイケオジ（エマ談）。
絵の腕と絵の具づくりの技術でロートシルト家と専属契約を結び、スラムの復興中。

ヒュー

ハロルドとともにスチュワート家に救われたスラムの少年。
屋敷に出入りするニンジャたちの教えを受け、密偵として活躍中。

タスク・ヒノモト

皇国の第一皇子。
言語の壁で交易の難しい皇国を背負って立つ秀才……なのだが、幸か不幸か田中家に巡り合ってしまう。

マサノリ・フクシマ

皇国の将軍の家臣にして、魔物討伐の責任者。
一家の護衛兼案内としてオワタ伐採についていく。

ヒルダ・サリヴァン

メルサの母。
マナーの鬼と恐れられる社交界の権威。
孫娘（エマ）更生のためマンツーマン指導中。

オリヴァー

メルサの元婚約者で、今は王国の外交官。皇国に着いてくるも言葉が通じず環境にも慣れずで苦戦中。

ゲイン

レオナルドの父親の弟。次男。エマ大好き四天王の脳筋担当。
ちっちゃなことは気にしない豪快な性格。見た目はマフィアのボス。

ザック

レオナルドの父親の弟。三男。一族の貴重な賢い人枠だが、エマ大好き四天王の一人。見た目はマフィアの参謀。

ギルレモ

ザックの息子で、レオナルドとは２つ違いの従兄。父子揃ってエマ大好き四天王の一人。見た目はマフィアの幹部。

アーバン

レオナルドの弟。王都に留学していたが、三兄弟の学園入学に合わせてパレスの領主代行をしている。エマ大好き四天王の一人だが、他の３人に色々と押し付けられがち。

第七十二話　啓示。

王都教会大聖堂。

ここには帝国《ていこく》よりもたらされた聖杯《せいはい》が保管されている。

王国にある唯一《ゆいいつ》の聖遺物。

この日、厳重に管理されているはずの聖杯に異変が起きた。

「主教様！　大変でございます！」

普段《ふだん》から大きな声を上げることのない修道女が慌《あわ》てた様子で主教の部屋に飛び込《こ》んでくる。

「そんなに慌ててどうしまし……！」

「とにかく早くこちらへ！」

修道女は主教の声を遮《さえぎ》り、半ば強引《ごういん》に聖杯を保管してある部屋へと促《うなが》す。

ずんぐりむっくりとした主教は、久しぶりの駆《か》け足に息を上げながら修道女の後を追う。

「なっ！　誰《だれ》がこんなことを……」

聖杯の中に赤い液体。

普段、聖杯は空の状態で保管されており、中身が満たされるのは王族の洗礼式に使われる時のみである。

「教主様、誰も、決して誰もここにはおりませんでした。突然《とつぜん》、勝手に中身が湧《わ》き出てきたのでございます！」

修道女は主教の問いに必死で首を振《ふ》る。

聖杯に悪戯《いたずら》するなんてありえない。

そんな神を冒涜《ぼうとく》する行為《こうい》がここにいる者にできる訳がないと。

「では、なぜこんな……」

「！　見て下さい！　杯の中身が！」

修道女が聖杯を指差す。

「なっ！　なんてことだ……」

聖杯の中の赤い液体はまるで湧き水のようにどんどん杯を満たしてゆく。

「教主様！」

数秒もしないうちに、赤い液体は杯すれすれにまで到達《とうたつ》し、そのままゆっくりと溢《あふ》れ決壊《けっかい》した。

杯から湧く赤い液体は、まるで意思を持っているかのようにじわりじわりと杯の下に敷《し》かれていたクロスを染め始める。

「これは！」

クロスに染められたシミに主教が気付く。

「古代帝国語？」

シミは単なるシミではなく、文字として読み取ることができた。

「神の……啓示《けいじ》……なのか？」

主教は腰《こし》を抜《ぬ》かし、ペタンっとその場に尻《しり》もちをつく。

「こんなこと、初めてだ……」

真っ赤なシミは、古代帝国語で一人の少女の名前を記していた。

教主も記憶《きおく》に新しい、少し前に話題になった少女の名前である。

王族の洗礼以外では満たされることのない聖杯に起きた奇跡《きせき》。

だが、この少女なら納得《なっとく》がゆく。

「ふ、触《ふ》れを出さなくては！　王国に神の認めた聖女が現れたと！　よ、よし早速《さっそく》……？　あれ？」

さっきまでいた修道女の姿がない。

「どこに行った？　いや、それどころではない」

主教は聖杯とシミのできたクロスを握《にぎ》り、部屋を出た。

奇跡を目《ま》の当たりにし興奮していた主教は、いつの間にか聖杯の中身が空になっていることを気に留めることはなかった。

全《すべ》ては神の御心《みこころ》のままに。

第七十三話　聖女。

「一体どういうことだ⁉　教会から聖女を認めたなどという触《ふ》れが出ただと？　帝国人《ていこくじん》が来る前まであれだけスチュワート家のエマは聖女ではない。街中の噂《うわさ》は遺憾《いかん》に思うとかなんとか言っていたのに、今さらこのタイミングで発表されては守れるものも守れなくなるではないか！」

詳細《しょうさい》は別室で、と言われ晩餐会《ばんさんかい》の広間から移動した後に国王の怒《いか》りは爆発《ばくはつ》した。

「そうです！　前もって分かっていれば国民にエマのことは話さないようにと王家から箝口令《かんこうれい》を敷《し》くこともできたのに……。しかも、陛下に事前の連絡《れんらく》すらせずに国民へ発表するなんて非常識ではないか！」

一年前まで第二王子は喜怒哀楽《きどあいらく》が欠落しているなどと言われていたエドワード王子も、国王に続いて怒りを隠《かく》そうともせずに宰相《さいしょう》に詰《つ》め寄る。

「陛下、殿下《でんか》。落ち着いて下さい」

「「これが、落ち着いていられるか‼」」

宰相が宥《なだ》めるも、国王も王子も聞く耳を持たない。

これまで王家を支えてきた宰相は困惑《こんわく》する。

王族が貴族とはいえたかが一国民に、ここまで擁護《ようご》するだけでなく感情的になるのはあまり褒《ほ》められたことではない。

宰相自身は、まだ噂のエマ・スチュワート伯爵令嬢《はくしやくれいじょう》を見たことがない。

必要最低限の社交の場にしか現れないが、その姿を見た者達からは賞賛ばかりが目立つ噂の伯爵令嬢。

なんとも胡散臭《うさんくさ》い。

宰相は心の中で呟《つぶや》く。

なにせエマ・スチュワートが珍《めずら》しく出席した夜会では、ちょっとした騒動《そうどう》が必ず起きるのだ。

そして、その騒動が収束するころには彼女《かのじょ》の評判は爆上《ばくあ》がりし、気付けば不自然かつ驚《おどろ》くべき速さでエマ・スチュワートこそが聖女だという噂が拡散されていった。

しかも、その噂は貴族の間だけで出回るのではなく、商店街やシモンズ領の漁師、スラム街の子供達までもが彼女を聖女と呼ぶ。

めっちゃ胡散臭い。

普通《ふつう》に考えてあり得ない事だ。

が、今はそれどころではない。

教会が発表した内容を正確に伝えなければならない。

たとえ更《さら》に国王の不興を買うことになろうとも、そもそも武芸に秀《ひい》でた国王の圧が強すぎて普通に怖《こわ》いが、王国の宰相として言わねばならない。

「陛下、殿下。実は……その、教会が聖女として発表したのはエマ・スチュワートではないのです」

そう、今や王国中に広まりつつある【エマ・スチュワートは聖女】説を嘲笑《あざわら》うかのように、教会はあろうことか別の少女の名を聖女として発表したのである。

「「は？」」

国王と王子は気の抜《ぬ》けた声を揃《そろ》って発し、どういう事だと再び宰相に詰め寄る。

「おいおいおい。エマちゃんが聖女じゃないだと？　そんな訳あるか⁉　エマちゃんより、謙虚《けんきょ》で繊細《せんさい》で清らかな美少女なんていないだろう？」

「エマが聖女に決まっている！　エマ程《ほど》、淑《しと》やかで優《やさ》しくて、儚《はかな》げな美しい少女は王国にはいない！　断言する！　一体何を見ているのだ教会は⁉　教会の目は節穴か⁉」

聖女と言っても怒《おこ》るし、聖女ではないと言っても怒る…………こいつら面倒臭《めんどうくさ》いな。

こっそり宰相は心の中で思った。

「私に言われましても困ります。事実、違《ちが》うのですから。教会が聖女として名前を上げたのは、スカイト領のファアナという少女です」

名字はない、ただのファアナだ。

怒り狂《くる》っていた国王と王子だったが、スカイト領のファアナと聞いた途端《とたん》に黙《だま》り込《こ》む。

「もしかしなくても……あの、ファアナか？」

違うとでも言ってほしそうに国王が低い声で宰相に尋《たず》ねる。

「あの、ファアナでございます」

残念ながら宰相は国王の願う答えを返せない。

「一体何なのだ、あの少女は……」

フーっと息を吐《は》き、国王は宰相に詰め寄るのを止《や》めて深く椅子《いす》に腰《こし》を下ろす。

王子も国王に倣《なら》い椅子に座《すわ》るが、なんとも居たたまれない複雑な表情を浮《う》かべている。

「目の上のたんこぶってのは積み重なるものなのか？　ただでさえあの娘《むすめ》の扱《あつか》いに悩《なや》んでいるというのに……」

国王も、王子もそのファナという少女を知っていた。

苗字《みようじ》もない貴族ですらないその少女をなぜ知っているのかというと、話は今年の学園入学を祝うパーティーまで遡《さかのぼ》る。

そう、エマが第一王子派の洗礼としてフランチェスカにワインを溢《こぼ》された、あのパーティーだ。

スカイト領のとある男爵の息子《むすこ》がエスコートしてその少女はやって来た。

招待状もなく、名字もない、出自すら不明だという少女は、普通なら絶対に王城へなど入れもしない存在である。

そんな少女の入城を可能にしたのは、その驚くべき容姿に他ならない。

少女の瞳《ひとみ》が黒かったのだ。

この国では漆黒《しっこく》の瞳は王家の象徴《しょうちょう》である。

ただの一般庶民《いっぱんしょみん》が瞳に【漆黒】を持って生まれるなんて絶対にありえないことだった。

髪色《かみいろ》も真っ黒ではないものの黒に近い濃《こ》い茶色で、これも王家の血を感じずにはいられない。

当然のように少女を見た人々は騒然《そうぜん》とし、パーティーの最中にもかかわらず国王の耳にも入ることとなった。

様々な憶測《おくそく》が飛び交《か》う前にとすぐさまファナは王家によって保護され、更には目撃者《もくげきしゃ》には箝口令も敷かれる徹底《てってい》ぶりであった。

その後、彼女の噂をする者は厳しく取り締《し》まられることになる。


エスコートしてきた男爵の息子曰《いわ》く、少女は森の中で一人住んでいたらしい。

男爵である彼《かれ》の父親が魔物《まもの》狩《が》り中に森で迷った時に助けてもらい、その容姿に気付き驚いた。

この少女は、王家に連なる高貴な姫《ひめ》に違いないと。

丁度息子が学園に入学する時期で、ついでに同行させて王城の判断を仰《あお》ぐことにしたのだと。

何故《なぜ》、手紙を寄越《よこ》さない⁉

この時国王は頭を抱《かか》え、男爵の息子を他にやりようがあっただろうと咎《とが》めた。

事前に報《しら》せるべき事案であり、こんなパーティーにいきなり放《ほう》り込むなんてどういうつもりなんだと。

「お言葉ですが、王家のお家騒動に手を尽《つ》くす暇《ひま》は、スカイト領にはないのです。連れてきただけでも感謝してほしいものです」

怒りを顕《あらわ》にする王に男爵の息子は冷ややかだった。

「父は魔物によって弟を三人失い、自身も左腕《ひだりうで》を失った。それでも魔物の出現するスカイト領主を辞することは認められなかった。ここ王都にはバカみたいに着飾《きかざ》って踊《おど》る貴族で溢《あふ》れかえっているのに、誰《だれ》も父の役目を代わろうなんて人はいない。最近は魔物の動きが活発だというのに王家は役にも立たない騎士団《きしだん》を送るだけで根本的な解決策を考えようともしない」

魔物の出現する領を持つ領主はどこも大変だ。

命の危険と隣《とな》り合わせの魔物狩りに財政難で王国からの支援《しえん》は殆《ほとん》どない。

誰もがそれを知っているからこそ、王都の生活を捨ててまで魔物の出る領主を願い出る貴族はいない。

そんな中で、現れた黒い瞳の娘。

王家の誰かの御落胤《ごらくいん》だろう。

やってられるかって言いたくもなる。

「とにかく、無事に送り届けましたから。彼女の事はきちんとしてあげて下さい」

そう言って、黒い瞳の娘の肩《かた》に手を置く。

「ファナ、と申します。ずっと森で祖母と二人で暮らしておりましたが、祖母が一年前に亡《な》くなり、今は一人です」

娘は国王の前だというのに臣下の礼もせず、勝手に自己紹介《しょうかい》を始めた。

礼儀《れいぎ》がなっていないというよりも臣下の礼も基本的なマナーも知らないのだろう。

両親の事は何も覚えておらず、物心ついた頃《ころ》には祖母と二人で暮らしていたという。

紛《まぎ》れもない漆黒の瞳の娘。

髪ならば炭で色をつけたかと疑いもできるが、瞳は手を加えて色を変えられるものでない。

ここまで明確に王家の血筋である証拠《しょうこ》を見せられては、王も認めざるを得なかった。

　こうしてファナは一時、王城で預かることになったのだ。

　今は人目に晒《さら》されないように王城の奥《おく》の部屋を手配し、王家の血筋と確定した場合に備え礼儀作法の教師をつけ、最低限の作法を詰め込ませている。

　箝口令は貴族達がファナについて表向きは口を出せないようにすることはできるが、あくまでも表向きだけの措置《そち》だ。

　裏では皆《みな》が知っている。

　その上で教会はなぜ箝口令を無視してファナの名前を出したのか。

　何か我々の関知していない情報でも掴《つか》んでいるのか。

「どうしたものかな……」

　国王はファナが現れた時のことを振《ふ》り返り、更にその後の苦々しい会話を思い出していた。

◆　◆　◆

「私も確認《かくにん》したが、皆が騒《さわ》ぐ通り黒に近い髪色に漆黒の瞳の少女だった。……一応言っておくが……………私の子ではないぞ？」

　学園入学を祝うパーティーの後、宰相から国王と一緒《いっしょ》に説明を受けたローズとエドワードは、なんとも冷たい視線を国王に向けていた。

「いや、ホントに……」

「「…………」」

「ろ、ろーず？　信じてくれるよな？」

「「…………」」

「えど？」

「「…………」」

「お、おーい？」

「「…………」」

愛する嫁《よめ》と息子はただ黙って国王を見ていた。

「フ、ファナという少女の親になりうる王族は他にもいるではないか？　二人共頼《たの》むからそ、そんな目で私を見ないでくれ！　さ、宰相！　お前からも何とか……」

とんだ濡《ぬ》れ衣《ぎぬ》だと国王は説明のために同席していた宰相に助けを求める。

「もちろんでございます、陛下。実はクーデター以後、蟄居《ちっきょ》中の王兄殿下にもこの件について確認を致《いた》しましたところ……」

「お！　そうだ！　兄上！　兄上がいるではないか！」

実の弟の王位どころか命すら狙《ねら》っていたあの兄がいた。

国王は優秀《ゆうしゅう》な宰相の仕事の速さに一筋の光を見る。

「はい。王兄殿下は、この私が田舎《いなか》の庶民の女なんぞに手をつける訳がないだろう？　穢《けが》らわしい……とのご返答でした」

だが、宰相の報告は国王が期待していた助け舟《ぶね》ではなく、ただの追い討《う》ちだった。

「そうね、あの方なら、そうおっしゃるでしょうね。侯爵家《こうしゃくけ》の私ですら身分が釣《つ》り合わないとバカにしていましたもの」

性格に難有りの国王の兄カインの彼らしい返答に、ローズが頷《うなず》く。

「伯父上《おじうえ》は大変選民意識の強いお方ですから」

ローズの言葉にエドワードも同意する。

「………だからといって、私の子ではないぞ?」

「「…………」」

「っお、おい！　宰相！　ローズ達《たち》に何とか言って………!!」

「…………」

「さ、宰相よ、お前もか!?」

近しい者に裏切られた国王は情けない顔をする。

「陛下、そろそろ王妃様《おうひ》の政務が終わるころです。こちらにも報告せねばなりません」

宰相がローズに聞こえないよう国王に耳打ちする。

「びっビクトリア!?　そうだ……ビクトリアにも説明せねば……」

王妃……と聞いて反射的にビクッと体を震《ふる》わせ、裏返った声で王妃の名を発したせいで、国王はせっかくの宰相の配慮《はいりょ》を自ら台無しにする。

何年たっても王妃には頭が上がらないのである。

「陛下は言い訳する方が多くて大変ですわね？」

焦《あせ》る国王を見てローズがぷくっと頬《ほお》を膨《ふく》らませて睨《にら》む。

「ち、違うんだ！　ローズ、信じてくれ！」

「…………………」

「拗《す》ねる姿も可愛《かわい》い……ちょっ！　どこに行くんだローズ。まだ話は終わってないぞ！　ローズゥウゥ！」

◆　◆　◆

たしか……あれから三日間ローズは口を利《き》いてくれなかった。

あのぷくっと膨らんだ頬はめちゃくちゃ可愛かったが、真似《まね》して娘のヤドヴィガまで口を利いてくれなくて散々だった。

ちょっと夜寝《ね》る前に枕《まくら》を濡らしてしまった。

……と、あの日のことを思い出して項垂《うなだ》れる国王に嘆息《たんそく》し、第二王子エドワードは東側にある窓へ目を向ける。

皇国のある方向だ。

そういえば、いつもエマは聖女と呼ばれるたびに否定していたな……と王子は気付く。

顔を赤らめて、畏《おそ》れ多いとでも言いたげに少し怒ったような表情で……。

その奥ゆかしい心こそが聖女そのものだと皆が納得《なっとく》してしまい、否定すれば否定するほど逆効果になっていたが……。

あの時の必死な顔は本当に可愛くて、ふわふわと優しい気持ちになった。

ああ、会いたいな。

エマに会いたい。

予定では、もう帰国の知らせが届いていてもおかしくない時期である。

それなのに何の音沙汰《おとさた》もないということは、もしや何か帰れなくなるような問題が発生したのだろうか。

「エマ、どうか無事で帰ってきてくれ」

東の空に、王子は懸命《けんめい》に祈《いの》った。

第七十四話

鬼の形相。

白いご飯。

醤油《しょうゆ》や味噌《みそ》を使った魔物《まもの》肉料理。

ここ掘《ほ》れにゃんにゃんで猫《ねこ》が掘り当てた天然温泉。

「皇国……最高……もう、移住したいかも……」

梅干し入りのオーソドックスなおにぎり片手にエマは満足そうに呟《つぶや》く。

「うん、それも良いかもね」

エマの呟きにレオナルドが答えると、他の家族もたしかに……と頷《うなず》いている。

「エマ様、お茶が入りましたよ」

ヨシュアがそっとエマに『リョクチャ』と呼ばれている皇国のお茶を出す。

王国とは違《ちが》った緑色のお茶に初めは驚《おどろ》いたものの、エマが美味《おい》しそうに飲んでいるのを見たヨシュアは迷うことなく直《す》ぐに茶葉を買い、淹《い》れ方を覚えた。

「ありがとう、ヨシュア。ヨシュアが淹れてくれたお茶って美味しいのよね！　紅茶も『リョクチャ』も……何が違うのかしら？」

右手におにぎり、左手に淹れたての緑茶を持ってエマが嬉《うれ》しそうに笑う。

「はぁ……『オニギリ』と『リョクチャ』の組み合わせ最高……」

「「分かるぅー」」

ゲオルグとウィリアムもご満悦《まんえつ》の表情を浮《う》かべている。

現在一家は皇国生活を満喫《まんきつ》しまくっている。

夢にまで見たお米が皇国に来て食べ放題とまではいかないものの、一日一食は食べられるのだ。

皇国マジ最高。

「エマ様、お茶なら僕《ぼく》が毎日でも淹れて差し上げますよ」

ヨシュアのお茶が美味しいのは、食糧難《しよくりようなん》の皇国で手に入れられる中での最高級の茶葉を使い、完璧《かんぺき》なマニュアルのもとで淹れられ、エマの好みの温度にドンピシャで合わせたタイミングで提供されるからである。

エマの笑顔《えがお》のためならばお茶を淹れることすら手を抜《ぬ》かない。

その努力を気取らせない。

それがヨシュアだ。

いつか、ヨシュアなしでは生きてはいけないと思われるまで、いや、思われたとしても更《さら》にヨシュアの甘《あま》やかしは続くだろう。

何が違うかと問われれば、愛の重さが違うのである。

「ふふふ。ヨシュアったら、面白《おもしろ》いこと言うのね」

だが、悲しいまでにエマには届かない。

もはやプロポーズと言っても過言ではない言葉も、エマは華麗《かれい》にスルーした。

前世で命を落とした三十五歳《さい》まで結婚《けっこん》もせず逞《たくま》しく生きてきた田中港《たなかみなと》ことエマは手強《てごわ》い。

「エマ様の笑顔……天使……」

そして、数々のヨシュアの努力はエマが一回笑うだけでお釣《つ》りが来るほどの幸せを彼《かれ》に与《あた》えるのであった。

「和《なご》むな―――！」

そんな平和なのんびりとした雰囲気《ふんいき》を、外交官として同行していたオリヴァーが壊《こわ》す。

彼が叫《さけ》ぶのは無理もないことで、実は既《すで》にオワタを倒《たお》して一か月が過ぎようとしていた。

目的を達したのだから一か月前には王国に帰ることができた筈《はず》なのに、未《いま》だに一家は皇国に居座っていたのであった。

「…………ああ、オリヴァー。いたの？」

気付かなかったと言わんばかりにメルサが冷たい視線を送る。

食事中なのだからもう少し静かにしてほしいものだ。

「ずっといたわ‼　メルサ！　オワタを倒してどれだけ経《た》っているか知らないのか⁉　今すぐ王国へ帰ったとしても社交シーズン終わってるぞ‼」

サクッと一家がオワタを倒したものだから、諦《あきら》めていた今年の社交が叶《かな》うかもしれないと思っていたオリヴァーは期待が外れ、イライラしていた。

帝国《ていこく》の使者や商人がこぞって王国に来るこの時期は、王国貴族にとって帝国との繋《つな》がりを持つ格好の機会なのであった。

帝国人との交流が上手《うま》くいけば、相場より安く帝国産の綿を手に入れることができる。

手に入れた綿は王国が買い取ってくれ、貴族にとってはちょっとした小遣《こづか》い稼《かせ》ぎとなる。

そのため地方の領主も苦しい財政を補填《ほてん》すべく王都へ集まるので社交シーズンは人がゴミのようだと言いたくなるくらいには人口が増える。

外交官であるオリヴァーにとっても、王都滞在《たいざい》中の帝国の使者に顔を覚えてもらう大事な機会を逃《のが》したことになる。

「オリヴァーは先に一人で帰っても良かったんだぞ？」

レオナルドがエマの作ったフリーズドライの味噌汁《みそしる》の試食をしながら、妻の名を軽々しく呼び捨てするのはやめてくれ、と嫌《いや》そうな顔をしている。

「外交官が一人でおめおめと先に帰れるものか⁉　私が皇国に馴染《なじ》めずに耐《た》えきれず逃《に》げたと思われるだろう！」

オリヴァーの顔が羞恥《しゅうち》と苛立《いらだ》ちで真っ赤に染まる。

外交官として長年働いて来たプライドが、皇国の生活に己《おのれ》だけ馴染めない日々にじわじわと傷ついていた。

「………辛《つら》かったら帰ってもいいんだぞ？　逃げることは決して悪いことではないのだから」

皇国に来てから二か月でげっそりと痩《や》せてしまったオリヴァーの肩《かた》にゲオルグがポンと手を置く。

なにせ周りは言葉の通じない皇国人しかいない。

スチュワート家ができるなら自分だってできると意気込《ご》んでいたオリヴァーに現実は厳しかった。

どれだけ皇国にいて、どれだけ皇国人に囲まれ、どれだけ皇国語が行き交っている環境《かんきょう》に身を置いても何の取っ掛《か》かりも掴《つか》めず、理解なんて程遠《ほどとお》く、簡単な挨拶《あいさつ》ですら正しく発音できない。

もう、辛くて悔《くや》しくて帰りたくて仕方がないのだ。

それなのに、

「何故《なぜ》、お前達《たち》は帰らないのだ⁉」

王都が無性《むしよう》に恋《こい》しいオリヴァーはホームシックに罹《かか》っていた。

「不味《まず》くはないが、食べ慣れない食事。建物に入る度《たび》に靴《くつ》を脱《ぬ》ぐ奇妙《きみよう》な習慣。夜な夜なショキショキうるさい何か。王国より国土が狭《せま》いせいで結界が近く魔物が出ないかという不安……とかはないのか⁉」

我慢《がまん》に我慢を重ねてきたオリヴァーの不満が爆発《ばくはつ》した。

しかし、オリヴァーは皇国に来てから特に何もしておらず、ただの八つ当たりに近い。

「皇国のご飯……最高に美味しいですよ？」

ウィリアムがおにぎりの具の梅干しに口をすぼめながらオリヴァーに答える。

「え？　靴脱ぐ方が衛生的では……？」

メルサも二つ目のおにぎりに手を伸《の》ばしながら答える。

「魔物が身近にいるのは普通《ふつう》だし？」

レオナルドとゲオルグが三つ目のおにぎりに手を伸ばしながら答える。

「くっ、なんなんだっ！　この無神経な家族は！　おい、そこの商人！　お前だって早く帰りたいだろう⁉　商人のくせに社交シーズンによく王都を出られたな？　こんな皇国で油売っている場合か？」

王都よりもむしろのびのびと暮らすスチュワート家では話が通らないとオリヴァーはヨシュアに矛先《ほこさき》を変えた。

「……え？　まあ、今年の帝国の綿は品質最悪で、しかも価格が高騰《こうとう》していると事前に情報を掴んでいますから。帝国の言うままに綿を買っていたら今頃《いまごろ》大損していますよ？　帰れば分かることですが、オリヴァー様は王都に居なくて正解だったかと……。まあ、僕はエマ様が側《そば》にいるならどこだろうと幸せです」

ヨシュアはキリっとエマの隣《となり》に陣取《じんど》って、緑茶のお代わりを注いでいる。

ライバルがいない今こそ出し抜くチャンス！　とでも言わんばかりの献身《けんしん》っぷりである。

「そんなことより、オリヴァーおじ様！　そのショキショキっていうの、詳《くわ》しく教えていただけますか？」

ヨシュアの口説き文句は完全スルーのエマだったが、オリヴァーの文句に興味を引かれていた。

一家は現在、エドではなくオワタで作った村（キャンプ地）で寝泊《ねと》まりしており、オリヴァーと会うのも久しぶりであった。

オワタを倒したと言っても家屋の大半は倒壊《とうかい》しており、すぐに元通りの生活に戻《もど》るのは難しい。炊《た》き出し等の配給の都合もあり、未だに皇国の民《たみ》はエドに留《とど》まっている。

そうなると皇国民にウデムシと猫達の姿は見られない方がいいだろう、ということになった。

ウデムシを見た天皇陛下と将軍閣下の反応を見て隠《かく》さざるを得なかった、とも言える。

一家は自分達で作った村に寝泊まりし、魔物を狩《か》りに行ったり、缶切《かんき》りを作ったり、のんびり夏休みを楽しんでいた。

しかし一家とは反対に、言葉が通じない上に生活様式も文化も違う異国に人間不信を拗《こじ》らせたオリヴァーは、皇国民のいるエドにいることすら堪《た》えられないと駄々《だだ》をこねはじめたのだ。

かといってオワタが群生していた場所に作られた一家が滞在している村に寝泊まりするのも、いつ魔物が現れるか分からないから嫌だという始末。

「よくぞ訊《き》いてくれた！　あの屋敷《やしき》には何かがいる。毎晩、毎晩聞こえてくるんだ」

唯一《ゆいいつ》自分の訴《うった》えに興味を持ってくれたエマに、オリヴァーは縋《すが》るように答える。

「はぁ……。オリヴァー、あれくらい我慢できないのですか？」

エマとは対照的に、母メルサの声は冷たかった。

◆　◆　◆

それは、ストレスの限界を迎《むか》えたオリヴァーが特別に屋敷を用意してもらった時から始まった。

『申し訳ございません。急なことで寝床《ねどこ》を整えることも満足にできず……』

フクシマがオリヴァーの通訳についてきたメルサに頭を下げる。

『大丈夫《だいじょうぶ》です。こちらこそお忙《いそが》しいのにうちの外交官が我儘《わがまま》なことを言いまして申し訳ないです』

この頃はまだ、オワタの伐採《ばっさい》は完了《かんりょう》しておらず、ヨシュアからオリヴァーの様子を聞いて急遽《きゅうきょ》フクシマとメルサが数人の武士を連れてエドまで戻ってきていた。

王国に一人帰るのは嫌だ。

避難民《ひなんみん》で溢《あふ》れかえるエドにいるのも嫌だ。

一家の滞在するキャンプ地も嫌だ。

イヤイヤ期かよと突《つ》っ込みを入れたくなるのをぐっと堪《こら》え、メルサは各関係者に交渉《こうしょう》してオリヴァーのために屋敷を手配してもらった。

オワタ群生地からエド、エドからこの屋敷と行ったり来たり。

朝早くに出発したが、着いた時には辺りは真っ暗になっていたため、この日はオリヴァーだけでなくメルサとフクシマ、数人の武士達と一泊《ぱく》することとなった。

ぶつぶつと文句を言い続けるオリヴァーを一番手前の部屋に押《お》し込み、メルサも割り当てられた部屋へ案内してもらう。

「完全に一人って久しぶりだわ」

オリヴァーのせいで屋敷に一泊することになり、思いがけず自由時間を得たメルサはうーんっと体を伸ばして長い馬車移動で凝《こ》り固まった体をほぐしつつ、エドに着いた時の光景を思い出していた。

丁度昼食時だったこともあり配給と称《しょう》して皇国民にナポリタンが配られていた。

ここで配られる料理はスチュワート家で洋食を学んだタロウズが中心となって調理していて、民にも評判がいいのだと場を仕切っていたカトウが教えてくれる。

「時間もできたことだし、書いちゃおうかしら。皇国で作れるヨウショクレシピ集……」

ナポリタンを美味しそうに頬張《ほおば》る人々の姿を見て、前世料理好きの主婦だった頃の得意料理が次々とメルサの頭に浮かんで、多くの人に、あのレシピもこのレシピも食べてもらいたいという欲が出てきたのだ。

カサッ
「あ、そうね？　一人ではなかったわ」

家族と離《はな》れて行動することになったメルサに付いていた、用心棒ヴァルソックこと紫色《むらさきいろ》の少々大きな蜘蛛《くも》、ヴァイオレットが顔を出す。

周囲に人気《ひとけ》がなくなったのを確認《かくにん》してスカートから出てきた蜘蛛は、ぴょんと飛び乗った机の上でメルサを見つめている。

「ふふふ、ヴァイオレット……お手伝い頼《たの》めるかしら？」

カサッ！

悪戯《いたずら》っぽく笑うメルサに答えるように、紫色の蜘蛛が跳《は》ねる。

前世で考えたレシピをより多く書き出すために、ヴァイオレットはメルサの頭へと登った。

その頃、オリヴァーはやっと静かに眠《ねむ》れると、部屋へ通されると布団《ふとん》に直行した。

しかし、（馬車に乗っただけで特になにもしていないので）眠りは浅く、深夜、奇妙な音で目を覚ます。

ショキショキショキ
なんだ？　……目を擦《こす》り、部屋を見渡《みわた》すが何もいない。

ショキショキショキ
近くで聞こえている気がするのに、音の正体が分からない。

まさか、強盗《ごうとう》か？　そうなるとゆっくり眠っている場合ではないとオリヴァーは体を起こす。

この屋敷、門は立派だったが、肝心《かんじん》の室内の扉《とびら》は木枠《きわく》に紙を貼《は》っただけの簡素な作りで、何の防犯にもなっていないのである。

鍵《かぎ》すらないこの部屋なら侵入《しんにゅう》されても不思議ではない。

「だっ、だれだ⁉」

オリヴァーは異国で賊《ぞく》に襲《おそ》われるかもしれない恐怖《きょうふ》に耐えきれず、声を張る。

ショキショキショキ
だが、オリヴァーのめいっぱいの虚勢《きょせい》にも反応はない。

この音……もしや室内ではなく、扉の……外か？

ショキショキショキ
………メルサ！

ふいに、元婚約者の顔が浮かぶ。

無事、だろうか？

男の自分でもこんなに怖《こわ》いのに、女のメルサがこの恐怖に耐えられる訳がない。

外には賊がいるかもしれない……が、オリヴァーは勇気を振《ふ》り絞《しぼ》って布団から出て部屋の扉を開けた。

だが、

「…………誰《だれ》も……いない？」

ショキショキショキ
「ひぃっ」

何もいない……のに、音だけは……変わらず聞こえていた。

これは、怖い。怖いぞ。

背筋にゾクゾクと悪寒《おかん》が走るオリヴァーだったが、そこでまた元婚約者の顔が浮かび、更に「オリヴァー助けて！」と頭の中で彼女《かのじょ》の声が聞こえた気がした。

「ま、待っていろ！」

普段は偉《えら》そうにしていても、この奇妙な音に怯《おび》えメルサが一人で恐《おそ》ろしくて泣いているかと思うと、走り出していた。

メルサの部屋の扉を勢い良く開ける。

例によって木枠に紙を張り付けただけの扉で鍵もないのだから。

だから、扉を開けて部屋に入って……。

「メルサっ無事か⁉　ぎぃやあああああああ！！」

そこで、オリヴァーは意識を手放した。

オリヴァーの悲鳴は屋敷中に響《ひび》き渡り、フクシマと武士達が何事かと駆《か》けつける。

『何事ですか⁉』

メルサの部屋の前でオリヴァーが泡《あわ》を吹《ふ》いて倒れていた。

『ああ、フクシマ様。お騒《さわ》がせして…………すみません。多分、寝惚《ねぼ》けたのでしょう』

メルサは至極《しごく》冷静な顔でオリヴァーの頬をペチペチと叩《たた》く。

「オリヴァー、オリヴァー？」

「ん？　うーん……ひぃっ」

目を覚ましたオリヴァーは、メルサの顔を見て悲鳴を上げる。

「人の顔を見て悲鳴を上げるなんて失礼な……」

メルサは呆《あき》れてため息を吐《つ》く。

「おっ……お前っメルサ！　…………ほっ本物か？」

オリヴァーは、ガバッと起き上がり焦《あせ》った表情でメルサを見る。

「何を寝惚けたことを……」

「お前っ、頭にっでっかい蜘蛛……」

気を失う前に目の当《ま》たりにした悍《おぞ》ましい光景をオリヴァーは思い出していた。

「…………頭……でも打ちましたか？」

ぐっと眉間《みけん》に皺《しわ》を寄せて、メルサはオリヴァーの口を塞《ふさ》ぐ。

『彼はなんと言っているのです？』

尋常《じんじょう》じゃなく怯えた様子を見せるオリヴァーを見て、フクシマが怪訝《けげん》そうな表情を浮かべる。

真夜中にノックもなく急にメルサの部屋の障子《しょうじ》を開けたオリヴァーの目に飛び込んできたのは、巨大《きょだい》な蜘蛛を頭にのせ、一心不乱に目にも止まらぬスピードで自慢《じまん》のレシピを書きまくっているメルサの姿であった。

その世にも恐ろしい姿にオリヴァーは失神したのだ。

「オリヴァー、女性の部屋へノックもなしに入るなど何を考えているのです？　しかも、こんな夜中に」

メルサからすれば迷惑《めいわく》な話である。

「わ、私は見たぞ！　頭に巨大な蜘蛛をのせたお前を‼」

「寝ぼけるのも大概《たいがい》にして下さい。何故私の部屋に？　……まさか！　夜這《よ ば》いですか⁉」

オリヴァーの蜘蛛に関する訴えを完全に無視しつつ、メルサが蔑《さげす》みの目で睨《にら》む。

「ち、違う！　変な音が聞こえたんだ！　ショキショキショキって音が！　姿は見えないのにっ音だけが！　そっそれでお前が怯えてないか心配でっ……扉を開けたら、頭にく」

「私が頭に蜘蛛をのせる訳がないでしょう？」

「いっいや。見たぞ！　確かに見たぞ！」

『彼は大丈夫ですか？』

オリヴァーの焦りように武士の一人が心配そうにメルサに尋《たず》ねる。

『……彼が言うには変な音が聞こえると。ショキショキショキと、姿が見えないのに音がすると』

メルサが意図的に蜘蛛の件は排除《はいじょ》して通訳すると、フクシマと武士達は一斉《いっせい》に笑い出す。

『それは多分……小豆《あずき》あらいでしょう……無害な妖怪《ようかい》なので大丈夫、と彼に教えてあげて下さい』

小豆あらいごときにそこまで怯えるか？　と武士たちは呆れつつ部屋へと戻っていく。

「おい！　メルサ！　なんで笑っていたんだ？　あの皇国人は⁉」

「ショキショキショキって音は小豆あらいという無害な『妖怪』だから大丈夫だと言っていました」

「よか……い⁉　なんだそれは？　魔物か？　魔物なのか？」

肝心の単語が皇国語で聞き取れないオリヴァーは、何が大丈夫なのか分からない。

「どちらかと言えばゴーストとかの部類だと思いますけど……」

この辺りで魔物が出たら大事だとメルサ。

「ゴースト！！！　危ないではないか⁉　呪《のろ》われる！　この国のエクソシストを呼んでくれ！」

オリヴァーは幽霊《ゆうれい》を信じるタイプだった。

「皇国の方達は無害だと言っていましたよ。……小豆あらい……懐《なつ》かしいわね。皇国って妖怪もいるのね……小豆とごうか人とって食おうかショキショキショキだったかしら？」

ふふふと前世を思い出してメルサが思わず口ずさむ。

「ひっ、人とって食うやつが大丈夫な訳ないだろう！」

そんなメルサにオリヴァーが震《ふる》え上がる。

「結局、小豆とぐ方を選ぶから大丈夫なのでは？　知らないけど。そろそろ部屋に戻って下さる？」

人騒がせな……とメルサ。

「いや、まだ何でお前が蜘蛛を頭にのせてい……」

「私が頭に蜘蛛をのせる訳ないでしょう！」

メルサはこの話は終わりですと、オリヴァーを無理やり部屋の外へと追い出し、ピシャリと障子を閉めた。

障子が閉まったのを確認して、机の陰《かげ》に隠れていたヴァイオレットが遠慮《えんりよ》がちに姿を見せる。

何とか誤魔化せたから大丈夫よ、とメルサは蜘蛛に笑いかけ、そろそろ寝ましょうかと大量にレシピを書いた紙を集めてカバンに入れる。

「ふぅ。本当にオリヴァーって間の悪い男ね」

夜中にノックもなく急に部屋の障子を開けるなんて旅先だろうが紳士《しんし》のする行動ではない。

学園に通っていた頃に、婚約破棄《はき》されていなければ彼と結婚することになっていたかと思うとゾッとする。

婚約破棄されて良かった。

また今の家族と一緒《いつしよ》になれたのだから。

子供達はもう寝たかしら？

レオナルドは……きっとチョーちゃんの下敷《したじ》きになって幸せそうな顔でうなされている頃ね。

夫と子供達の顔を思い浮かべながら、メルサも床《とこ》に就《つ》いた。

◆
◆
◆

オリヴァーがぐちぐちとあの日のことをエマに話す様をメルサは冷めた表情でため息を吐く。オワタも怖い、言葉が通じない皇国民も怖いからとわざわざ用意してもらった屋敷にケチをつけるなんて。

なんなら小豆あらいのほうが先住者である。

「毎晩、毎晩。ショキショキショキショキショキ…………なのに、どれだけ探しても何もいないのだぞ！　頭がおかしくなりそうだ！」

オリヴァーは未だに怖くて眠れず、すっかり睡眠《すいみん》不足である。

「……小豆あらいってゲ〇ゲのやつ？」

昔アニメ好きだったわー……と、ゲオルグは前世を懐かしむ。

「実際、『妖怪』の正体なんて自然現象か狐《きつね》か狸《たぬき》かイタチか……。勘違《かんちが》いか思い込みですよね」

ウィリアムも妖怪なんて空想ですよと笑う。

お風呂《ふろ》の垢《あか》を舐《な》めたり、おんぶしてたら重くなったり、小豆洗う妖怪よりもこっちの世界にいる魔物の方が数倍怖い。

「違う！　狐や狸も、イタチだって姿が見えるだろう⁉　勘違いでも思い込みでもないんだ！　庭も屋敷の周りも毎日くまなく探したのに、何もいないんだ！」

呑気《のんき》な兄弟に毎夜眠れないオリヴァーは必死に食い下がる。

一家がオワタを倒したり、缶切り制作に没頭《ぼっとう》する間、ずっとオリヴァーは小豆あらいを探していたのだ。

「んー……。小豆あらい、だったかー。ショキショキって言うから、てっきり虫の話かと思ったのに…………ん？」

エマは思っていた話と違う……と残念そうな顔をしたが、頭の片隅《かたすみ》に【小豆あらい】という言葉に引っ掛かりを覚える。

小豆あらいの……正体見たり……。

前世でそんな文章を読んだ記憶《きおく》が、あった……ような？

なんだったっけ？

「うーんと、えーっと……」

喉元《のどもと》まで出かかっているのに出てこない。

「こんな時にグー○ル先生がいてくれたら……」

前世の記憶ではさすがに調べようがなく、この引っ掛かりが解消されない感覚が気持ち悪くてもどかしい。

「エマ様？　どうかしましたか？」

急にぶつぶつ独り言を言い始めたエマの顔を、今世のグー○ル先生ことヨシュアが覗《のぞ》き込む。

皇国にいる間にライバルに差をつけたいヨシュアは、ググっといつもよりほんの少し距離《きょり》を縮め、顔を近くに寄せる。

「あ！」

そんな涙《なみだ》ぐましい努力をするヨシュアの顔を、エマが両手でガシッと掴んだ。

「え？　エマ様？　え？　え？　えええええええええええ!?」

いきなり顔を掴まれてヨシュアが驚く間もなく、ただでさえ近かったエマの顔が、更にどんどん近付いてきた。

「あ、あの、エマ様……あの……っつ……はっふうううう」

顔と顔が超《ちょう》至近距離まで近付いて、二人の鼻先が触《ふ》れ合うか触れ合わないかのすれすれまできて、そこで計ったようにぴたりと止まる。

っ…………これはっ……だめだ……でも、あぁっ……‼

ヨシュアは早鐘《はやがね》のように鳴る心臓に手を当て、エマの唇《くちびる》と己《おのれ》の唇の距離をゼロにしたいという欲望をギリギリで抑《おさ》えていた。

エマへの恋心《こいごころ》が体中から溢れに溢れていつだって飽和《ほうわ》状態のヨシュアに、突然《とつぜん》のご褒美《ほうび》が投入されて理性が崩壊《ほうかい》寸前にまで追いつめられている。

それでも、ヨシュアは自分からは動かない。

信頼《しんらい》と実績のヨシュア・ロートシルトは己の欲望を優先することはないのだ。

…………多分。

生殺し状態の中、今までの努力がちっぽけに思えるくらいの物凄《ものすご》い精神力を使って必死に抑えていた。

我慢だ、ヨシュア。負けるな、ヨシュア。生きろ、生きるんだ、ヨシュアぁぁぁ！

「チャタテムシね」

ヨシュアの大いなる葛藤《かっとう》を察することもなく、エマはただただ彼のチャームポイントであるそばかすを凝視《ぎょうし》していた。

ヨシュアと初めて会った時に、そばかすがチャタテムシに見えて素敵《すてき》だなと思ったエマの記憶と、江戸《えど》時代の妖怪研究者が小豆あらいの正体がチャタテムシだと記した本を見た港の記憶がリンクしたのだ。

「チャタテムシ？」

オリヴァーが顔をしかめる。

急にイチャイチャし始めて、最近の若い者は恥《は》じらいもないのかなんて言いたそうな表情だ。

「っ姉様！　そろそろ離してあげて下さい。ヨシュアが……」

多分、息をしていません。とウィリアムが叫ぶ。

「え？　あっごめんなさい！　ヨシュア……大丈夫？」

ウィリアムの声でやっとヨシュアの顔が真っ赤になっていることに気付いて、急いで手を離す。

無理やり顔を掴んだので、痛かったのかもしれない。

「はっふうぅぅぅ……。大……丈夫です。大丈夫……」

ぐらぐらと崩壊しかけたなけなしの理性をかき集め、ヨシュアは止めていた呼吸を再開する。

相変わらずエマ様の動きは予測できない。

今のは危なかった。

本当にギリギリだった。

なんとか呼吸を整え、ヨシュアは真剣《しんけん》な顔でエマに釘《くぎ》を刺《さ》す。

「エマ様。以前にも言いましたが、こういったことは殿下《でんか》や学園の令息には絶対にしてはいけませんよ？　不敬罪で大変なことになりますから。ですから、こういうのは僕だけにして下さいね。絶対に僕にだけですよ？」

「あっえっと、ごめんね？　ヨシュア」

いつになく強いヨシュアの言葉にエマは素直《すなお》に謝《あやま》る。

「不敬罪は怖いですからね？　……一説ではヒルダ様のお説教の十倍の恐怖だとか……」

「ひっっ！　ヨシュア、私……気を付けるわね？」

エマが何を恐れているかヨシュアは熟知しており、しっかりちゃっかり言いくるめていく。

「念のため、もう僕以外の男には触れない方が賢明《けんめい》かと……」

「そ、そこまで!?　……貴族の世界って本当にすごく厳しいのね？」

「ええ。油断は禁物です。でも、エマ様。僕だけは好きなだけ触《さわ》っても大丈夫ですから。ね？　僕だけは思う存分触って下さい」

さっきまで理性が崩壊寸前の状態だったとは思えない、見事な切り返しであった。

「あいつはもう……駄目《だめ》だ」

「兄様……まだヨシュアが助かると希望を持っていたのですか？」

ゲオルグとウィリアムが物悲しい気持ちで二人を見ていると、辺りが急に暗くなった。

「ん？　暗い？」

「あ！　げっ！」

兄弟が変だなと振り向けば、そこには窓からの光を遮《さえぎ》るように立つ鬼《おに》の形相《ぎょうそう》の父レオナルドがいた。

「ヨシュア君？　ちょっとツラァ貸してくれるかな……？」

額に血管をビキビキに浮かせて、口の端《はし》を無理やり上げて笑っている。

「と、父様！　落ち着いて！」

「ヨシュア！　早く謝れよ！　また投げられるぞ！」

あわててゲオルグとウィリアムがヨシュアに叫ぶ。

「いえ、この際ハッキリしておきましょう。僕はエマさっ…………」

「あぁぁん？　聞こえねぇなぁぁぁあ？」

レオナルドのガラがめちゃくちゃ悪くなっていた。

「うわぁぁぁー！　ちょっと姉様も止めて……て、え!?」

ヨシュアが危ないとウィリアムが元凶《げんきょう》のエマに手伝えと視線をやれば、エマは嬉しそうにオリヴァーにチャタテムシについて語っていた。

「……なので、チャタテムシが障子にとまってショキショキと……」

「は？　虫？　そんなものいなかったぞ？」

「チャタテムシはすごく小さい虫ですので……あ、私今から見に行っても……」

「ちょっ姉様――――！」

この状況《じょうきょう》でよくも虫の話なんか……とウィリアムが嘆《なげ》くがこれがエマの通常運転なのである。

と、そこへ。

『おや、なにやら……お取り込み中ですかな？』

ヨシュアがレオナルドに首根っこを掴まれたタイミングで、フクシマが現れた。

昨夜エド城で開かれる会議に出席して、皇都エドから村（キャンプ地）に帰って来たところだった。

『ああ、フクシマ様。お早いお帰りで……。もう少しエドでゆっくりしてくると思っていましたが会議で何かありましたか？』

レオナルドがフクシマに気付き、鬼の形相のまま、笑う。

『顔、こわっ!!　い、いや。その会議でスチュワート家に何か褒賞《ほうしょう》をという話になりまして……皆《みな》様《さま》にエドまでご足労いただきたく………え？』

鬼の形相だったレオナルドの顔はフクシマの言葉を聞いて一変し青ざめていた。

オリヴァーにチャタテムシについて語りまくっていたエマも、レオナルドからヨシュアを助けようとしていたゲオルグとウィリアムもやれやれと静観していたメルサまでもが一斉に叫んだ。

『『『『褒賞はいりません！』』』』

◆　◆　◆

翌日、エド城。

一家は褒賞を辞退すると言い張ったが、そんな訳にはいかないと言うフクシマに無理やり連れてこられていた。

正面には天皇陛下と将軍閣下が鎮座《ちんざ》している。

『本当に褒賞はいらないというのか？』

『『『『いりません!!』』』』

天皇陛下の言葉に勢いよく、むしろ被《かぶ》せ気味に一家全員揃《そろ》って答える。

褒賞怖い……は、一家の共通見解である。

皇国に来て手に入れたいと思っていた米や調味料は既にヨシュアが交渉し、商会で輸入の手配が調《ととの》っている。

『魔法具は？　便利だぞ？』

『『『『いりません!!』』』』

そんなもの貰《もら》って帰ったなんて噂《うわさ》が王都で広がったら面倒《めんどう》だ、と将軍閣下の提案を一家全員揃って断る。

それに魔法具も魔石もヨシュアが既に輸入の交渉を済ませていると言っていた。

わざわざ褒賞という形でなくてもロートシルト商会経由の正規ルートで近いうちに手に入れることができる。

一家の王都での目標はとにかく目立つな、である。

褒賞という特別扱《あつか》いを受けるより、大事なのは皆と同じであること。

前世の日本人感覚は、今もまだ健在である。

悲しいことに、それが一番目立つことになると一家は気付いていなかった。

最終的に細々した面倒臭《めんどうくさ》いことは基本、ヨシュアがやってくれるので難しいことは考えないのである。

『いや、しかし……』

『対外的には我々は皇国との異文化交流のために夏季休暇《きゅうか》を利用して訪《おとず》れたことになっています。褒賞などと仰々《ぎょうぎょう》しくされるのは困ります』

一家を代表し、レオナルドが戸惑《とまど》う天皇と将軍に褒賞はいらないと断言する。

王国で褒賞によって大変な目に遭《あ》った記憶はまだ新しい。

『皇国ではとても楽しく過ごさせて頂いておりますので、それで十分でございます』

オワタの群生地だった場所に作った村で猫もウデムシものびのびと魔物を狩っているし、家族は懐かしの日本食材を満喫していた。

この世界ならではの魔物肉とのコラボメニューを考えるのも、試《ため》すのも、食べるのも楽しい。

『ならば、皇国に移住されてはいかがでしょうか？　私の見る限りでは王国よりもずっと皆さん寛《くつろ》いでいるように見えますよ』

王国に滞在していたタスク皇子が移住の提案をする。

一家の滞在の様子から皇国を気に入ってくれているのはどこから見ても明らかだった。

特にエマは王国での姿と比べると天と地の差があった。

何か（マナーの鬼）に怯えるように目を伏《ふ》せていた夜会での姿、あれはあれでとても儚《はかな》げで可愛《かわい》かったが、今の天真爛漫《てんしんらんまん》な笑顔を見れば皇国の方が幾《いく》らか楽に暮らせるのではないかとタスク皇子は感じていた。

『い……移住……？』

ノリで移住したいなんて言っていたが、簡単に実現できそうな皇子の言葉に一家の心はグラリと傾《かたむ》く。

『おお、なかなか良い考えではないか、タスク。相応《そうおう》の屋敷も使用人も地位も用意しよう。年、百万石の俸禄《ほうろく》も出すぞ。王国の方への移住に関する説得も、もちろん私が責任をもって話をつける。魔物を狩るもよし、缶詰《かんづめ》工場をさらに大きくするもよし、あの不思議と我らの味覚に合う料理を出す店を経営するのも面白そうではないか』

一家の気持ちの変化を目敏《めざと》く感じとり、天皇がここぞとばかりにプレゼンを始めた。

この世界での移住の許可はなかなかハードルが高く認められにくいのだが、ここまでの功績のあるスチュワート家ならば、皇国は大歓迎《だいかんげい》だと将軍も頷いている。

『皇国移住……すなわち、お米食べ放題……猫缶作り放題……魔物狩り放題……ヨウショク作り放題……だ……と？』

魅力《みりよく》的な提案にグラグラと一家の心が揺《ゆ》れる。

割と簡単に天皇と将軍、タスク皇子の思うツボである。

『皇国を救った功績は大きい。スチュワート伯《はく》には大名の位を授《さず》け、ゲオルグ君は武士として将軍家に仕えてもらうことになるだろう』

『大名……』

『武士……』

王国でいうところの爵位《しやくい》と領地を持った貴族。

王国でいうところの狩人《かりゆうど》と騎士《きし》の役割。

『悪くないかも……？』

レオナルドとゲオルグが呟く。

『メルサ殿《どの》には料理に関する役職がよろしいかと……』

同席していた女官長のウメもこそっと進言する。

『エマ嬢《じよう》には好きなだけ虫の研究をしてもらう……とか？』

同席を許されていたミゲルもこそっと進言する。

『悪くない話だわ……』

メルサとエマも目を輝《かがや》かせる。

そして最後に、フクシマがこそっと進言する。

『ウィリアム君には私の小姓《こしょう》になってもらう……とか？』

『…………………………え？』

あれ？　自分だけなんか違う……と、ウィリアムは嫌な予感がした。

そんなウィリアムの正面にフクシマはススっと移動し、握手《あくしゅ》をするように右手を出す。

『ウィリアム君、第一印象から決めてました。私の小姓になって下さい！』

フクシマの顔は、これまでで一番真剣だった。

『えぇぇぇぇ!?　フクシマ様!?　何を言って……』

『あら……』

『まあ……』

頬を心なしかほんのり桜色に染めたフクシマはじっとして返事を待っている。

ウィリアムがまさかの提案に驚きの声を上げる一方で、エマとメルサは興味津々《しんしん》に成り行きを見守っている。

『初めて会った時から可愛いなと思っていた。これは運命だと思うのだ。ウィリアム君、是非《ぜひ》とも私の小姓になってほしい』

『いや、いやいやいや……小姓ってあれでしょ……あの……あれでしょ？』

急に変な汗《あせ》が出始めるウィリアム。

小姓といったらほら、森《もり》さんちの蘭丸《らんまる》君のイメージが強すぎて軽々しく「うん」って言えるものではない。

『あら……』

やや前のめりに、エマとメルサは成り行きを見守る。

『まあ……』

『『『ちょっと待ったぁー！』』』

そこへ数人の武士が手を挙げて、スススっと足早に移動しフクシマの隣に並ぶ。

『なっ！　お前達⁉　もしや横恋慕《よこれんぼ》する気か⁉』

もう、横恋慕とか言っちゃってるし、フクシマ様……。

『フクシマ様、優秀《ゆうしゅう》な小姓は何があろうとも手に入れるべしと教えてくれたのは貴方《あなた》ではありませんか！』

『ウィリアム殿の知性と美貌《びぼう》は近年稀《まれ》に見る逸材《いつざい》！』

『ウィリアム殿！　是非、自分の小姓に！　必ずや満足させ……』

『あら……♡』

『まあ……♡』

ウィリアムを巡《めぐ》る武士達の攻防《こうぼう》に、がっつり前のめりにエマとメルサは成り行きを見守る。

両手で口許《くちもと》の笑みを隠してはいるが、面白がっている様は何も隠れていない。

『ちょっと‼　姉様も母様も何楽しんでるんですか⁉　良いんですか？　僕が小姓になっても⁉　姉様っ！　ロリコン滅《ほろ》びろとかいつも言っているのに何、ショタコン擁護《ようご》してるんですか⁉　母様⁉　孫抱《だ》きたいんじゃなかったんですか⁉』

ニタニタ悦《よろこ》んでないで助けて下さい！　と、ウィリアムは至極真っ当な訴えを姉と母親に向ける。

『だって……』

『ねえ……』

そんなウィリアムに対して、口許を覆《おお》ったままエマとメルサは目を合わせる。

『『衆道は嗜《たしな》みだし……』』

二人は声を合わせて、にんまりと笑った。

『く、腐《くさ》ってやがる……』

母親と妹の姿にゲオルグが呟いた。

まさか妹が腐女子《ふじょし》な上に母親が貴腐人だったなんて……。

『無理です！　絶対に無理です！　お断りします！　僕は幼女……じゃなくて、少女……でもなくて……えーと……女の子が好きなんです！　そういうのは、そういうのは……！』

半泣きでウィリアムが嫌だと訴える。

このままノリと勢いに流されたら終わりだ。

『そもそも、父様に領地経営なんてできません！　二秒で赤字ですよ⁉　あと姉様に自由に虫の研究なんてさせたら皇国中の虫が巨大化しますから‼』

『……たしかに……』

そう言われると問題だわ、とメルサは思わず納得《なっとく》してしまう。

『か、母様……せめてチャタテムシだけでも研究したいです』

雲行きが怪《あや》しくなり始めたのを感じとり、エマがオリヴァーの言っていた小豆あらいの正体の究明だけでもやらせてほしいとお願いする。

『チャタテムシ！　あんなに大量発生する虫はダメです！　もしウデムシみたいに巨大化したらどうするのです⁉　皇国が一瞬《いっしゅん》で食いつくされてしまうでしょう？』

チャタテムシはカビやほこりを好み、知らぬ間に大量に増える困った虫である。

そんな虫を前科三犯（蚕、蜘蛛、ウデムシ）のエマに与えては、間違いなく三日でリーサルウェポンなチャタテムシが爆誕するだろう。

せっかくオワタを倒したのに、次なる脅威《きょうい》を皇国に提供することになってしまう。

『そんなぁ……チャタテムシの顔、超可愛いのに……』

メルサの言葉にガックリと肩を落とすエマを見て、天皇と将軍はゴクリと唾《つば》を飲み込む。

え？　虫ってそんな簡単に巨大化しちゃうの？

天皇も将軍も、揃ってあの日見た大量のウデムシの記憶はまだ新しかった。

未だに夢に出てきてうなされることがあるのだ。

そんな、拾った子犬飼ってもいいでしょう？　的なノリで巨大化した虫増やされても……。

しかも大量発生する虫だって⁉　それはちょっとどころではなく、かなり困る。

『そ、そ、そこまでウィリアム君が言うなら仕方ない……の、将軍？』

『そ、そうですね……陛下……。無理強《じ》いは良くない……』

天皇も将軍も一生忘れられない悪夢を、皇国の民に見せるなんてことはしたくない。

『うぅぅ諦めるしかないのか……。だが、ウィリアム君？　気が変わったら直《す》ぐに教えてくれ……どこだろうと迎えにいくから！　ね？　ね？　ね？』

『陛下のお言葉には逆らえない……』

『将軍閣下ならこの恋心、分かって下さると思っていたのに……』

皇国の安寧《あんねい》を願う天皇と将軍の言葉に、すごすごとフクシマと名乗りを上げた武士達が各々《おのおの》の席に戻る。

未練がましい視線を残して。

『そ、そろそろ、新学期も始まりましたし帰国したいと思っています』

今だ！　と、ウィリアムが口早に天皇と将軍に申し出る。

『母様の魔物&皇国食レシピも完成したようですし、壊れた家屋の修繕《しゅうぜん》も進んでいます。缶詰も問題なく製造できるようになって、商会もある程度皇国人とのコミュニケーションが取れ出したと聞いています』

そう、やることはやったのだ。

てか、十分過ぎるくらいに余計なことまで色々やっていた。

もう帰ります！　と、ウィリアムが急いで話をどんどん進めていく。

なにせ、今世の貞操《ていそう》の危機である。

もうスチュワート家がいなくても大丈夫。

今後の皇国と王国の国交はロートシルト商会が上手く取り持ってくれるだろう。

長い間鎖国《さこく》を貫《つらぬ》いていた皇国は外交の経験が乏《とぼ》しく言葉の壁《かべ》もある。

皇国に魔石が豊富にあると知られれば世界中が狙《ねら》いに来る筈だ。

他国に出し抜かれないように、都合良く利用されないようにするには商会が間に入るのが一番いい。

ロートシルト商会は王国一の商会、貿易交渉の知識も十分備わっている。

更にはこの二か月間、皇国で生活しながら、スチュワート家のサポートと皇国復興に尽力《じんりょく》し信頼を得ていた。

持ってきた支援《しえん》物資の管理や、オワタのレンガを作るのに必要な海水の運搬《うんぱん》、缶詰工場の再建と現地人の雇用《こよう》体制の確立など、大変な割に地味だが絶対に必要な諸々《もろもろ》の雑事を黙々《もくもく》とこなしてきた。

普段からスチュワート家の奇行で鍛《きた》えられているロートシルト商会の面々は、言葉の通じない異国であろうとも動じることはない。

淡々《たんたん》とやるべき仕事をこなし、それを指揮するヨシュアは群を抜いて優秀なので、一番の難題である言葉の問題すら解決してしまうのである。

王国人は皇国語を理解できない。

皇国人は他言語を使うことに慣れてはいない。

ならば、王国人が理解できる言語、皇国人が覚えやすい言語を使えば良い。

そこでヨシュアが選んだのが、サン＝クロス語である。

サン＝クロス国の公用語であるサン＝クロス語は、基本「ラックル」と「ロックル」の二語を覚え、使い分けることで何故かなんとなく伝わってしまう不思議な言葉だ。

双子《ふたご》のキャサリンとケイトリンがサン＝クロス語の授業を選択《せんたく》しており、学園の帰り道に教えてくれたあの言葉である。

契約《けいやく》内容の確認や細かい会話の詳細《しょうさい》は、スチュワート家やタスク皇子の通訳が必要不可欠ではあるが、サン＝クロス語を使えば大概の意思疎通《そつう》が可能だった。

一家が来るまで滅亡《めつぼう》が確定していた皇国だが、最大の原因だったオワタは一掃《いっそう》され、食糧難も支援物資と魔物食で解消の目処《めど》が立ち、壊れた家屋もオワタの残骸《ざんがい》を使った技術で急ピッチで再建が進んでいた。

更に、ロートシルト商会の協力が加わり今後の外交問題さえもまるっとすべて解決してしまったことになる。

『王国というか……スチュワート家の力添《ちからぞ》え、なんと礼を言えば良いか……。やっぱり褒賞を……？』

改めて天皇が褒賞の打診《だしん》をする。

こうもらってばかりでは気持ちが収まらない。

『『『『いりません‼』』』』

だが、スチュワート家の褒賞嫌《ぎら》いは頑《かたく》なだった。

『しかし、私もいつまで生きられるか分からない身。貴殿《きでん》らの思いに応《こた》える事ができないまま神のもとへ行くのは心苦しいのだ』

『父上……』

タスク皇子の表情が曇《くも》る。

天皇家一族は代々短命の者が多い。

父親である現天皇も例外ではなく、ここ数年体調を崩《くず》しがちだった。

病身の父親を残し、王国に旅立った時はタスク皇子自身、もう二度と会えないかもしれないと覚《かく》悟《ご》を決めていた程である。

『案ずるな、タスク。しっかりとお前にこの天皇位を継《つ》いでもらう算段がつくまでは死なん。この一か月は割に調子が良いのだ。手足の痺《しび》れもなく、むくみも気にならない……歩くのも杖《つえ》が必要ない日の方が多い』

心配する息子《むすこ》に天皇は穏《おだ》やかな笑みを見せる。

ここ最近の体調は悪くなかった、むしろ良いくらいだ。

短命は天皇家の定めであり楽観視はできないものの、オワタが倒され、皇国滅亡を免《まぬが》れたことで心の負担が軽くなったことが体調にも影響《えいきょう》したのだろう。

『はい。先日もウメからお顔の色も良く、食欲もおありだと聞いて嬉しく思っていたところです』

スチュワート家は父の寿命《じゆみよう》も幾月《いくつき》か延ばしてくれたようだと曇った表情を少しだけ和《やわ》らげてタスク皇子が答える。

天皇家に巣くう死の病《やまい》は、生易《なまやさ》しいものではないと分かってはいるが、今父親が笑っていることがただ嬉しかった。

父の患《わずら》う病は父の父もその父もが罹り、代々命を落としてきた。

おそらく、自分もそう遠くないうちに……。

『陛下……』

武士含《ふく》め、その場にいた家臣達の啜《すす》り泣く声が聞こえる。

それくらい、天皇の命がもう長くないことは周知された事実であった。

『天皇陛下の病気？』

急にしんみりした空気の中、エマは一人首を傾《かし》げる。

『父上、希望はあります。これから世界中と外交できるのです。きっとどこかに特効薬があるかもしれません』

タスク皇子は頭に浮かんだ未来を否定するように、父や家臣、何より自分に言い聞かせたくて声を上げる。

『タスク、過ぎたものを求めるのはよせ。【脚気《かつけ》】は不治の病だ。万が一、薬があってもそれが見つかる頃には私は……』

『父上！』

己の寿命を受け入れて達観した表情の天皇。

諦めたくないと、可能性の低い希望にすがるタスク皇子。

もう何度も同じ光景を見ているが故《ゆえ》のやるせない表情の家臣達。

……の中で、ん？　今、天皇陛下なんて言った？　と、更に首を傾げるエマ。

『あの……今、【脚気】と仰《おつしや》いました？　【脚気】ってあの【脚気】ですか？』

前世歴女のエマからすれば例のあの病気?　扱いである。

『え?』

『ん?』

『何?』

『へ?』

だが、家族はエマに向けられた視線にきょとんとした表情を返すだけである。

前世の記憶を百パーセント持っているのはエマのみで、家族にエマの言葉は何も引っかかっていない。

『エマ嬢、もしかして王国には【脚気】を治す薬が存在するのですか?』

そんなエマにタスク皇子は藁《わら》をも掴む気持ちで尋ねる。

『いや、僕、王国では【脚気】なんて病気、聞いたことがないですが……』

ウィリアムの王国語の語彙《ごい》の中に脚気にあたる言葉はない。

ここで変に期待させてはいけないと急いで否定する。

そんな都合よく例の船乗りの病のような解決法がある訳がない。

『いえ、あの……。薬と言いますか……』

エマは一人、戸惑い気味に言葉を濁《にご》す。

『そうだな、皇国のどんな医者も治せなかったのだ。無理難題を言ってすまなかった』

タスク皇子は力なく肩を落とす。

何でもかんでもスチュワート家が解決してくれるなんて思ってはいけない。

彼らにもできないことはあると。

『えっと……何だったっけ？　脚気の原因は……ビタミンB……ワン？　不足よね……？』

うろ覚えの知識を総動員し記憶の欠片《かけら》をかき集めるエマ。

『たしか……江戸患いの発症《はっしょう》原因は、玄米《げんまい》ではなく白米を食べるようになったからで？　白米おいしいからなぁ……』

『びたみん？』

『不足？』

『？？？？　白米おいしい？』

ふわふわとしたエマの呟きにタスク皇子だけでなく、天皇、将軍、武士達も皆揃って理解できずに首を傾げている。

『結局壊血病《かいけつびょう》と一緒で病気を治すのには不足した栄養を補ってやればいいから、ビタミン摂取《せっしゅ》して…………って、あ……。あれ？　アーマーボアとかオークって豚《ぶた》みたいなものよね？　豚肉はビタミンB群が豊富だった筈。それに支援物資で持ってきていた小麦も？』

前世の知識と照らし合わせ、エマはこの問題が既に解決していることに気付いた。

アーマーボアの角煮《かくに》は既に缶詰として市場に出回り始めている。

スチュワート家が用意した支援物資の食材を使ったメルサのナポリタンも配給という形で皇国の民に何度も振る舞《ま》われていた。

それらの普及《ふきゆう》には天皇自ら尽力し率先《そつせん》して食している、と配給を指揮するカトウから聞いたことがあった。

『つまり、どういうことだ？　分かるように教えてくれ』

タスク皇子が、一人でぶつぶつと呟いては頷いているエマに答えを促《うなが》す。

『あ、あの。【脚気】の原因は栄養不足によるものです。そしてその不足した栄養はアーマーボアやオークの肉に含まれている筈で、それらを食事で摂取することで栄養不足は解消されているかと……。他にも王国から持ってきた小麦で作ったパンやパスタにもその栄養は含まれているので、天皇陛下が今の食生活を続ければ病気も回復するのではないかと思われます』

エマは【脚気】は栄養不足による病気だと説明する。

玄米に比べ値の張る白米を毎日食べられる天皇家は、特に脚気の症状が出やすかったため、一族の遺伝病として認識されたのだろう。

『【脚気】が……治るのか？　あの魔物肉を食べることで？』

『治る……というか、既に現在治療《ちりよう》中というか、快方に向かっているというか……』

エマのふわっふわの返事に、天皇が驚愕《きようがく》の表情を浮かべる。

ここ最近の体調がすこぶる良いのは紛《まぎ》れもない事実で、天皇が民のために魔物肉を食べたことが、まさか自身のためにもなっていたとは……。

当初、これまで忌避《きひ》されてきた魔物を食べるという行為《こうい》を皇国民が受け入れるのは難しいと思われていた。

そこで、天皇が愛したアーマーボアの角煮、天皇が好んだオークの紅茶煮、といった魔物食を扱った瓦版《かわらばん》を大量に刷り、天皇の姿絵を載《の》せ周知に努めた。

天皇陛下が口にしたものを、皇国の民は否定できない。

最初の一口さえ食べてもらえば、味は保証付きであった。

その結果、メルサのレシピは天皇だけでなく皇国の民全てを虜《とりこ》にした。

特にアーマーボアの角煮の甘辛《あまから》い味とトロトロ食感には全国民が夢中になったと言っても過言ではない。

ロートシルト商会はアーマーボアの角煮を皇国にあった缶詰の技術を使って、恐ろしい速さで商品化し、流通させた。

大事なのは手軽に手に入ることだと、庶民《しょみん》であっても食べたい時にすぐ食べられる環境を整えたのだ。

同時進行で支援物資で作られたナポリタンを配給で配ることで広め、天皇も国難に臣下と同じ食事をすることで不満が出ないように努めていた。

つまり誰もが知らぬ間に天皇の病気のための食事療法が始まって、効果も出ていたのである。

遠くない未来の皇国民が毎日、白米中心の食生活ができる程豊かになった時、食卓《しょくたく》に並ぶのは魔物食のおかずである。

魔物食が普及していれば、脚気を防ぐこともできる。

『な、なんという……』

まだ生きられるのか？

まだ皇国のために尽《つ》くすことができるのか？

天皇はこの夏何回目かの奇跡《きせき》を目の当たりにした。

『何か、何か褒賞を、この家族に、皇国の今と未来を救ったスチュワート家に褒賞を……』

喜びに打ち震える天皇の肩を抱き、将軍が声を張り上げる。

天皇は皇国の民にとって神にも等しい存在。

どこまで歴史を遡《さかのぼ》っても、これ程までの功績を上げた者はいない。

『『『『褒賞は、いりません‼』』』』

だが、当のスチュワート家は間髪容《かんはつい》れずに、揃って断固お断り申し上げた。

なんで、王国の偉い人も皇国の偉い人も何かとモノをあげようとしてくるのか。

褒賞という名の面倒なあれこれは、庶民には荷が重いと察してほしい。


この日を境に顔を見れば褒賞の話題を出されることが多くなっていった。

あと、武士達のウィリアムを見る目が変わった。

うっかり一人になれば、どこからともなく武士が現れ小姓の勧誘《かんゆう》が始まる。

断っても、次。断っても、次……と後を絶たない。

前世で氷河期世代を経験したウィリアムとしてはなんとも贅沢《ぜいたく》な悩《なや》みと言えなくないが、鼻息荒《あら》く勧誘してくる武士達を見てしまうと絶対に了承する訳にはいかなかった。

国の重鎮《じゅうちん》であるフクシマの小姓になれば将来は約束され、エリート街道《かいどう》一直線だと言われても全く心が動かない。

更には良好な関係を築いていた皇国民達のスチュワート家を見る目も変わった。

オワタ退治に食糧支援、天皇の命を救った事までもが大々的に知られてしまったのだ。

エマは神と等しき天皇陛下を救った天女なんて呼ばれるようになり、エマが道を歩けば皆がその場にひれ伏し、拝み始める。

ひとたび町へ出れば道脇《みちわき》にひれ伏す皇国民が後を絶たず、一人参勤交代な光景が広るのだ。

そうなってくると、お気に入りだった皇国での白いご飯のある生活はとんでもなく居心地《いごこち》が悪くなってしまい、遂《つい》にスチュワート家は帰国を決意するのであった。

因《ちな》みに帰国の準備の際、またオワタが繁殖《はんしょく》した時のためにウデムシ何匹《なんびき》かいりますか？　というエマの質問に、誰も首を縦に振らなかったのは言うまでもない。

第七十五話　学園の不穏と帰国。

夏季休暇《きゅうか》が終わり学園の授業が始まったというのに、スチュワート家は帰ってこなかった。

どうしたのか、何かあったのか、連絡《れんらく》をしようにも行き先が皇国ではどうすることもできない。

皇国は大まかな位置が分かっていても、たどり着くことができない国だった。

その原因に魔法《まほう》が関与《かんよ》しているとすれば、魔法使いのいない王国では打つ手がないのである。

授業の始まりを待ちつつ、エドワード王子は皇国から帰ってこないスチュワート家の長女エマを想《おも》っていた。

「殿下《でんか》、顔が暗いですよ？」

隣《となり》に座《すわ》る学園内で王子の護衛を務めるアーサーがもう少し柔《やわ》らかい表情をして下さいよと苦笑《くしょう》する。

「面白《おもしろ》くもないのに笑えるか」

ムスッとした顔は昔からだ、とエドワードは正反対に柔らかい笑《え》みを浮《う》かべるアーサーを恨《うら》めしげに睨《にら》む。

「はて、私の記憶《きおく》が確かならばエマ嬢《じょう》が隣にいる時の殿下はとろとろに溶《と》けた笑顔だったような……？」

王子に睨まれても飄々《ひょうひょう》と軽口を叩《たた》けるのはアーサーくらいだ。

凍《こお》りつく程《ほど》に冷たい表情がデフォルトの王子を揶揄《からか》うなんて怖《こわ》くて誰《だれ》もできない。

そんな王子もエマがいる時だけは傍《はた》から見ても分かりやすく柔らかい表情になるので、周りにいる者としては、それはそれで何とも甘酸《あまず》っぱい気分にさせられて揶揄うどころではなくなるのだが。

「エマ嬢の心配ですか？　ロートシルト商会からも何も報告はないのでしょう？　きっと大丈夫《だいじょうぶ》ですよ。便りがないのは元気な証拠《しょうこ》って言うではありませんか」

幼い時分より王子に仕えているアーサーは、エドワードが何を考えているかなんてとっくにお見通しである。

スチュワート家は夏季休暇中、皇国へ旅行に行ったことになっている。

表向きは異文化交流を目的とした一家揃《そろ》っての遊学だが、その実態はどうすることもできない程に侵食《しんしょく》した魔物災害プラントハザードへの応援《おうえん》だった。

実情を知る者は、ごくごく少数に限られている。

笑顔を振り撒《ま》いて旅立った一家の姿はとても楽しそうで、まさか命がけの魔物狩《が》りへ行くとは誰も思わなかっただろう。

まるで人気の劇団の公演を見に行くような、楽しみで仕方ないと言わんばかりの笑顔だったのだから。

「もう夏季休暇は終わったのに、一家が帰ってこないのは何かあったのではないか？　ケガや病《やまい》……。はっ！　エマのあの可愛《かわい》さだ……皇国の王に言い寄られている可能性も……」

王子は心配で心配で気が気ではない。

どちらかというと皇国で絶賛言い寄られているのはエマではなくウィリアムであるが、王国にいる王子には知る由《よし》もない。

「……殿下。少し心配ではありますが、ある意味教会から聖女の発表があった今、エマ嬢は王都にいなくて良かったかもしれませんよ」

教会が発表した聖女は、エマではなかった。

アーサーは、教室の端《はし》に座る生徒をちらりと盗《ぬす》み見る。

この国ではとても珍《めずら》しい黒に近い茶色の髪《かみ》と黒い瞳《ひとみ》をした令嬢、教会に認められた聖女、ファアナ嬢である。

夏季休暇が明けてから彼女《かのじょ》が学園に通うと聞いた時は驚《おどろ》いた。

誰の子供であるか、依然《いぜん》分からないままだが（国王は絶対に違《ちが》うと言い張っている）、その姿は王族の血筋に間違いないからと、学園で学ぶことに許可が下りたらしい。

解《げ》せなかったのは、聖女に会わせろとしつこかった帝国《ていこく》の正使である。

何故《なぜ》かファアナと対面した後も、連れ帰るとは言わなかった。

対面後は、まるで人が変わったように大人しくなり、そそくさと手ぶらで王国を去っていった姿に違和《いわ》感を覚えた。

学園の生徒達は聖女ファアナの姿にたちまち夢中になっている。

彼女の一挙手一投足に多くの生徒が注目し、我先にと彼女の視界に入ろうと小競《こぜ》り合いが発生することさえあった。

今も教室の中でファアナは生徒に囲まれており、そのにぎやかな一団は注目を集めている。

とある令息は、あの黒い瞳に見つめられたら陥落《かんらく》しない者はいないだろうと頬《ほお》を染めた。

エマ嬢が聖女だと言っていた者達も、手の平を返すようにファアナに熱を上げている。

そんな状況《じょうきょう》で皇国へ行ったきりで帰ってこないエマの評判は少しずつ下がり始めていた。

そんな聖女ファアナに対し、アーサーは気になることがあった。

「……殿下……ココだけの話ですが……」

こそっとエドワードに耳打ちする。

「あのファアナ嬢、皆《みな》がこぞって美しいと言っているようですが、私にはちょっとよく分からないのです。そこまで言うほど美しいか？　と」

「アーサー、令嬢を美しくないと言うことは失礼だぞ？　口を慎《つつし》め」

エドワードが眉間《みけん》にシワを寄せ小声で注意する。

女性の容姿に文句を言うなど紳士《しんし》としてあるまじき行為《こうい》、ましてやアーサーは騎士《きし》となる身、変な噂《うわさ》が立てば大変だ。

「ですからココだけの話と言ったではありませんか！　美しくないとは言っていません。女性は誰もが美しいのです。しかし、あそこまでうっとりと魅《み》せられている令息の顔を見るとそこまでではないというか……」

アーサーには、ファアナが特別容姿に恵《めぐ》まれているとは思えなかった。

彼女の隣に座る令嬢や、前に後ろに座る令嬢と比べて別格に美しいとは思えない。

「……」

「殿下もそうお思いなのでは？」

「アーサー、女性の容姿をとやかく言うのは……」

「あのファナ嬢に魅せられた生徒達は、口を揃えてエマ嬢よりも美しいと言っているのですよ？」

「はぁ⁉　そんな訳ないだろう？　エマの方が可愛いに決まっている。あの者達の目は濁《にご》っているのではないか？」

「殿下っ！　声が大きいです」

慌《あわ》ててアーサーが王子の口を塞《ふさ》ぐ。

ファナを取り巻く生徒達に聞かれでもしたらまずい。

彼女の目に留まるためだけに小競り合いを始めるような輩《やから》にケンカを売るようなものである。

たとえ王子相手であろうとも何をするか分からない程不気味な圧があったが、幸いにも、王子の声は授業開始の鐘《かね》と重なり、誰にも聞かれることはなかった。

だが、一人教室の真ん中で生徒達に囲まれているファナだけは、アーサーを見て口許《くちもと》に不穏《ふおん》な笑みを浮かべていた。

「授業開始の鐘が聞こえなかったのか？　早く席に着きなさい」

教師の登場でアーサー本人もばらばらと解散していく生徒達も、ファナの笑みに気付くことはなかった。

◆　◆　◆

「どう思う？」

昼休み、アーサーはそれとなく食堂棟《とう》の中庭で妹のマリオンに聖女となったファナについて何か知らないかと尋《たず》ねた。

王子は相変わらず公務が忙《いそが》しく、王城へ戻《もど》って昼食をとりつつ書類仕事を片付けている。

食堂の中庭には、マリオンと一緒《いっしょ》にフランチェスカと双子《ふたご》もいたので彼女らにもファナについて何か知らないかと探《さぐ》りを入れる。

夏季休暇が明けてから、昼休みは毎回この顔ぶれで過ごしており、アーサーは令嬢に囲まれるのは嫌《きら》いではないが、ゲオルグとウィリアム、ヨシュアがいた頃《ころ》が懐《なつ》かしく感じてもいた。

「聖女ファナ様？　私は同じ授業を受けていないのでなんとも言えません」

と、マリオンはあまり詳《くわ》しくないのだと、フランチェスカに視線を向ける。

「ファナ様……。あ、信心深い方でよく教会に祈《いの》りに行っていたようです。噂では聖女と認定されたその日も教会を訪《おとず》れる姿があったとか……。最近は修道女の洗濯《せんたく》や食事の下ごしらえなんかも手伝っているとかいないとか？」

フランチェスカは王城で働く父親から、いくつか噂を耳にしていた。

最近は、ぐんと帰りの早くなった父が買って帰って来る甘《あま》いものを食べながら、両親と色々とお話しするのが日課になっている。

「ファナ様、何故か男女関係なく人気ですわよね、ケイトリン？」

「ファナ様、何故か男女関係なく人気ですわ、キャサリン」

着々と増えつつあるファナ勢だがファナ本人は普通《ふつう》に学園で授業を受けているだけで、教会に関することと以外に目立つような個性は見られないのよね、と双子は不思議そうにしている。

「そうそう、エマ様といえばもうすぐ帰国なさるのよね、ケイトリン？」

「そうそう、エマ様はもうすぐ帰国なさるわね、キャサリン」

そんなことより今日はこのお話がしたかったのだと双子がパンっと手の平を合わせて報告する。

「まあ、本当ですか？　キャサリン様、ケイトリン様。学園が始まっても帰国されないので、私ずっと心配だったのです」

双子の報告にフランチェスカは安堵《あんど》の表情を浮かべる。

「それは良かった。これ以上授業から遅《おく》れると追いつくのが大変だろうなって思っていたんだ」

（主にゲオルグ君が……）とマリオンも良かったと笑う。

「ちょっ‼　キャサリン嬢にケイトリン嬢、その話は一体どこから？　スチュワート家の帰国なんて、まだ王家でも把握《はあく》してない情報だよ⁉」

エドワード王子の暗い顔を思い出しつつアーサーは驚く。

「シモンズの船乗りからの報告があったのよね、ケイトリン？」

「シモンズの船乗りからの情報だったわ、キャサリン」

双子によれば、シモンズ領から出港した船が旅先でスチュワート家の乗った船に出会ったらしい。

「え？　その場合はシモンズの船よりもスチュワート家の乗った船の方が早く王国に着くのでは？」

アーサーが余計に理解できないと首を傾《かし》げる。

スチュワート家の乗っている船は、ロートシルト商会の持ち船の中でも一番性能が良い最新鋭《さいしんえい》の船だった。

船の性能的に先にスチュワート家の方が到着《とうちゃく》していないとおかしいではないか。

「船乗り曰《いわ》く、エマ様の船は積み荷が満杯《まんぱい》で速度が出ないって言っていたわよね？　ケイトリン」

「船乗りはエマ様の船は積み荷が満杯で速度が出ないって言っていたわ！　キャサリン」

一家を乗せた船はお土産《みやげ》を積み荷に積んでしまったがために、ただでさえ遅れていた道程がさらに遅れているのだと聞いたと双子は説明する。

「積み荷？」

表向きは旅行だが、実際は旅は旅でも滅亡《めつぼう》寸前の国への出張魔物狩りツアーである。

そんな国から大量に土産を積んで帰るなんて考えにくい。

アーサーはふむと、顎《あご》に手を当て考える。

超《ちょう》極秘情報ではあるが、皇国にはまだ魔石が豊富にあるらしい。

本来なら他国の魔物災害に干渉《かんしょう》できるほど王国に狩人《かりゅうど》の余裕《よゆう》がある訳ではなかった。

スチュワート家がどうしても皇国へ行きたい、と強く要望しなければ王国は誰も応援になど行かせなかっただろう。

もし一家が奇跡《きせき》的に災害を解決したとするなら、皇国は大量の魔石を礼に持たせることもあるかもしれない。

だが、一家が乗って行ったのは相当大きな船だった。

その船が速度を出せないくらいの大量の魔石なんて存在するのだろうか。

……難しいだろうな。

逆に、あの魔物災害が一家の手に負えなかった場合、あのお人好《ひとよ》しな一家のことだ、船に乗せられるだけ皇国人を乗せて王国へ逃《に》がそうと考えているとか？

「騒《さわ》ぎにならないと良いけど……」

可能性は後者の方が大分高そうだとアーサーは肩《かた》をすくめる。

「何の積み荷かは内緒《ないしょ》だそうよね、ケイトリン？」

「何の積み荷かは内緒だそうよ、キャサリン」

双子も詳しいことは知らないようだった。

この話が本当ならば、内緒の積み荷が貴重な魔石でも大量の難民でもこれは大きな問題である。

◆　◆　◆

「あっ！　やっと見えてきましたよ！　シモンズ領の港が！」

甲板《かんぱん》に立つウィリアムが嬉《うれ》しそうに声を上げる。

「良かった……船……沈《しず》まなくて……」

ゲオルグがやれやれといった表情で遠く見え始めたシモンズ領の港を眺《なが》める。

「オワタの蒴果《さくか》が重すぎたわね。皇国の人達が残さず持って帰ってなんて言うからお言葉に甘えたけど……」

オワタの蒴果を全部載《の》せたのはいいものの、船が沈みそうになるほど重たかったのである。

加えてスラム街再建用のオワタの瓦礫《がれき》も大量に積んでいる。

食糧《しょくりょう》や支援物資を載せて来た行きよりも帰りの方が明らかに積み荷の量が多かった。

ちょっと多いから、オワタの蒴果を少し置いて帰ってもいいですか？　と一応訊《き》いてはみたが、皇国側の答えは否《いな》だった。

オワタの破片《はへん》は皇国でも復興のために使えるが、蒴果の使い道はない。

何かの間違いで発芽し、再び繁殖《はんしょく》したりしては困るからと断られた。

「王都で目立つのは避《さ》けたいから、オワタの破片と種は夜中にこっそり運びましょう。どの道急いでも日が暮れるまでには着かないでしょうし、丁度いいわ」

と、メルサが諦《あきら》めた顔で指示を出す。

皇国からわざわざ植物魔物の種を持って帰ってきたなんて知られたら普通に怒《おこ》られる。

下手したら騎士団に捕《つか》まってしまう。

前世でいう特定外来生物の持ち込《こ》みよりも何倍も危険なことをしているという自覚はある。

前世だと簡単にバレてしまうが、現状王国では検疫《けんえき》検査なんてものはないので人の目さえ誤魔化せば何とかなりそうだった。

いや、検疫はしっかりした方がいいとは思うけども。

「猫達《ねこたち》もウデムシ達も、王国に着いたら運ぶの手伝うのよ」

ウデムシ用のコンテナの中はオワタの蒴果でぎゅうぎゅう詰《づ》めのため、航海中はウデムシ達も一家と同じ部屋で寝食《しんしょく》を共にしている。

なんだかんだで船乗りやロートシルト商会の者達には皇国の生活中に猫もウデムシも存在がバレてしまっていたので隠《かく》す必要がなくなっていたのが功を奏した。

「「「にゃーん！」」」

カサ！　カサカサカサカサカサ！

狭《せま》い船内から出られると聞いて猫達もウデムシ達も嬉しそうにメルサに返事をした。


そして、その日の深夜。

「「「にゃーん♪」」」

コンテナにぎゅうぎゅうに詰《つ》まったオワタの蒴果を載せた猫馬車が王都を颯爽《さっそう》と駆《か》け抜《ぬ》ける。

王都であっても深夜は街灯もなく真っ暗である。

カサカサ！　カササ！

ウデムシ達も張り切って協力し、辺りが真っ暗なのを良いことにオワタの破片を詰めた袋《ふくろ》を持って猫馬車を追いかけている。

「ううーん……。引っ越《こ》してきた時といい、今といい、僕《ぼく》らってなんでいつもいつも普通に王都に到着できないんだろう」

ウィリアムがリューちゃんの背に乗り、眠《ねむ》い目を擦《こす》りつつぼやく。

「仕方ないでしょう、ウィリアム。こんな光景を人に見られてはご近所から奇異《きい》の目で見られてしまいます」

馬車を引くチョーちゃんの背に乗っている母、メルサがウィリアムにもう少しで屋敷《やしき》に着くから頑張《がんば》りなさいと励《はげ》ます。

「まあ、着いても後二往復はしないと運びきれないけどなー」

アハハー、と長男ゲオルグが遠い目をして乾《かわ》いた笑い声をあげる。

「夜のお散歩楽しいねー？　コーメイさんっ」

「にゃ♡」

コーメイの背に乗ったエマは、馬車は引いているものの久しぶりに思いっきり走れてご機嫌《きげん》のコーメイと楽しそうに会話している。

「はっはっはっ！　眠そうだな、ウィリアム。あとは任せて屋敷に着いたら休みなさい」

ヴァイオレットを頭にのせ、ウデムシと同じ量のオワタの破片を背負って走る父レオナルド。

「……ヴァイオレットが凄《すご》いのか、お父様が凄いのか……」

アグレッシブな父の姿にウィリアムはやっぱりうちの家族が目立たないなんて無理ではないかな？と、ため息を吐《つ》いて空を見上げる。

「うん、曇《くも》ってて月が出てなくて良かった」

夜がこの異常な光景を隠してくれる。

皇国とは違って魔石を使った街灯がないので深夜は真っ暗になる王国が、この時ばかりはありがたいと思うウィリアムであった。

第七十六話

報告(ぐだぐだ)。

王国に無事帰国したスチュワート一家は、翌日報告のため王城へ訪《おとず》れていた。

皇国の機密である魔石《ませき》の話題も出るだろうと徹底的《てってい》に人払《ひとばら》いされ、通された謁見《えつけん》の間は王座に座《すわ》る王と宰相《さいしょう》、一家だけという念の入れようだった。

「残念な報告がある」

訪れた一家の報告を聞く前に、国王は沈痛《ちんつう》な面持《おもも》ちで静かに口を開いた。

「教会が先日聖女を認めるお触《ふ》れを出したのだが……。エマちゃんではなかったのだ」

学園の夏季休暇《きゅうか》が始まる前まで王都中がエマは聖女だと確信していた。

スラム街の子供達を助けたいと国王へ直訴《じきそ》、ウデムシ事件の犯人ロバートへの寛大《かんだい》な言葉、不治の病《やまい》を患《わずら》った患者《かんじゃ》への治療《ちりょう》等、誰《だれ》もが彼女《かのじょ》の分け隔《へだ》てない優《やさ》しさに驚《おどろ》き、崇拝《すうはい》し、聖女だと信じて疑わなかった。

それなのに、エマがその優しさをもって皇国へ手を差し伸《の》べている間に事態は一変した。

教会はエマではなく、ファナが聖女であると発表したのだ。

命懸《いのちが》けで皇国へ行ったエマに、何と酷《ひど》い仕打ちだろうか。

国王自ら何度も教会へ問い質《ただ》したが、返ってくる返事が変わることはなかった。

「え？　はい。そうですよ？」

国王の深刻な話し方にきょとんとエマは首を傾《かし》げる。

むしろずっと否定し続けてきたのだ。誰が性女やねんと。

今さら何を言い出すのだという言葉が喉元《のどもと》まで上がってきたが、ムキになるのは良くないと大人しく答えた。

「ふっ、さすがはスチュワート家……皇国にいたとしても王国の情勢は把握《はあく》しているか」

「……いえ、なんの事でしょうか？」

王国の情勢なんか知ったことではない。

昨日は深夜に帰宅して、そのまま爆睡《ばくすい》、朝起きてそのまま王城に来たのだから何も知る筈《はず》がない。

エマだけでなく、一家全員が揃《そろ》ってきょとんと首を傾げている。

「教会が、聖女と認めたのはファアナ嬢《じょう》だった」

意を決して国王は、報告する。

「「「「…………………なるほど？」」」」

国王の言葉にエマだけでなく、一家全員が揃ってきょとんと首を傾げるままになっている。

えーと……。ファアナ嬢って誰だろう……。

皆《みな》さんご存じ的に言われても、スチュワート家にファアナ嬢が誰なのかを知る情報通はいない。

ここにヨシュアがいれば教えてくれたのかもしれないが、男爵位《だんしやくい》を買ったとはいえ、一介《いっかい》の商人がおいそれと国王陛下の前に出られるものではない。

「ええと……ファアナ様？　が、聖女と教会が発表して、私が性女ではなくなった？」

意味が分からない。

ファンタジーでおなじみの聖女が、この王国に爆誕したのは喜ばしいことでそれがエマの性女となんの関係が……？

「そういうことだ。それでも、エマちゃんが聖女だって今でも私は思っている。が、聖女の正否の判断は教会に一任されている。これに関しては国王でもどうすることもできないんだよ」

何故《なぜ》か国王は申し訳なさそうにエマを見る。

イケオジの視線を一身に受け、その絶妙《ぜつみよう》に下がった眉尻《まゆじり》を堪能《たんのう》しつつエマはかろうじて会話が噛《か》み合っていないことに気付いた。

あれ？　…………これは…………もしかして……。

今までずっと私、性女じゃなくて……聖女って呼ばれていたってことなの？

ローズ様のおっぱいに癒《い》やしを求めたあの時も、イケオジにニヤニヤしていたあの時も？

めっちゃガン見してたし、ニヤニヤも抑《おさ》えきれてなかったのを自覚してたんだけど……。

え？　なんでそんな超解釈《ちようかいしやく》が成り立つの？

……王国民の聖女の基準……激ヤバでは？

「あの、陛下。姉様が聖女ではないという話……はまた今度ということで、そろそろ皇国の報告をしたいのですが……」

エマの様子を見て、絶対何かおかしなことを考えているな、とこれまでの経験で察知したウィリアムがエマが変なことを言い出す前に割って入る。

聖女の話自体、ぶっちゃけどうでも良い。

これからエマが聖女だという噂《うわさ》がなくなるのなら願ってもない話だ。

それよりも一家が気にしなくてはならない問題は、ウデムシだった。

昨夜大量のオワタの破片《はへん》と蒴果《さくか》をヘトヘトになるまで運んだ後に眠《ねむ》い目を擦《こす》りながらも家族会議を開いていた。

議題はウデムシをいかに内緒《ないしょ》にできるか、である。

そう、こればっかりはバレる訳にはいかない。

王国にとって大切な虫で、今も多分必死に捜《さが》している者がいるかもしれない。

ウデムシを返せと言われたらエマが泣いてしまう。

いや、元の大きさよりもあれだけ巨大化《きょだいか》したら、同じ虫だとは信じてもらえないかもしれないが。

帰国前に皇国への口止めは抜《ぬ》かりなくできている。

同行したオリヴァーへの脅《おど》しもできている。

ここの、この報告さえしっかりと誤魔化せれば、あの巨大化したウデムシを隠《かく》し通せる確率が上がるのだ。

「……そうだね。帰ってきてすぐにこんな話聞かされても戸惑《とまど》うよね。エマちゃん、残念だと思うんだけど、気をしっかりと持つんだよ？」

国王は、これ以上この話題は避《さ》けてほしいと気遣《きづか》う優しい弟（？）の願いを聞き入れた。

「…………え？　いえ、聖女には私なんかよりもずっとふさわしい方がいるのでしょうし……」

王国の聖女観については後でヨシュアに確認《かくにん》しようとエマは呑気《のんき》に思いつつ、ふわふわと国王に返事をした。

おっぱいを見て聖女認定されるような国ではないと思いたい。

「では、報告させて頂きます」

エマが余計なことを言う前に、メルサが被《かぶ》せぎみに報告を始める。

「結論として、皇国の魔物災害プラントハザードは終息いたしました」

「「え⁉」」

予想もしていなかった端的《たんてき》な報告に国王と後ろに控《ひか》えていた宰相が思わず驚きの声を上げる。

「そもそも、我々が行ったのは食糧《しょくりょう》支援《しえん》くらいです」

「「は⁉」」

「皇国には大量の魔石資源があり、上手《うま》く活用したところオワタの伐採《ばっさい》が可能に……」

「ちょっと待って下さい！」

宰相がたまらずメルサが報告している途中《とちゅう》に遮《さえぎ》った。

「そんな、都合の良いことがある訳……」

「あるのです！」

声を強めメルサは勢いで押《お》し通す、家族会議のプランはいつだって緩《ゆる》いものになるが、この宰相さえ何とかすれば、国王はチョロいとウィリアムが言っていた。

そう、ここが正念場なのだ。

「皇国はとても進んだ国でした。遠く離《はな》れた場所にいる者と魔石を使って一瞬《いっしゅん》で文字のやり取りができ、火を起こすのも、水を溜《た》めるのも何から何まで全《すべ》て魔石を使っておりました。夜でも家の中は魔石で昼のように明るく、雨に濡《ぬ》れても魔石で直《す》ぐに乾《かわ》かすことができる」

「そ、そんな帝国《ていこく》よりも進んだ国が……」

「あるのです！」

怯《ひる》んだ宰相を睨《にら》み付け、目力だけでメルサは黙《だま》らせる。

「そして、皇国で騎士《きし》と狩人《かりゆうど》の役目にあたる『武士』達《たち》は鉄（缶詰《かんづめ》）をも真っ二つに斬《き》る腕前《うでまえ》を持つ相当な手練《てだ》ればかり」

「なっ⁉　真っ二つだ……と？　鉄をか？」

「はい。鉄（缶詰）を、です」

王国でも真っ二つに鉄を斬れるような騎士なんていない。

それは狩人も同じだろう。

普通《ふつう》は鉄を斬ろうなんて誰も思わない。

ごくり……と国王と宰相が唾《つば》を飲む。

助ける立場だと思っていた皇国が王国よりも遥《はる》かに技術や武力で勝《まさ》っているとは国王も宰相も考えていなかった。

「では、何故そこまでの国が王国に助けを求める程《ほど》に追い詰《つ》められていたのだ？」

宰相が率直《そっちょく》な疑問を口にする。

「え？　えーっと……それは……」

メルサの目が泳ぐ。

何故かと言われたら、オワタは鉄より硬《かた》い訳で、特別なカタナでなければ基本刃《やいば》が通らない。

「そ、それほどオワタは脅威《きょうい》なのです！　植物魔物の危険性は陛下もヴォルフガング先生からお話を聞いたと伺《うかが》っております」

勢いを失ったメルサから頭脳派を誇《ほこ》るウィリアムが話を引き継《つ》ぐ。

「ああ、オリヴァーからオワタだと聞いた時はどんな魔物か知らなかったからな。恐《おそ》ろしく硬い植物魔物で爆弾《ばくだん》のように種を飛ばし繁殖《はんしょくりょく》力も強いのだったか……」

「そうです。はっきり言って我が国でオワタが繁殖したら終わりです」

ウィリアムが国王の言葉に深く頷《うなず》く。

業物《わざもの》のカタナも魔法使いもいない王国では話にならない。

「なんて危険な！　だから、もったいぶらないで教えてくれ、ウィリアム君。そんなオワタをどうやって倒《たお》したのだ？」

明確な答えが知りたいというのに、焦《あせ》らすなと国王が前のめりになる。

「えっと……ウデ…………む……むぅ……」

「おっとぉ！」

圧に負け、素直《すなお》にそのままウデムシと言いかけたウィリアムの口をゲオルグが素早《すばや》く塞《ふさ》ぐ。

「ちょ、ちょっとしたあの、あれです……な、エマ？」

ゲオルグが引き継ごうとしたが、無理だった。

勉強嫌《ぎら》いの正直者の長男に誤魔化しは向いてない。

常人の右斜《なな》め上を左折する発想力を持つ妹エマに託《たく》す。

「え？　それは…………………あれです」

「あれ、とは？」

神経質そうな宰相の顔がエマに向けられる。

「……皇国はですね。魔石を生活面に重きを置いて使っていたのです。食材を長持ちさせるために魔石で冷やしたり、空気に触れないように鉄を加工した容器を魔石で作ったり……」

結界以外の魔法は殆《ほとん》ど便利家電的に使われていて、魔物を倒すための攻撃《こうげき》魔法が詰められた魔石はなかった。

「それは、便利だが……魔石とは、もともと結界以外はそうやって使う物だろう」

「え？　そうなのですか？」

魔石と魔法使いのない時代の王国に生まれたエマは、そういうモノと言われてもしっくりこない。

この世界にはファイヤーボール的な魔法はないのだろうか。

前世の知識の中での魔法とは感覚が違《ちが》うのかもしれないが、それはそれで……。

「勿体《もったい》ない……」

「ん？」

思わずエマが呟《つぶや》くが、思いのほか大きな声だったようで国王が怪訝《けげん》な顔をする。

「で、ですので、私が皇国でその話を聞いて？　勿体ないなと言ったのです。魔石の魔法と鍛《きた》え上げられた『武士』と『カタナ』を掛《か》け合わせればオワタを倒せるかもしれないのに……と」

自分で言っていて胡散臭《うさんくさ》いと思いながらもエマはしどろもどろに思い付くままに答えた。

「なんと！　魔石の魔法を魔物への攻撃に使うのか！」

「そ、そんなことが可能なのですか⁉　目、目から鱗《うろこ》の発想ですな！」

「へ？」

だが、エマの苦しい言い訳に国王と宰相は驚きの声を上げた。

「たしかに、火を嫌《きら》う魔物は多いと聞くし……」

「陛下、火だけではありません。自ら火を纏《まと》った魔物には水が効くと聞いたことがあります。他にもしかしたら有用な使い道があるかと……こんなに単純なことを何故思いつかなかった……」

「あれ？」

国王と宰相の予想以上の反応に、エマがポカンと口を開けたままどうしようと両親を見る。

「つ、つまり……。あっ！　じぇ、じぇ、ジェネレーションギャップですわ」

メルサが今だ！　と、言わんばかりにエマの思い付きに乗っかり、強引《ごういん》に話を押し通そうと果敢《かかん》に挑戦《ちょうせん》する。

「「じぇ、じぇ、ジェネレーションギャップ？」」

聞いたことのない言葉に、国王と宰相は訊《き》き返す。

「私やレオナルドの世代なら、幼い頃《ころ》は、魔石はまだ少ないながらも身近にありました。ですが王国ではうちの子供達くらいの世代になると魔石自体知らない子も多いのです。現にうちの子は最近まで知りませんでしたし。魔物の危険に晒《さら》されるパレスで育った子供達が魔石を知ることでこのような発想が出たのです」

王国で魔石が枯渇《こかつ》したのは、一部貴族の乱用が原因でもある。

貴族達はそのばつの悪さから魔石の話を意図的に避けるようになり、図《はか》らずも魔石を知らない世代が生まれたのだ。

「つまり、皇国人や我々大人では先入観が邪魔《じゃま》をして思い付くことができない柔軟《じゅうなん》な発想が皇国の助けになったと？」

むぅ……と宰相の顔が険しく歪《ゆが》み、この苦し紛《まぎ》れの言い訳では、やはり通用しないか……と、一家に緊張《きんちょう》が走る。

「凄《すご》い。まさに、発想の転換《てんかん》というやつですな！」

だが、険しかった宰相の顔は、エマのただの思い付きから無理やり押し通した言い訳を信じたかのように一気に緩んだ。

……宰相も思ったよりチョロかった。

「そ、そうです。スチュワート家が皇国に食糧支援以外で役に立ったとすれば、この新しい考え方くらいでしょう。魔物退治で煮詰《につ》まっていた皇国に上手く突破口《とっぱこう》を示す糸口になったのです」

糸口さえ掴《つか》めれば、皇国の優秀《ゆうしゅう》な武士がオワタを倒すことは難しくなかったのです、とメルサが説明（大嘘《おおうそ》）をする。

家族会議での結論とやや違うことになった気がするが、まあ誤魔化されてくれればいいのだ。

「しかし、そうなると魔法使いがいない我が国は、更《さら》に後《おく》れをとることになりそうですね」

魔石を転用した兵器なんて概念《がいねん》が生まれてしまってはこの先、王国の未来が心配だと宰相が頭を抱《かか》える。

「でも、今回のことは魔法に馴染《なじ》みがなかったからこそ思いつけたのです。なんでもかんでも満たされた状態では見えなくなってしまうこともありますから。逆に復興した皇国は今後、王国の助けとなってくれるはずです」

エマはスラスラとそれっぽいことを言っておく。

実際はオワタを倒したのはウッ君と猫《ねこ》達だし、その魔石を兵器にしたところでウッ君や猫達以上の威力《いりょく》があるかといえば疑わしい。

兵器とは大量消費を前提として使われるのだから、他の国が下手にその概念を得れば魔石がいくらあっても足りなくなる気がする。

使い捨て前提の魔石は減る一方だ。

それなら魔石は辺境の結界に使ってほしい。

いっそのこと兵器の数を増やしたいなら、ウッ君達をもっと繁殖させて辺境警備特殊《とくしゅ》虫部隊みたいなのを作った方が絶対いいと思う。

ふふふ、そういっぱい、それはもういっぱい増やせばいい……。

エマの頭の中で色々脱線《だっせん》した結果、ウデムシを増やす計画を想像し、思わずにっこり微笑《ほほえ》んでいた。

「エマちゃんの笑顔《えがお》は、本当に癒《い》やされる。やっぱりエマちゃんが、聖女なんじゃ……。皇国への遠征《えんせい》、ご苦労だったね。ああ、スチュワート伯爵家《はくしやくけ》に何か褒賞《ほうしよう》を……」

そうだ！　と国王がまた性懲《しようこ》りもなく褒賞の話を持ち出そうとした瞬間、反射的に一家が揃って声を上げる。

「「「「褒賞はいりません‼」」」」

ほんの少し隙《すき》を見せたらすぐに褒賞の話に持っていこうとするなんて、王国の国王も皇国の天皇も油断できない……と、一家は冷や汗《あせ》を拭《ぬぐ》った。

◆　◆　◆

「エマちゃーん」

ドキドキの王との謁見を何とか誤魔化しきって、退室した途端《とたん》にエマの腰《こし》にわしっとヤドヴィガが抱《だ》きついてきた。

「わっ！　ヤドヴィ……ガ様⁇」

抱きついたままグリグリと顔を押し付けた後に上を向いたヤドヴィガは今にも泣きそうな顔をしていた。

「ヤドヴィは、ヤドヴィは、エマちゃんの事、大好きだよ！」

ぎゅううううっと両腕に込《こ》められた力で必死なのが伝わってくる。

え、ナニコレ……超可愛《かわい》い。

「ヤドヴィガ様、私も大好きですー！」

よく分からないが、とにかくとっても可愛いのでぎゅううっとエマもヤドヴィガを抱き返した。

「へイ！　姉様っ！」

「……どうした、す◯ざんまい」

ウィリアムの声に振《ふ》り向けば、両手を広げて順番待ちをしている。

背後にアフロの男（ウィリアムの前世平太《へいた》、三十三歳《さい》、独身、コンビニバイト）の幻影《げんえい》がチラつく。

「あー……。やっぱり、ウィリアムだけでも皇国に置いてくれればよかった……」

フクシマ様の包み込むような大きな愛で更正《こうせい》できたかもしれないのに……。

「ひっ……そんな恐ろしい事言わないでください！」

心底嫌《いや》そうな顔でウィリアムが後退《あとずさ》りする。

こちらとしては、す◯ざんまいの弟を見るくらいならやむを得ないところなのだが。

「あらあら、ヤドヴィ。急に走り出したかと思ったらこんなところに」

ふわっとフローラルのいい匂《にお》いがしたかと見上げれば、側妃《そくひ》であるローズ・アリシア・ロイヤルがメイドのメグを連れて足早に歩いて来ていた。

「ローズ様！」

一家の最推《さいお》しで王国一の美女の登場にエマが満面の笑みを浮《う》かべる。

久しぶりに見る推しは相変わらず見目《みめ》麗《うるわ》しい爆乳であった。

生まれついての最高の素材に最高の努力と研鑽《けんさん》。

いつ見ても存在が、存在しているだけでもう……お礼を言いたくなるほどの美しさである。

「お久しぶりでございます。今日も麗しい姿をありがとうございます」

スッとエマが臣下の礼をすれば、後ろにいた家族もそれに倣《なら》い膝《ひざ》を折る。

ヤドヴィガがくっついたままなので少々体勢が厳しかったが、仕方がない。

エマにはウィリアムの毒牙《どくが》からヤドヴィガを守る使命があるのだから。

「本当よ、エマちゃん！　もう学園の夏季休暇はとっくに終わっているわよ。陛下も私もヤドヴィガもとっても心配したんだから。エドワードなんて毎日、毎日シモンズ領にスチュワート家の乗った船が到着《とうちゃく》していないか人を送っていたわ」

臣下の礼を解いた後、ローズは頬《ほお》を膨《ふく》らませて帰りが遅《おそ》いと怒《おこ》る。

「ああ、ローズ様。申し訳ありません。でも、怒った顔もまた、素敵《すてき》です。最高です。ありがとうございます」

エマの謝《あやま》る声に、スチュワート家一同がたしかに……と同意する。

ぷいっとそっぽを向いた時の顎《あご》のライン、ふわっと広がる髪《かみ》、細い二の腕からのトゥルントゥルンの肘《ひじ》……。

「皇国もとても魅力《みりょく》的な国でしたが……やっぱり、ローズ様のいる王国が一番だと今確信しました」

にっこりとゲオルグもローズの美を称《たた》える。

推しへの賛辞は惜《お》しみなく、がスチュワート家のモットーだ。

「……もう、そんなに褒《ほ》められたら怒れないじゃないのっ！」

むぅ……とローズは頬を赤らめ照れる。

「照れてるローちゃん、可愛い！」

「エマちゃんったらっ！」

必死で陛下からの褒賞の話を有耶無耶《うやむや》にしたばかりの一家にとって推しの一挙手一投足は最高の癒やしであった。

「あの、ローズ様、積もる話もありますでしょうし……どこか部屋を用意いたしましょうか？」

メイドのメグが辺りを見回して眉《まゆ》を顰《ひそ》めて進言する。

あまり王城の廊下《ろうか》で騒《さわ》ぐのは良くないのかもしれない。

「エマちゃんとお茶会だ♪」

ヤドヴィガが嬉《うれ》しそうに笑う。

「お城の中は迷路《めいろ》みたいだから、ヤドヴィが案内してあげるね？」

部屋を用意するというメイドの言葉に、ヤドヴィガがエマの手を握《にぎ》る。

「ふふふ、ヤドヴィガったら。皆、この後の予定は空いているかしら？　よかったら私の宮に招待するわ！」

そう言って優雅《ゆうが》に微笑んだローズは側妃の宮へスチュワート家を招待した。

◆　◆　◆

招待されたとはいえ、後宮に当たる側妃の宮に成人男性が足を踏《ふ》み入れる訳にはいかないとレオナルドは辞退し、メルサもレオナルドと共に先に王城を後にした。

両親には昨夜皇国から帰ったばかりということもあり、屋敷《やしき》で大量の仕事が待っているのだ。

王城の最奥《さいおう》には王族の暮らす宮がある。

そこは特別に許可された者以外は中に入ることができない王族のプライベート空間だ。

誰でも簡単に入れる場所ではない。

各宮へ続く渡《わた》り廊下には入出を記録する文官と近衛《このえ》兵が常駐《じょうちゅう》し、厳しく管理されている。

その入室記録に、本日、スチュワート家の三兄弟の名が刻まれた。

気軽に招待され、軽い気持ちでお呼ばれした三兄弟は事の重大さに気付いていない。


「うわー、素敵！」

柔《やわ》らかいクリーム色の壁紙《かべがみ》にごてごてとした飾《かざ》りの少ないシンプルな家具が品よく揃えられた部屋へと案内される。

「ふふふ、あんまり派手じゃなくてびっくりしたでしょう？」

ローズの言う通り、彼女の宮は落ち着いた内装で、王族の住まいにしては少々キラキラが足りない気もする。

「王城の調度品も素晴《すば》らしいのですが、こちらの方が僕《ぼく》達は好きです」

と、ウィリアムが柔らかい雰囲気《ふんいき》に包まれたローズの宮を見てにっこりと答える。

王城はどこも高そうなものばかりで元庶民《しょみん》は無駄《むだ》に緊張してしまうので正直、助かると三兄弟は内心ほっとしていた。

「ここは、陛下が寛《くつろ》がれる空間だから、ゆっくりして頂けるように華美《かび》なものは置いてないのよ」

ローズも気に入ってもらえて嬉しいわと、にっこりと笑う。

うん、国王陛下との仲は良好なようだ。

「あの、先ほどは失礼しました」

案内されたソファに腰を下ろし、紅茶が行き渡ったところで側妃付きメイド長であるメグが頭を下げる。

「ん？　失礼？　なんの事ですか？」

ロイヤルマークの入った香《かお》り高い紅茶に夢中のエマを横目にゲオルグが尋《たず》ねる。

先ほどと言われても謝られるようなことをされた記憶《きおく》がない。

「王城の者の態度です。これまでこんなことはなかったのですが……あからさまにチラチラと見たり、こそこそ話したり不快でしたでしょう？」

王への報告が終わってスチュワート家が謁見の間を退室した先にある大廊下には、次の謁見を待つ者、警備の騎士、文官など少なくない人数が待機していた。

その大半が、スチュワート家に不躾《ぶしつけ》な非難の目を向けていたのである。

そのあからさまな視線は到底王の客に向けるべき態度ではなかった。

「…………そうでしたっけ？　全然気付きませんでした」

メグからその詳細《しょうさい》を聞いても三兄弟は気分を害した様子はない。

そもそも、部屋から出てすぐヤドヴィガがエマに突進して来た上に、ローズ様の登場で周りの視線なんて気にしていなかった。

目の前に絶対的美人が降臨した場で、周囲の不躾な態度ごとき些末《さまつ》なことは霞《かす》んでしまうのは仕方がないことである。

「寛大なお心遣いありがとうございます」

メグは三兄弟に深く頭を下げる。

心の広い三兄弟は不快な様子を一切《いっさい》見せず、気付かなかったことにしてくれたが、メグから見れば周りの者の態度は目に余るものであった。

あの幼いヤドヴィガ様さえもが、気付いてしまわれる程に。

社交界で、ここ最近のスチュワート家の評判は急降下していた。

原因は、エマが聖女ではなかったこと。

エマが聖女だという噂がまことしやかに囁《ささや》かれていた時に、あろうことか教会は別の令嬢を聖女だと、発表したのだ。

その発表をきっかけに教会が認めなかったエマの方に問題があると言い出す者が現れ、これまで賞賛されていた行動の数々が、少々やり過ぎだったのではとも言われ始めた。

その頃スチュワート家は王国にはいなかった。

姿が見えないことで根も葉もない話に信憑性《しんぴょうせい》を持たせてしまい、貴族にとって大切な社交シーズンに顔を出さない一家は余計に非難されるようになっていた。

その間、一家は滅亡《めつぼう》寸前までに追いつめられた皇国を救いに行っていたのだが、極秘故《ごくひゆえ》に誰も知らなかったのも良くなかった。

今やエマは自ら自分が聖女だという噂をバラまいて、別の令嬢が聖女と認められたものだから、恥《は》ずかしくて外国へ逃《に》げたのだとまで言われている。

時系列を追っていけば、そんな噂は嘘だと簡単に分かるのだが所詮《しょせん》噂は噂、誰も深くは考えない。

そして、社交界は足の引っ張り合い。

悪い噂はむしろ意識的にどんどん広めていく世界なのだ。

陛下《でんか》やエドワード殿下の心配の仕方で、スチュワート家は皇国に想像を超《こ》えるような大変な事態を解決しに行ったのだろうと側妃付メイドのメグには察しがついている。

褒賞も何も受け取ることなく、ただ使命感と海よりも深い優しさで困っているであろう皇国へ手を差し伸べるのがスチュワート家なのだ。

きっと皇国は救われたのだろう。

もし、前以《もっ》て非難されることが分かっていたとしても、彼《かれ》らは誰かのために働くことを止めはしない。

それが、ローズ様の心を救ったスチュワート家なのだから。

「あ、そういえばローズ様はファナ様をご存じですか？　教会が聖女だと発表したと陛下から聞きました」

しばらくゆるゆると談笑《だんしょう》していた時に、エマが聖女ファナについて尋ねる。

聖女に選ばれるなんて、きっと性女と呼ばれるより大変なことが多いだろうなんて、軽い気持ちで話題に上げたが、ファナ……の名前を出した瞬間に場が凍《こお》りついた。

「エマちゃん……気を落とさないでね。大丈夫《だいじょうぶ》よ」

「エマちゃーん。ヤドヴィが守ってあげるからね？」

ローズ様だけでなく、ヤドヴィガさえも慰《なぐさ》めてくれる。

「……？　いえ、あの、えっと……ご心配なく？」

「エマちゃん、学園で嫌がらせされたら私に言いなさいね。お茶会や夜会でもよ？　社交界って陰《いん》湿《しつ》なところもあるから……。心配だわ、三人とも学園はしばらく休学した方がいいのかも……」

例の噂はローズの耳にも入っており、三兄弟が嫌な思いをしないかと案じている。

だが、肝心《かんじん》の三兄弟は昨夜帰国したばかりで何のことか分からない。

「いえ、これ以上は休む訳にはいきません！」

ローズの忠告にウィリアムはさすがに無理です、と立ち上がる。

「え？　学園休めないって、何か特別なことあったっけ、ウィリアム？」

立ち上がって力説する弟にゲオルグが不思議そうな顔をする。

「いや、兄様！　何かって、兄様の勉強が遅れるのが一番の問題なのです！　僕や姉様と違って跡《あと》継《つ》ぎの兄様にはパレス領の未来がかかっているのですよ⁉」

何を悠長《ゆうちょう》に構えているんだとウィリアムが怒る。

スチュワート一族最大の壁は魔物学の試験である。

辺境領の領主は魔物学の【上級】に合格しないとなれない。

だが、ゲオルグは勉強が得意ではない。

「……なんで俺《おれ》ばっかり……」

長男辛《つら》い……とゲオルグは肩《かた》を落とす。

「あ、では私が兄様の代わりに継ぎましょうか？　女性でも条件を満たせば家督《かとく》を継げる場合がある、とおばあ様が仰《おっしゃ》っていたの。魔物学【上級】合格の可能性は兄様より高い自信があるから……」

絶望的な兄の成績を前世からよく知っているエマが、可哀想《かわいそう》だから代わろうか？　と、提案する。

「ひぃ！　そんな事になったら、パレスが虫まみれになる！」

兄弟が揃って叫《さけ》ぶ。

「失礼な！　でも、ウィリアムに領主は……無理でしょう？」

ゲオルグもエマもダメとなると残るはウィリアムだが、エマはきっぱりと無理だと言いきる。

「………たしかに」

ゲオルグもエマの意見に賛成する。

三兄弟で一番魔物学【上級】に合格する可能性は高いが、前世のぺぇ太のダメっぷりを考えると責任ある仕事なんて任せられない。

「二人ともひどい！」

結局、ゲオルグが頑張《がんば》るしか道はないのである。

「ふふふ、その様子だと大丈夫そうね。でも、本当に今は少しおかしなことになっているから気を付けてね？　皆、気が立っているから」

三兄弟のディスり合いコントに笑いつつも、ローズは更に念を押すように気を付けろと注意する。

「え？　気が立っている、とは？」

ローズの念の押しようにウィリアムが気になって尋ねる。

「毎年の社交シーズンで貴族達が綿をたくさん買い込むことは知っているでしょう？　今年はその綿が相場よりもうんと高かったそうなの。それでも貴族達はいつも通り、帝国商人から言われるがまま購入《こうにゅう》したみたいなのだけど……」

「……だけど？」

はぁ……とため息を吐《は》くローズにウィリアムが話を促《うなが》す。

何か皇国でヨシュアとオリヴァーが綿がどうのこうの言っていたような気がしたけど、あんまり覚えていない。

「……だけど、その綿は粗悪品《そあくひん》もいいところで王国中の貴族が大損したらしいのよ」

金儲《かねもう》けのつもりが苦しい財政を更に逼迫《ひっぱく》させる事態となったらしい。

「え？　粗悪品なら交換《こうかん》してもらえば良いのでは？　そもそも買う前に商品を確認しないのはどうかと思います」

自分で使うにしろ、転売するにしろ、買う時は商品の見極《みきわ》めをしっかりするべきである。

「エマちゃんの言う通りなのだけど、なんとなく王国は帝国に逆らえない風潮があったりして相手が商人であったとしても言われるがまま買ってしまうのよ」

王国中にある教会の総本山は帝国にあり、宗教の力関係がそのまま国同士の力関係に影響《えいきょう》を及《およ》ぼしていた。

王国民……特に王都周辺に暮らす者は、幼い頃より教会から帝国は偉大《いだい》な国だと教えられて育つので、商人相手にも強く出られないのだ。

ローズの言う風潮は、パレスには教会がないため三兄弟には馴染みのない感覚だ。

教会の教えは魔物を穢《けが》れたものとし、魔物を嫌って結界の境界を有する領地には建てられない。

この国で一番助けが必要なのは魔物により苦しめられる辺境の領民達だが、教会からの施《ほどこ》しは辺境には届くことはないのだ。

そのため、辺境領主の一族は本来教会が担《にな》う役割まで果たさなくてはならなかった。

教会は、婚姻《こんいん》の許可だけでなく孤児《こじ》の保護や教育、人々の悔《く》いや懺悔《ざんげ》を聞き入れ正しい道へ導いたり、家のないもの、空腹にあえぐものの拠《よ》り所となったり、無料の治療院の運営等も担っている。

費用の全ては貴族からの献金《けんきん》で賄《まかな》われているが、辺境にそのお金が回ってくることはない。

基本、辺境は貧乏《びんぼう》くじを引かされている。

「……貴族の皆さん、そのまま泣き寝入《ねい》りしちゃったんですか？」

綿は社交シーズンにまとめ買いするため、そうなると大損どころではない。

「そんな中で、綿を買うことなく損をしていない家があれば……面白《おもしろ》く思わないわよね？」

「………？　綿を買ってない貴族……って……あ、ウチだ……」

スチュワート家は一家揃って皇国に遊学していたために綿を買っていない。

皇国に行かなくても多分買わないだろうけど。

元々スチュワート家では大きい買い物はヨシュアの許可がないとできないし。

「あと、ロートシルト商会も買ってないみたい。品質管理には厳しいと定評のある商会だから、粗悪品もちゃんと見抜いたのでしょう。でも……」

そういえばヨシュアがスラムの子供達に麻《あさ》の加工を学ばせていたような……とエマは思い出す。

ヨシュアは社交シーズンに入る前に、帝国の粗悪《そあく》な綿よりも麻の方がマシだと既《すで》に判断していたみたいだ。

実際、庶民の間では安価で品質の良い麻製の服が流行の兆《きざ》しを見せている。

「うーん……ヨシュアもヨシュアのおじ様も品質の見極めを間違えることはないから、帝国は相当悪い品を提供したのね。それって商売としてどうなのかしら……」

モノ作り大国ニッポンで生活していたエマにとっては信じ難《がた》い話だった。

商品に対するプライドはないのだろうか。

そんな帝国との商《あきな》いは縮小化して皇国との関係を深めたいところである。

そう遠くない未来に王国が、どの商店でもお米が売られていたり、味噌《みそ》と醤油《しょうゆ》は各家庭に常備されていたり、刺身《さしみ》とかも食べる文化が浸透《しんとう》していたりしたら最高なのに……。

「困ったことに今年買った綿は、貴族が使うには品質が悪過ぎて使えないし、庶民に卸《おろ》そうと思っても元値が高いものだから安くは売れない。粗悪な高い綿を買うくらいなら庶民達は最近出回っている安くて品質のいい麻を買う。なら、綿の損失をどこで補てんするかってなると……領の税を上げるしかない。まわりまわって庶民の生活も困窮《こんきゅう》することになるわ」

王国の経済が、綿のせいで窮地に立たされていた。

「……恐ろしい悪循環《あくじゅんかん》ですね……。こうならないためにも領主となる者はやはり、勉強をしなければなりません。ね、兄様？」

「うわっ……話が戻《もど》ってきた！」

まさかのブーメランにゲオルグが驚く。

「勉強も大切だけど、本当に気を付けるのよ？　貴族達は我慢《がまん》に慣れていないからイライラを誰かにぶつけようと生け贄《にえ》を探していると思いなさい。決して私の忠告は大袈裟《おおげさ》なことではないのよ？」

ローズは学園に行くなら覚悟《かくご》して行きなさいと、もう一度三兄弟に忠告する。

「ご心配ありがとうございます。ローズ様」

あまりに真剣《しんけん》な顔のローズにエマも気を引き締《し》める。

つまり貧《ひん》すれば鈍《どん》する……的な話なのだ。

お父さんのボーナスがカットされて、正月の餅《もち》すら買えない家が多い中、クラスの中で一人、親の仕事の休みに合わせて学校休んでハワイ旅行行ったみたいな感じかな？

うん、それはちょっとイラっとするかもしれない。

「なるべく学園では……姉様、大人しくして下さいね」

「なんとか学園では……エマ、大人しくするんだぞ？」

何故か、諦《あきら》めた目でウィリアムとゲオルグがエマを見ていた。

「あれ？　なんで私に言うの⁉　いつも言っているけど、私が騒動《そうどう》を起こしているのではなくて騒動の方が自主的かつ、積極的に私の方へやって来るだけなんだから！」

エマのいつもの台詞《せりふ》が出たが、これを言った後に騒動が起こらなかったことは一度もない。

毎度毎度のお約束の振りに、兄と弟はまた巻き込まれる覚悟を決めたのであった。

◆　◆　◆

それは、教会が聖女の存在を発表した直後のことであった。

「…………お前が聖女？」

聖女に面会した帝国の正使は怪訝な顔をする。

帝国教会による聖女の指標で重要視されているのは何と言っても類《たぐ》い稀《まれ》な美しい容姿である。

王国だけでなく教会が認めた聖女は帝国の正使が責任を持って保護し、国へ連れて帰ることになっている。

しかし、どう見ても聖女の認定を受けたファナという女はどこにでもいる平々凡々《へいへいぼんぼん》とした容姿であった。

目が黒いだけ。

帝国には目が黒い人間はいないので、王国のように神聖視されることもない。

目が黒いことに価値はないに等しい。

帝国王家の望む聖女は黒い目が珍《めずら》しいだけの平凡娘《むすめ》ではなく、特別に美しい娘だ。

大昔はどうだったかは知らないが、昨今の聖女は帝国の王族が世界中の美女を手元に集め、楽しむだけのシステムに成り下がっている。

【聖女】と【性女】は発音だけでなく、役割も帝国王家にとっては一緒《いっしょ》なのだと皮肉る司祭もいる。

そのくらい堕落《だらく》した。

今や帝国も教会も爛《ただ》れに爛れていた。

世界一の強国である帝国は宗教と綿を使って他国を支配しようとしている。

国外へと特例で移り住んだ宣教師達は、神の教えを説く一方で綿を広め、民《たみ》を味方に付けて情報を集め、美女を帝国へ献上《けんじょう》しながら各国での地位を高めていった。

魔物の脅威が失《な》くならない以上、不安が付きまとう人々は神に救いを求めることを止められないのだ。

身分に、生活に、重税に、飢《う》えにと苦しむ民に甘《あま》い言葉と一片《いっぺん》のパンを与《あた》えるだけで信者は面白いように増え続ける。

いつの間にか国民の大半が支持している教会を、どの国の為政者《いせいしゃ》も無視することはできなくなっていた。

「ん？　お前……ヨーゼフか？　丁度良い。私はもう暫《しばら》く王国に留《とど》まる。帰国したら皇帝《こうてい》陛下にもそう伝えてくれ」

ファナの発した言葉に帝国の正使、ヨーゼフは息を呑《の》む。

「…………は？　まさか、貴方《あなた》は…………もしや？　っ仰《おお》せのままに！」

顔色が一気に青ざめ、正使ヨーゼフはその場に平伏《ひれふ》した。

まさか、まさか、そんな……。

王国の正使を長年務めるヨーゼフは、帝国でもそれなりの地位にある。

そのヨーゼフの名を呼び捨てにできる人間は数える程しかいない。

ファナの姿に見覚えは全くなかったが、目の前の彼女の話し方、振る舞《ま》いや細かい仕草はある人物を思い起こさせた。

身の程知らずの田舎《いなか》娘がおかしなことを言ったのだと片付けることができなかった。

あの噂は本当だったのか……ヨーゼフは少しの間に帝国の上層部で囁かれていた話を思い出した。

この平凡な娘があのお方であるならば、ヨーゼフが口を出せることではない。

皇帝陛下は、帝国は、記念すべき世界初の属国に王国を選んだのだ。

正使の全身から汗が噴《ふ》き出す。

毎年訪れて来たこの国には多少なりとも愛着があったが、王国が王国としてある時間は残り少ないのかと。

美しい国民、帝国に次ぐ広大な土地、そして近年著しいシルクの発展。

たしかに目をつけられてもおかしくはない。

「予定より長引いているが……。この見た目であるだけで王族にまですんなり辿《たど》り着ける緩くてめでたい国だ。まあ、問題ないだろう」

ファナは自身の顎に手を当て、ニタニタと笑みを溢《こぼ》す。

まるで、ある筈のない顎髭《あごひげ》を撫《な》でているかのような仕草に、正使はガタガタと震《ふる》え始めた。

◆　◆　◆

「ファナ様、次の授業の教室まで案内致《いた》します」

数日前の正使との面談を思い出していたファナに、声がかかる。

そうだった。

今は学園で授業を受けていたのだったと、ファナは我に返る。

尤《もっと》も、いつの間にかその授業も終わってしまったようだが……。

「ファナ様?」

返事がないファナを心配し令息が覗《のぞ》き込んでいる。

「……何でもない……ですわ。案内を頼《たの》む……つみますわ」

「お任せください！」

とろんと、正気を失ったような表情の令息はファナの荷物を当たり前のように持ち、次の授業へと誘《いざな》う。

ファナの不自然な言葉遣いを気にする様子もない。

「ファナ様、ごきげんよう」

「ファナ様、今度ぜひ、我が家のお茶会へいらして下さい」

「ファナ様」

「ファナ様」

教室移動中に、そこかしこから声がかかる。

声をかけてくる者は、一様に先の令息のようなとろんとした表情をし、そうでない者はその光景を不思議そうに眺《なが》めている。

計画に支障が出てきていた。

本来なら、学園中がファナの言いなりになっていても良い頃合いなのだが……。

いや、本来は王都へ来て数か月が経《た》っているのだから王都中がファナの言いなりになっていてもおかしくはない頃なのだ。

ファナは自身の力を正確に把握している。

この程度の数ならばとっくに掌握《しょうあく》できている筈なのに上手くいっていない。

少し離れて不思議そうに眺めているあの者も、あの者も見覚えがある。

一度は操《あやつ》ろうと試みている。

だが、全く効果が見えない。

同じタイミングで魔法を使ってもかかる者、かからない者がいるのだ。

まだまだ、この体に慣れてはいないのだろうか？

正使に問題ないと言ったものの、ここ数日の釣果《ちょうか》の悪さに焦りを覚える。

「ファナ様、ご存じですか？　スチュワート家のエマ様は夏季休暇が終わっても学園に来ていないそうです」

とろんとした表情の令嬢が次の授業の席に着いたファナに抑揚《よくよう》のない無機質な声で報告する。

「スチュワート家……？　のエマ様？」

どこかで聞いた名前だが、ファナは直ぐには思い出せない。

「エマ様はファナ様の前に聖女ではないかと噂されていた方ですわ。夏季休暇に家族揃って外国に行ったまま、まだ帰国されていないようです」

令息の隣《となり》にいるとろんとした表情の令嬢がエマ嬢について抑揚のない無機質な声で教えてくれる。

「ああ、彼女か……。何となく噂は聞いている」

正使が別れ際《ぎわ》に皇帝陛下への聖女献上は、代わりにその娘でも探すかと言っていたのを覚えていた。

王国にいないのなら、正使も連れ帰ることはできなかっただろう。

教会の司教を操り、聖女認定されたファナと違って正真正銘《しょうめい》の見目麗しい少女は、驚くべき運の良さで助かったことになる。

帝国へ連れていかれたら、ファナでさえも目を背《そむ》けたくなるような酷い目に遭《あ》っていた筈だ。

いや、逆か。

ふむ、とファナは考えを巡《めぐ》らせる。

無意識に右手が顎に触れるが、慣れ親しんだ髭がないことに、やや感傷的になる。

……その娘には悪いが、生け贄になってもらおう。

非難する標的を作り上げれば人はより操りやすくなるだろうから。

「あら、それにしてもその令嬢……と、ご家族は大事な社交シーズンに旅行とは、なんて軽はずみな行動でしょうか……」

ファナの言葉を聞いた、とろんとした表情の生徒達がクワっと目を見開いた。

生徒達の頭の中でファナの言葉が反芻《はんすう》され、脳が揺《ゆ》さぶられるような感覚と共に良心が隅《すみ》へと追いやられた。

その代わりとでも言うように、ムクムクと出所の分からない正義感が顔を出す。

ファナ様が仰る通りだわ！　社交を蔑《ないがし》ろにするなんて、それでも貴族なのかしら？

王国民としての自覚はどこへ行ったのやら。

すこし、我が儘《まま》が過ぎるのでは？

「ファナ様も、そう思われますか？」

「実は、私もこれはおかしいと思っておりました」

「聖女などとほんの一瞬持て囃《はや》されたので調子に乗っているのでは？」

「聖女はファナ様です。なんておこがましい！」

水面に波紋《はもん》が広がるかの如《ごと》く、学園に悪意が感染してゆく。

ファナが放った些細《ささい》な一言が、直ぐにでも刃となってその娘を襲《おそ》うことになるだろう。

その娘が貶《おとし》められるのに比例して、ファナは高みに上り詰めることができるのだ。

この魔法は、悪意《いい》に乗せた方がより効果が高まる。

威力が増すほどに、ファナの力もまた本調子へと回復していく筈だ。

可哀想だが偉大なる帝国のために、存分に利用させてもらうことにしよう。

◆
◆
◆

一方、王国ランス領の貧しい農村。

「うおーーーーい！　お前らちょっとは頭を使え！　さっきから見てたら種を一か所に何個も蒔《ま》きやがって！　土の栄養の取り合いで育ちが悪くなるだろうが！」

村人の畑仕事を眺めていたロバートは手際の悪さに我慢できず、思わず叫んでいた。

ランス領は農業も盛《さか》んだったため、次期領主としてロバートは学園で植物学を学んでおり、作物を育てる知識だけは無駄に持っていた。

「おいおいおいおいおいおいおい！　貴重な水をなんで勢いよくぶっかけるんだよ!?　種が流れるだろ

うが！」

「ダリウス……そこまで言うならお前がやって見せておくれよ」

あー腰が痛いと、ロバートを拾った老婆《ろうば》が曲がった腰を伸ばす。

老婆に続いて村人達も、そうだ、そうだと頷く。

この村に来て数か月。

意外なことにロバートは村人に受け入れられつつある。

若い男は公爵家の軍に取られ、若い娘は王都へ出稼《でかせ》ぎに。

逃げる体力のある者は皆村を出て、残されたのは痩《や》せた土地と痩せた老人。

そんな農村に現れた若者ロバートは、老婆の勘違《かんちが》いからダリウスと呼ばれ村民皆の孫と化していた。

「っだから、種は等間隔《とうかんかく》に蒔いて、水は少しずつ種に行き渡るように優しく…………」

「うんうん」

「なるほどねぇ……」

「頷く暇《ひま》があったら、お前らもやれよ！」

「ほっほっ」

「若者は元気だねぇ」

村の老人達は、文句を言いながらも畑仕事に精を出すロバートに相好《そうごう》を崩《くず》して見守っている。

失恋《しつれん》でもしたのか、村に帰って来た当初はふて腐《くさ》れて水汲《みずく》みすら碌《ろく》にしなかったことを考えれば、数か月で畑仕事までやるようになったのだから大した進歩である。

「そこぉ！　和《なご》んでないで手を動かせ！　そろそろ例の芋《いも》の収穫《しゅうかく》時期だし、休んでいる場合じゃないんだからな？」

「ダリウスが初めて畑仕事を手伝った時に植えた外国の芋じゃったかのぅ？」

「たしか……領主様の気まぐれ、無茶振《ぶ》り作物シリーズのやつじゃった」

「んだ、んだ。作れと言われて蔓《つる》だけ配られて、育て方が分からんで毎年枯《か》らしとった、あの芋じゃ。今年はダリウスのお陰《かげ》で豊作じゃわい。ありがたや、ありがたや」

ランス家の領主は時折、外国の珍しい作物の種や苗《なえ》を農村に配ることがある。

これは、領民たちからは領主様の気まぐれ、無茶振り作物シリーズと呼ばれていた。

何の説明もなく、ただ配られるので生まれた土地しか知らない貧しい農民達は、見たことも聞いたこともない名前が付いた外国の作物の種や苗を毎度持て余していた。

領主の配る作物を無視することもできずに畑に植えてはみるが、王国の気候が合わないのか、水が合わないのか、栽培《さいばい》方法が合わないのか、これまでは上手く実らせることができない方が多かった。

珍しく育ったとしても、一つ二つで見たこともない作物のどこを食べるのかといった問題が起こる。

結果として労力と畑の無駄遣いとなり、村には何の利益ももたらすことのない代物《しろもの》である。

厄介《やっかい》なそれを、ダリウス（ロバート）がこの領主様の気まぐれ、無茶振り作物の栽培方法を本で読んだことがあると言うので任せたのが功を奏した。

植える時期は疾《と》うに過ぎていたのにぐんぐん育ち、まさかの大豊作の予感さえある。

「良いから手を動かせ、手を！　日が暮れる前に終わらないだろう！」

「ほっほっほっ、収穫が楽しみじゃのう？」

「ほんに、ほんに」

「おや、そろそろ一服する時間じゃ」

「おいおい、さっき休憩《きゅうけい》したばっかりじゃないか⁉」

「ほっほっほ、年寄りはぼちぼち働かんと体が痛くなるからの」

「ほんに、ほんに」

年寄りたちはよっこらせと座り込んで、ダリウス（ロバート）曰《いわ》く芋が育つらしい畑を眺めている。

痩せた土地だというのにそこだけ青々と茂《しげ》っている畑は何度見ても年甲斐《としがい》もなくワクワクすると言って。

「おーい！　だから、働けー！」

領主が変わったとかで重たかった税が一気に軽くなった村に、今日もたった一人元気な若者の叫び声が響《ひび》き渡る。

第七十七話　冷たい視線。

「……いやぁ、見事に無視されてませんか？」

三兄弟は無事に学園復帰したものの。初日から様子がおかしいとウィリアムが周囲を見渡《みわた》す。

皇国に行く前とは打って変わって、生徒の誰《だれ》からも声をかけられない……どころか目すらも合わせてもらえないのだ。

これ以上勉強に遅《おく》れが生じるとゲオルグの単位取得が絶望的になるため、王に謁見《えっけん》した翌日に急ぎ復帰したのだが……。

授業中にウィリアムが難問をスラスラと解いても、ゲオルグが簡単な問いに頭を抱《かか》えても面白《おもしろ》いように皆《みな》無反応なのだった。

「うーん、やっぱり皇国も良いけど学園も楽しいわね？」

不穏《ふおん》な空気を感じるウィリアムの心配をよそに大好きな生物学の授業を受けて、エマは終始ご機《き》嫌《げん》である。

「ヨシュアも生物学の授業受けたかっただろうに、お店が忙《いそが》しいみたいね？」

スチュワート家の皇国行きに同行していたヨシュアは、三兄弟のようにはいかず、今週いっぱいは休むと聞いている。

通学時、店前で一緒《いっしょ》に行けないことを残念だとしょんぼりしながら見送ってくれたヨシュアを思い出しながらエマは呟《つぶや》く。

「そ……そうですね？」

多分ヨシュアは生物学を特別受けたい訳ではないと思う……と、頭の中で突《つ》っ込《こ》みつつ適当にウィリアムが相槌《あいづち》を打つ。

ローズの言っていた通り、王国は有史以来の綿不足に陥《おちい》っていた。

綿の価格は高騰《こうとう》し、庶民《しょみん》には手が出せない代物《しろもの》となった。

綿の買えない庶民達《たち》がロートシルト商会の麻《あさ》を求めて行列を作り、一方で質の悪い綿を仕入れなかったために商会の売り場に綿製品がない。貴族のクレームが殺到《さっとう》し、大忙《おおいそが》しとのことだった。

「ローズ様の心配して下さった通りの状況《じょうきょう》になってるな」

ゲオルグが分厚い教科書を鞄《かばん》に仕舞《しま》いながらため息を吐《つ》く。

夏季休暇《きゅうか》に入る前は授業後にはゲオルグに勉強を教えに、ウィリアムに勉強を教わりに誰かしら話しかけてきたものだったが、三兄弟の周りには誰もいないどころか遠巻きにヒソヒソと何か言われている。

はっきり言って気持ちのいい状況ではない。

「…………そんな中でも姉様は驚《おどろ》く程《ほど》にいつも通りですね」

ゲオルグのため息を聞いてウィリアムも表情を曇《くも》らせかけたが、姉の姿を見れば落ち込むのもあほらしくなる。

さっきまで隣《となり》にいた筈《はず》のエマは通りすがりの生物学の教師を掴《つか》まえ、休み前と変わらないテンションで質問の嵐《あらし》を降らせていた。

「先生！　先ほどの授業の内容ですが……やはり将来的には虫食の可能性もあると思いますの。え？　虫なんて食べられる訳ないですって⁉　いいえ、先生、虫は貴重なたんぱく源で人間が必要とするビタミンも摂《と》れるなかなか万能《ばんのう》の…………」

「うわぁ。先生がドン引きしてる。止めに行くぞ、ウィリアム……」

「はい。兄様……」

今日の授業は虫を食べるなんて内容ではなかった筈だが、相変わらずエマの考えはぶっ飛んでいた。

そういえば皇国でミゲルとイナゴの佃煮《つくだに》について熱く語っていたのでその名残《なごり》かもしれない。

「なるほど、一理ありますね。たしかに虫の脚《あし》は歯に引っ掛《か》かったりしそうだし、食感が悪いかもしれません。あ、では……幼虫ならどうでしょうか？　きっとクリーミーな……」

「エマ、先生はお忙しいんだ勘弁《かんべん》してやれ。食感とかリアルに想像させてやるなよ。クリーミーとか言うな……」

「姉様。お話はまた次の機会にして、そろそろ昼食に行きましょうよ」

生物学の教師の顔は青ざめていた。

「えー……。食糧難《しょくりょうなん》における栄養源の確保はとっても大事なことよ？　あ、でもそうね。虫食の話をしたらお腹空《なかす》いてきちゃった。学園の食堂のごはん久しぶりだから楽しみだわ。クリームシチューとか食べたいかも！」

「うぇっ！　姉様！」

「やめたれ！」

ゲオルグとウィリアムの制止（物理）で生物学教師は解放され、逃《に》げるように職員室に戻《もど》ったが、これから昼休憩《ひるきゅうけい》のタイミングだというのに食欲は完全になくなってしまっていた。

「もうっ、二人ともいいところだったのに！」

不満そうにエマは頬《ほお》を膨《ふく》らませゲオルグを睨《にら》む。

身長差があるので睨むというより上目遣《うわめづか》いの角度になり、見た目は普通《ふつう》に可愛《かわい》い。

しかし、その口は先程まで一生懸命《けんめい》に虫を食べることによる利点を力説していたのだから、たまったものじゃない。

相変わらず、うちの妹はマジでヤバい。

「……お前、虫の話は学園では控《ひか》えろとお母様に言われていただろ」

ゲオルグは睨み付ける妹にデコピンする。

「いったっ！　兄様、虫の話ではなく虫を食べる話です！」

「余計に悪いです！」

エマの反論にウィリアムが見事な手刀で突っ込む。

ただでさえ、今はスチュワート家が良く思われていないと忠告を受けたばかりなのに。

聖女うんぬんでその中でもエマは一番反感を持たれていると言われたのに、兄弟の心配を余所《よそ》に本人は至って通常運転なのである。

「それにしても、今日の光合成の授業からどうやって虫食の話になっていくのですか？」

「え？　説明する？　ちょっとだけ長くなるけど……」

「いや、遠慮《えんりよ》しておきます」

「なら、先生も帰っちゃったし、早くご飯に行きましょ。さっきも言ったけど、虫食の話でお腹空いちゃったわ」

「「うわぁ……」」

エマの発言に慣れている筈のゲオルグとウィリアムでもさすがにドン引きしていた。

◆　◆　◆

「「エマ様ー！」」

食堂で昼食をとった後、中庭へ出るといつもの四阿《あずまや》に刺繍《ししゆう》の授業で同じグループの友人達が集まっていた。

双子《ふたご》のキャサリンとケイトリンがいち早く三兄弟を見つけ、笑顔《えがお》で手を振《ふ》っている。

「まあ、皆様！　お久しぶりです！　ご一緒してもよろしいですか？」

エマは嬉《うれ》しそうに友人の待つ四阿へと駆《か》け寄り、ゲオルグとウィリアムも彼女《かのじよ》達の変わらない様子に安堵《あんど》し、エマの後に続く。

「もちろんですわ、エマ様。先ほどキャサリン様とケイトリン様からご帰国されたと伺《うかが》ったところでしたの。もう学園に復帰なさっていたのですね？　お元気そうで安心しましたわ」

「皇国は未知の国、土産話を楽しみにしていたよ」

フランチェスカとマリオンも笑顔で迎《むか》え、変わらない友情を示してくれた。

だが、中庭にいた他の生徒達は双子のエマを呼ぶ声で三兄弟に気付くと賑《にぎ》やかに談笑《だんしょう》していた声を潜《ひそ》め、冷たい視線を送っている。

「おっと………ここは一段と視線が痛いですね？」

ウィリアムが不安そうに鞄《だ》を抱き抱え、キョロキョロと突き刺《さ》さる視線を確認《かくにん》し、居た堪《たま》れなくなって座《すわ》る。

たまに聞こえてくる【偽物聖女《にせもの》】はエマへの悪口だろう。

刺繍グループの令嬢《れいじょう》が異質なだけで、中庭にいる他の者達は午前中の授業で一緒になった生徒に近い反応だった。

「この時期は王都で一番過ごしやすいからね。中庭を利用する生徒が増えるし、我の強い連中が四阿を占領《せんりょう》していつも使っている生徒は追い出されているからじゃないかな？」

三兄弟の後からアーサーも中庭に現れ、四阿の利用する生徒の顔ぶれが変わっただけだからと、気休めのフォローをしてくれる。

「あ、アーサー様！　お久しぶりです」

我の強い連中（第一王子派）だろうが手出しのできない高貴な身分である公爵家子息《こうしゃくけ》のアーサーの登場にウィリアムが笑顔で迎える。

「やあ、三人とも無事に帰って来たみたいで良かったよ」

学園内で王子の護衛をしているアーサーは三兄弟が遊びに皇国へ行った訳ではないと知っている。詳細《しようさい》は伏《ふ》せられていたものの、表情の変わらない冷たい印象の王子エドワードはエマの事になると分かりやすい。

三兄弟がどれだけ危険な目に遭《あ》う可能性があったかくらいは察せられた。

「アーサー様もお元気そうで良かったです」

エマがにっこり答えると、周囲のヒソヒソ声が大きくなった。

「うん。エマ嬢は相変わらず、可愛いね！　それにしても……」

チリッとアーサーが周囲を睨むと、ぴたっとヒソヒソ声が止《や》む。

「いつからこの誇《ほこ》り高き学園は、動物園になり下がったのか……悲しいねぇ文句がある者はまず、私が聞こう。いつでもどうぞ？」

中庭全体に聞こえる声で牽制《けんせい》してからアーサーはゆっくりと座る。

スチュワート三兄弟が気に食わないからといって、公爵家の嗣子《しし》であり、現騎士《きし》団長の息子《むすこ》でもあるアーサーを敵に回そうという者はいない。

不躾《ぶしつけ》な視線がアーサーの声に逃げるように消えてゆく。

「ありがとうございます、アーサー様。なんとなくローズ様からも忠告頂いていたのですが、ここまでとは……」

ゲオルグがホッと息を吐く。

腕《うで》に覚えのあるゲオルグは下手に敵意を向けられると神経が過敏《かびん》になるし、直接攻撃《こうげき》されでもすれば守るべきエマとウィリアムがいる分、過剰《かじょう》防衛になりかねない。

相手が魔物《まもの》ならそれで事足りるが、人間相手だと加減が難しいのだ。

来年は狩人《かりゅうど》の実技だけでなくて騎士の実技も選択《せんたく》しようかなと頭をよぎる。

「気配に敏感《びんかん》なゲオルグ君は大変だろうね。でもまあ、ロバートほど気合いを入れて嫌《いや》がらせするヤツはそうそういないから大丈夫《だいじょうぶ》だと思うよ。なんていうか……エマ嬢は、凄《すご》いね。王国に帰ってきたら聖女じゃないなんて言われて落ち込んでいるかと思ってたけど……」

いつの間にか久しぶりに会った友人達に皇国の土産話ならぬ土産《みやげ》の話に花を咲《さ》かせているエマにアーサーは目を丸くする。

ここ最近は日に日に悪く言われるスチュワート家の評判に妹のマリオンもフランチェスカも双子も心を痛めていた。

しかしながら当の本人はそんな心配をさせる余裕《よゆう》を与《あた》えない元気な笑顔を振りまいている。

「マリオン様とアーサー様には皇国の剣《けん》である、【カタナ】を買ってきましたの。フランチェスカ様には皇国のお米で作った【オサケ】（大量）に鮮《あざ》やかな【ニシジンオリ】の布地。キャサリン様とケイトリン様にはお揃《そろ》いの【カラクリニンギョウ】と【ツバキアブラ】と【クシ】のセットにしましたわ。どれも本日中にはロートシルト商会経由でお宅に届くようになっています」

ふふふと、かつて聖女に違《ちが》いないと言われた笑顔のまま、聞き覚えのない言葉を挟《はさ》みながら土産の話をするエマの姿に、生まれた時から教会の影響《えいきょう》を存分に受けて育ってきたアーサーは、初めて疑念を抱いてしまいそうになる。

やはり、あのフアナ嬢よりも聖女はエマ嬢なのではないかと。

「エマ嬢、学園で嫌な思いはしていないかい？　何かあったら私に言うのだよ？　私も、殿下《でんか》もエマ嬢の味方だ」

元気そうに振る舞《ま》うエマに心配の声を聞かせるのは不粋《ぶすい》かと思ったが、何かあった後では遅《おそ》いからとアーサーが声をかける。

「エマ様、私もエマ様の味方だ。そこらの令息よりもよっぽど強い自信がある。いつでも頼《たよ》ってくれ」

遠慮はなしだ、とマリオンも続く。

「エマ様、私も。頼りにはならないかもしれませんが絶対にずっとずーっとエマ様の味方です！」

何があっても一緒にいますわ、とフランチェスカ。

「学園中を敵に回しても、私はエマ様につくわよ！　ケイトリン」

「学園中を敵に回しても、私もエマ様につくわ！　キャサリン」

最後に勝つのはエマ様よ、と双子。

「みんな……」

友人達は矢継《やつ》ぎ早にエマの味方だと声を重ねる。

「ありがとうございます！」

ゲオルグとウィリアムは厚い友情に感動する。

皆、貴族としての立場もあるだろうに、何の迷いもなく味方してくれるなんて感謝しかない。

肝心《かんじん》のエマはというと、急な友人たちの言葉にきょとんと首を傾《かし》げ、暫《しば》し考えた後、

「私も皆様の事、大好きですわ！」

と、にっこりと笑って答える。

「くっ、くぅう……破壊力《はかい》、強いな……これ……。……エマ嬢、ちゃんと本当に困ったら頼ってね？　いつまでもこんな冷たい視線、堪《こら》えなくてもいいんだから」

アーサーはエマの笑顔に絆《ほだ》されそうになるも、甘《あま》いマスクで数々の浮名《うきな》を流してきた意地とプライドで持ち直し、念を押《お》す。

「冷たい……視線……ですか？　そういえば皆さん少しピリピリしていましたわね？」

今気付いたと言わんばかりのエマ。

「は？　姉様、今？」

「平気そうとは思ってたけど……お前、鈍《にぶ》すぎないか？」

エマの言葉にさすがに兄弟も呆《あき》れている。

「だって、そんなもの……」

ふっと明るかったエマの表情が陰《かげ》る。

「おばあ様の視線に比べれば、ミジンコみたいなものですもの……」

そう、本当の恐怖《きょうふ》をエマは既《すで》に体験していた。

【マナーの鬼《おに》】ヒルダ・サリヴァン公爵からの礼儀作法《れいぎさほう》でのマンツーマン指導である。

指導中のヒルダの視線はエマにとって死線も同義。

学園の生徒達が束になろうが、死線をくぐり抜《ぬ》けたエマに怖《こわ》いものはない。

（はっ、たしかに……）

【マナーの鬼】を思い浮《う》かべた兄弟、友人たちは、エマの言葉に心から納得《なっとく》した。

◆　◆　◆

楽しい。

そんな訳がないだろう。

楽しい。

バカなことを。

楽しい。

ロバートは畑を耕しながら毎日、問答していた。

木の根や石を取り除き、土にしっかりと空気を含《ふく》ませるようにふかふかに耕された畑を見る度《たび》に得もいわれぬ充足《じゆうそく》感が体中を満たす。

王都にいた時、学園に通っていた時。

こんな気持ちになったことなんて殆《ほとん》どなかった。

遠い昔、常に母親が側《そば》にいた幼かった頃《ころ》にはあった気がする。

母が亡《な》くなってから、父親が次に娶《めと》ったのは屋敷《やしき》で働く侍女《じじょ》だった。

新しい母親は、ロバートに頭を下げ敬語で話す。

公爵家に生まれて、周りに自分より偉《えら》い人間は数える程しかいなかった。

だから、皆ロバートには頭を下げる。

父に仕える大人達は当たり前のように、学友も義理の母であっても。

寂《さび》しいなんて言えなかった。

関心を得ようと庭を荒《あ》らしても、大きな声でメイドに怒鳴《どな》っても、学園で目についた生徒を苛《いじ》めても、新しい母親は何も言ってはこなかった。

素直《すなお》に一緒に茶でも飲もうと言ったとて、彼女はただ、ロバートと対面している時間が早く終わるようにとじっと耐《た》えているようにしか見えなかった。

会話なんてどうやっても成立しなかった。

父親は夜にしか屋敷にいない。

見計らって訪ねてみても面倒《めんどう》そうにロバートのことはお前に任せると言ってあるだろうと執事《しつじ》を睨むだけ。

問題を起こしすぎたロバートは母と妹と生活圏《けん》を分けられ、食事も毎日一人でとるようになった。

新しい母親が妹に接するようにロバートにも柔《やわ》らかい笑みを一度でも向けてくれたら、今ここでこんなことをしていなかったかもしれない。

「ダリウスは力持ちじゃのう」

「畑がみるみる蘇《よみがえ》っとる」

「私があと十年若かったら婿《むこ》に欲《ほ》しかったわい」

「……いや、ばーさん十年前でも六十超《こ》え……」

「六十代は、ピチピチじゃあ……」

「ピチピチじゃなぁ」

「……」

公爵家のロバートより、農村にいる下着すら新調できそうにないダリウスでいる方が楽しいなんてそんな訳、ある筈がないんだ。

そんな事、絶対に……。

◆　◆　◆

「それにしても、なんで皆様はここまで殺気立っているのかしら……」

エマが首を傾げて不思議そうに尋《たず》ねる。

綿での大損とスチュワート家の社交シーズン不在、エマの偽物聖女の噂《うわさ》。

そこまでピリピリするようなことなのだろうか。

綿以外は他人事《ひとごと》だし、大損したとしても貴族は定期的に領地からの税収入もあるのでパンが買えなくなる程困窮《こんきゅう》するようなことはないだろう。

それを怒《おこ》って良いのは、バカな領主のせいで税負担が増えるかもしれない領民達だ。

「そりゃ皆、下着を新調できそうにないから……だよ？」

エマが不思議がるのを不思議そうにアーサーが答える。

マリオンもフランチェスカも双子もアーサーに同意するように頷《うなず》いている。

「へ？　し、下着の新調ですか？」

急に出てきた想定外の下着という言葉にウィリアムがどういうこと？　と訊《き》く。

エマもゲオルグも訳が分からないと首を傾げている。

「教会の教えにあるでしょう？　神の下に還《かえ》るため、負のエネルギーの溜《た》まりやすい下着は一年に一度、社交シーズンの後に新しい物に新調することって。下着は麻ではみすぼらしく、絹では高級すぎる。綿が相応《ふさわ》しい」

フランチェスカは幼い頃から何度も聞かされた教会の教えを諳《そら》んじた。

「えっと？　……え？」

「そんな教えがあるのですか？」

「皆様、それに従っていると？」

なんで教会にパンツの素材を指定されているんだろう。何その設定……大丈夫かな、この国……。

三兄弟はそんな馬鹿《ばか》な、と思ったが友人達の顔は大真面目《まじめ》で嘘《うそ》をつかれている訳ではなさそうだった。

「えええ？　ご存じないのですか？」

逆に三兄弟が知らないことにフランチェスカは驚いている。

「辺境には教会がなかったので……？」

驚かれても、そんなことは全くの初耳である。

なんなら王都育ちの母からもそんな話は聞いたことがなかった。

……まぁ、スチュワート家が毎年下着を新調できるくらい豊かな暮らしができるようになったのはここ数年である。

母が嫁《とつ》いできた頃も下着を新しくなんて言い出せる雰囲気《ふんいき》ではなかっただろうし、財政難から解放された今でも家族全員の貧乏性《びんぼうしょう》は直っていない。

「エマ様、下着は一年に一度全て新しくしないと。肌《はだ》に直接触《ふ》れる下着は悪いものが溜まりやすいのです。悪いものを身につけることは神に対する冒涜《ぼうとく》です。しかし、ここまで綿が不足したとなると手に入れること自体が難しくて……皆、イライラしてしまうのです」

これは前世でいう、風水的なやつなのかな？

なおも真剣に諭《さと》すマリオンにエマも兄弟も、傾げていた首が戻らない。

「あの、下着ですが……どうして絹ではいけないのですか？」

スチュワート家は基本、自給自足生活だ。

領の税収は全部領のために使うと決めている。

家族の食い扶持《ぶち》は家族が稼《かせ》ぐのだ。

魔物を狩《か》って、食糧や素材にし。

蚕の世話をし、絹を織る。

だから下着も服も絹が多い。

パンツに穴があいても繕《つくろ》って大事に穿《は》いている。

ちゃんと毎日、洗っているから綺麗《きれい》だもん。

「絹は贅沢《ぜいたく》なのよね、ケイトリン？」

「絹は贅沢なのよ、キャサリン！」

双子も下着は綿でなければいけないと言い張る。

王国では綿の生産はされていないから、輸入に頼るしかないのに？

三兄弟に言わせれば綿でも贅沢なのだが、友人達は頑《かたく》なに下着には絹より綿だと言って譲《ゆず》らない。

そう言えば、ローズ様も絹の寝衣《しんい》は欲しいと言って喜んだが、下着は断っていた気がする。

「あの、贅沢とは必要以上のものを求めることですよね？　今、綿が手に入らないなら手に入る絹の下着よりも綿の下着を求めることの方が贅沢になると思います。新調できずに皆様が我慢《がまん》してモヤモヤイライラするよりはずっと良いのではないかと……」

三兄弟は困ったときにしか神に頼《たの》まない元日本人&領地に教会がない辺境民なので、友人達の綿へのこだわりはちょっと理解できない。

第一に、さっきからずっと真剣な顔で皆、パンツの話をしているのに誰も変だと思ってない様子も謎《なぞ》過ぎる。

ぶっちゃけ、綿の生産世界一の帝国《ていこく》由来の教会が、綿をどっさり持った帝国商人が一番訪れる社交シーズン後に綿製の下着の新調を教義に盛り込むなんて……あからさまな気がするのはエマだけだろうか。

国ぐるみで詐欺《さぎ》に遭ってない？

エマのもっともな意見に友人達は首を縦に振らず、でもやはり綿が……と口にする。

幼い頃からの教えに背《そむ》くことへ抵抗《ていこう》があるようだった。

ここまで来ると洗脳に近いような……と友人達の頑なな様子にウィリアムは危機感を覚える。

王国貴族の大半が同じような感覚を持っているとすれば今後、綿の価格はどんどん高くなるだろうし、絹の価値は逆に下がっていくかもしれない。

「ん？　スチュワート家……ピンチですかね？」

パンツ話から家業に影響が出るかもしれない。

何が何でもエマと一緒にいたがるヨシュアが学園に来れていないのが信憑性《しんぴょうせい》を高めている。

スチュワート家も領地のパレスも大半の収入源は絹製品で、ロートシルト商会も手広くやっているとはいえ、主力はパレスの絹に他ならないのだ。

「兄様、将来的にスチュワート家が危《あや》ういかもしれません」

このままでは兄が領地を継《つ》ぐ頃にはまた、あの貧乏生活が待っているかもしれない。

ただでさえ魔物の出現する領地を治めるのは大変なのに。

「いや、そんな未来の話の前に……」

ウィリアムの心配をよそにゲオルグは答える。

そう、残念な兄は難しい話はよく分からないのだった。

五年後、十年後の心配よりももっと近くにしなくてはならない心配がある。

「ウィリアム……明日の古代帝国語の授業、俺上手《おれうま》くやれるかな？」

ゲオルグがずんと暗い表情になって項垂《うなだ》れる。

古代帝国語は兄の一番の苦手科目である。

休み明けの学園初日も昼食を終えると思いつく心配は翌日の授業だった。

「………大丈夫ですわ、お兄様。そもそもお兄様が古代帝国語の授業を上手くやれたことなんて一度もありませんから」

よしよしとエマがゲオルグの頭を撫《な》でて、慰《なぐさ》める。

「姉様、それ、傷を抉《えぐ》っているだけでは？」

ウィリアムは、やれやれとため息を吐く。

将来の心配よりも、明日の授業の心配……。

いや、そういえば兄が領主になれるか自体が博打《ばくち》案件だったことを思い出す。

兄の古代帝国語のできなさといったら前世の英語を軽く上回る。

古代帝国語は魔物学（中級）以降に絶対必要になると母が言っていたというのにこの体《てい》たらく。

……あれ？　もしや将来困るのって下手したら僕《ぼく》なのでは？

「兄様、今日は帰ったら古代帝国語、復習しましょう！　姉様と僕でみっちり教えますから！」

「えー？　ウィリアム、私は他にやりたい事あるのだけど……」

「ダメです！　姉様も協力して下さい！　兄様このままでは卒業できないですよ？」

「えー……でも………」

「ダメです！　勉強です！　兄様が四十過ぎても学園に通ってても良いのですか？」

「それは、ちょっと……嫌かな……」

「ですよね？　今日は勉強の日です！」

「はーい……」

三兄弟のコントのようなやりとりに友人達は、下着の新調ができないイライラをしばし忘れ、楽しそうに見守る。

「やっぱり、三人がいると賑やかで楽しいね？」

「なんだかほっこりしますわね、ケイトリン」

「なんだかほっこりしますわ、キャサリン」

「無事に帰って来てくださって本当によかったですわ」

落ち込むゲオルグ、必死なウィリアム、面倒そうに承諾《しょうだく》するエマ。

いつもの、中庭の四阿の風景に友人達は三兄弟の帰還《きかん》を喜んだ。

◆

◆

◆

「申し訳ないのですが、うちには置いていません」

商店街のメイン通りから少し外れて奥《おく》まった場所にある小さな仕立屋で、店主が無理を言う客に頭を下げる。

「本当か？　そんなこと言って奥に隠《かく》してあるのでは？　仕立屋に綿がないなんておかしいだろう？」

社交シーズンが終わって数日経った頃からか、貴族の使用人が綿はないかと訪ねてくるようになった。

近年は絹でドレスを仕立てるのが流行しており、もともと店には綿の在庫は少ない。

「今年は注文が多くて、生地《きじ》が足りなくなるほどでしたから……申し訳ございません。本当にないのです」

「仕立屋のくせに生地の管理もできないとは、呆れたものだな！」

ぷりぷりと怒って帰る客を見送り、気の弱い店主はやれやれと肩《かた》を揉《も》む。

今日だけでも似たような客が三人は来た。

「また、綿の問い合わせ？　マシュー？」

静かになった店舗《てんぽ》に、お針子が作業場から顔を出す。

「ああ、揃いも揃って貴族家の使いばかりだよ。うちにまで来るということは相当困っているみたいだね」

マシューと呼ばれた店主は、困っていた。

仕立屋は仕立てた服を売るのであって、生地屋ではない。

忙しかった社交シーズンがやっと終わってゆっくりできると思っていたのに毎日のように客が綿を求めて店のドアを叩《たた》くのだから気が休まらない。

「なぁ？　貴族ってなんでパンツのためにあんなに走り回ってるの？」

ひょこっと、お針子の後ろから仕立屋の手伝いに来ていたスラムの子供が顔を出す。

「うーん。貴族は教会の教えに従わないと世間体が悪いというか……」

「せけんてー？　教会の教えって言ってもパンツの素材なんか誰にも見せるもんじゃないからバレないのにね？　あっそれとも貴族って皆でパンツ見せ合って素材がどーのこーの言い合ったりするってこと？」

「え？　見せ合ったりはしないけど……なんというか……」

わざわざ見せ合って確認する訳ではないが、綿を求める姿を周りに見せることでうちはここまでやっているんだと信仰心《しんこうしん》をアピールしている感は否《いな》めない。

「じゃあ、バレないんだから麻でも良くね？　帝国が今年持ってきた綿見たけど絶対おいら達が作った麻のが出来がいいし、なんなら貴族なんだから絹でも良くね？」

スラムの子供は、なんかこーりつ？　悪くねー？　と、バイトで覚えた言葉を得意げに使う。

「うん、そうなんだけどね」

困った顔で店主が頷く。

「私もそう思うのだけど……」

貴族って見栄《みえ》を張りがちだから……と、お針子。

「あ、それにみーんなが聖女様だって言ってたのにエマ様が聖女様じゃないとかなんでなの？」

スラム街で寝起《ねお》きして、臣民街と商店街でバイトしている子供がそこが一番分からないと店主とお針子に尋ねる。

少し前までスラムでも、臣民街のロートシルト商会の倉庫でも、商店街の仕立屋でも、皆がエマ様こそ聖女だって訊いてもないのに言っていたのに急に皆言わなくなってしまった。

「ああ教会がね、別の令嬢を聖女様だと発表したんだよ？」

あれは自分も驚いたな、と店主が説明する。

「変だよ！　聖女様って皆を幸せにしてくれる人のことでしょ？　おいら達はエマ様のお陰でお腹いっぱいごはんが食べられるようになったんだ。これって幸せだよね？　でも、本物の聖女様ってのが出てきてさ、エマ様は偽物だって言い出してさ、絶対おかしいよ！　だって本物の聖女様は何にもしてくれないじゃん」

最近は貴族の多い商店街を歩くとエマ様の悪口を耳にすることが多くなった。

なんで大人はちゃんとモノを見ないのか。

エマ様のお陰で幸せになった人がいっぱいいるのに、偽物だなんて。

「それは私もおかしいって思ってた」

「ハンナ！」

店主が　誰かに聞かれでもしたら大変だとお針子を諌《いさ》める。

「だってそうでしょう？　マシュー、エマ様は私達の恩人よ。この子もそうだし、港の船乗りさん達もエマ様のお陰で病気が良くなったって言っていたわ。それなのに、教会は何を見ているのかしら？」

ハンナは街でエマの悪口を聞く度《たび》に怒《いか》りがこみ上げてくる。

あんなに優《やさ》しい女の子が、どうして偽物なんて言われなくてはならないのか。

「ハンナ……」

「マシュー……。私、教会が信じられないわ」

「だが、教会の影響力は大きい。目立った教会批判をすれば最悪投獄《とうごく》されるかもしれない」

マシューもおかしいとは感じている。

良くないと思っている、けど、ただの仕立屋風情《ふぜい》が国教である教会に太刀《たち》打《う》ちできる訳がなかった。

「そうね、そうよね。……目立たないようにしないと」

「ん？」

「まずは、港の船乗りさん達に声をかけて……。徐々《じょじょ》に同志を集めるところからだわ」

「ハンナ？　何をしようと？」

「マシュー、私達は私達のできることをしなきゃ。エマ様の味方を集めるのよ！」

お針子は布教活動に目覚めた。

「あ！　おいらも協力するよ！　スラムのやつらにも声かけるし」

スラムの子供が仲間になった。

「ハンナ！　危ないことは……」

「マシューお願い。協力して！　私、教会よりもエマ様の方が大切なの」

お針子が上目遣いで懇願《こんがん》する。

「う……。分かった。教会に恩はないけどエマ様には返しきれない程あるから。でも目立たないようにこっそりと気付かれないようにね？」

仕立屋が仲間になった。

「ええ、隠れて教会には知られないように勧誘《かんゆう》するわ！」

お針子が布教活動に成功した。

こうして、一体何をするのか定《さだ》かでないエマのための秘密組織が爆誕《ばくたん》し、教祖《エマ》不在にもかかわらず、水面下で、静かだが着実に信者を増やしてゆくことになる。

◆　◆　◆

「あ、あの……マシュー？　さっきスラムの子が持ってきてくれた麻で下着を作ってみたんだけど……」

「え？　そんな、ハンナの分を作れば良かったのに……」

「あ……。あの、私のも作ったの。お揃いで……」

お針子が細やかな刺繍の入った下着を店主に渡す。

「あっ、丈夫になるように刺繍まで……あれ？　この刺繍、いつもとちょっと違うような……ハンナこれって！」

店主が渡された下着をよく見ると、ハンナが考案したオリジナルの六角形の刺繍柄《がら》と少し違っていた。

「あっ、気付いちゃった？　六角形の刺繍を……は、ハート柄にしてみたの♡」

「ハンナ……とっても素敵《すてき》だね♡」

「マシュー……あなたも素敵よ♡」

そして見つめ合う二人……。

「なあ、兄貴……大人ってパンツ見せ合って刺繍がどーのこーの言うものなの？」

「見るな、お前にはまだ早い」

そんな二人を入り口の扉《とびら》から覗《のぞ》く影《かげ》が二つ。

忘れ物を取りに来たスラムの子供と絵《え》描《か》きのハロルドである。

「あ、兄貴の顔……エマ様達とそっくりになっているよ？」

ハロルドの顔はしっかりチベットスナギツネと化していた。

「気付かれないようにこっそり、かつ早急に忘れ物を取ってこい」

「ハンナ♡　一緒にいてくれてありがとう。幸せだよ」

「マシュー♡　私も今、同じこと思ってた」

ハロルドは子供が忘れ物を回収する間、店主とお針子のラブラブな光景をこれでもかというほど見せつけられる。

「お待たせー って……兄貴、泣いてるのか？」

チベットスナギツネの表情はそのままに、背中から哀愁《あいしゅう》を漂《ただよ》わせるハロルドに子供が声をかける。

「ばっ、泣いてねーよ……。忘れ物持ったな？　よし、帰るぞ。一刻も早く帰ろう。べ、別に……羨《うらや》ましくなんて……ないもんっ」

絵描きはラブラブな光景から逃げた。

「あ、兄貴ー。バイト代入ったら、おいらがパンツ買ってやるから、な？　元気出せよ。あっあと、良い話があるんだ。今ちょうど、紹介《しょうかい》したい集まりがあってさ。大丈夫、きっと兄貴にも良いことあるって。今なら入会金無料、見学無料、お試《ため》し無料、のキャンペーン中だから……」

この夜、稼働《かどう》したばかりの秘密組織に新たに絵描きが仲間になった。

第七十八話　魅了の魔法。

スチュワート三兄弟が学園復帰した翌日の昼休み。

「ほっ、本当によろしいのですか？　ファナ様」

聖女ファナを囲んだ生徒達は歓声《かんせい》を上げる。

「ええ。こちらは王国の商人が購入《こうにゆう》を拒《こば》んだものを教会が買い上げた生地《きじ》です。皆《みな》さんお困りのようでしたので私から司教様にお願いをして分けてもらいました。これで新しい下着を作って下さい」

教会から持ってきた綿生地をファナが笑顔《えがお》で手渡《てわた》す。

「さ、さすが聖女様……」

「本物は違《ちが》う……」

「それに比べて……おい、聞いたか？　スチュワート家のエマ様は綿がないのなら絹を使えばいいなんて言ったらしいぞ？」

「まぁ！　成金伯爵《はくしやく》家《け》は言うことが違いますわね？　きっと普通《ふつう》の暮らしなんて何も分かってらっしゃらないのだわ」

「それに、絹だなんて教会の教えに背《そむ》く行為《こうい》ですわ。なんて罪深い方……でも、仕方ないかしら、偽《にせ》物《もの》聖女ですもの」

社交シーズン中にロートシルト商会が高価格とあまりの質の悪さに買い取らなかった帝国産《ていこくさん》綿の全《すべ》ては教会が買っていた。

その莫大《ばくだい》な費用は王国の人々から集められた寄付金が使われたことを知る者は少ない。

「やはり、ファアナ様が本物の聖女様ですね」

「エマ様が教会に認められないのは、それなりの理由があるってことだな」

質が悪いのに遥《はる》かに高い相場で購入された綿を生徒達はありがたそうに受け取りながら、ファアナを称《たた》えエマを蔑《さげす》んだ。

その様子を満足そうに見て、ファアナは一人、また一人と綿を配っては魅了《みりょう》を深めてゆく。

「あの、ファアナ様？　週末のご予定は空いておりますか？　実は私の父の誕生日パーティーがあるのですが、是非《ぜひ》、ファアナ様もご招待したいのです。父がファアナ様と会いたいと言っておりまして」

一人の令嬢《れいじょう》が震《ふる》える手で招待状をファアナに差し出す。

「あら、それはおめでとうございます。喜んで参加させていただきますわ」

聖女ファアナは学園以外の社交の場にも積極的に参加しており、参加したパーティーでも大いに信者を獲得《かくとく》していった。

必要最低限の社交しかしないスチュワート家のエマ嬢とは大違いだと、ファアナの評判が高まるのと比例して、ここでもエマの評判は急落し、手のひらを返したかのように偽物聖女と揶揄《やゆ》され始めていた。

「あら、遠慮《えんりょ》せずに貴方達《あなたたち》もどうぞ？」

ファアナは綿と自分に群がる生徒達を遠巻きに見ている令息達に気付き、その者達にも恵《めぐ》んでやろうと綿生地を差し出す。

学園の掌握《しょうあく》まであともう少し……。

「あ………いえ、結構です」

だが、一旦《いったん》受け取ったものの、その令息は綿の状態を見て、これはいらないとファアナに戻《もど》そうとする。

「え？」

令息の想定外の行動にファアナは首を傾《かし》げる。

おかしい。

この状況《じょうきょう》でファアナの厚意《こうい》を断れる筈《はず》がないのだ。

なぜなら今、ファアナを中心とした半径十メートルは【魅了】魔法《まほう》の効果範囲《はんい》内である。

みすぼらしい黄ばんだ生地一枚一枚にも、昨夜せっせとよく見えるように魔法をかけたのだ。

これに触《ふ》れれば魅了の効果がより強固なものとなるように。

それなのに、この令息にはなんらその効果が見られなかった。

魔法が効いておらず、しっかりと正気を保っているようにさえ見える。

「あの、ですが……貴方も綿がなくてお困りでは？」

王国の豪商《ごうしょう》ロートシルト商会が毎年買っていた綿の量は膨大《ぼうだい》だ。

今年はその全てが、教会の中にある。

そのため王国では今、綿が手に入らない。

「いや……この綿で仕立てた下着を着るくらいなら、まだ絹や麻《あさ》の素材の方がマシです」

ファナの渡した黄ばんだ綿生地を一瞥《いちべつ》して、その令息は首を振《ふ》る。

「！」

ファナは信じられなかった。

質の悪さを誤魔化していた魔法が……効いていない。

精神に働きかける魔法は、意志の強い者、死線を潜《くぐ》り抜《ぬ》けた者、欲のない者には効力が弱くなる傾向《けいこう》があると聞いたことがあったが、あくまで傾向である。

ここまで全くの無効なのは、ありえない。

パッと見、その辺にいる令息と違いなどなさそうだが、まさか彼《かれ》がどこまでも意志強く、数多《あまた》ある死線をくぐり、それでいて全くの無欲だったとは、人は見かけによらないとはよく言ったものである。

「あの、では、後ろの方々は……？」

たまたま強靭《きょうじん》な精神力をもつ魅了の効かない生徒に当たった不運な己《おのれ》を呪《のろ》いつつ、後ろにいるその令息の友人達にターゲットを変更《へんこう》し声をかけることにする。

驚《おどろ》きはしたが、たった一人に魅了がかからなくても大きな支障はない。

むしろ、その者の周りを取り込《こ》み、じわじわと孤立《こりつ》させてしまえばいい。

「これは……黄色いな……僕《ぼく》もこれはいりません」

「お、おお………お気持ちだけで大丈夫《だいじょうぶ》です」

「うわっ……これはぁ、いらないかなー……」

だが、ファアナの企《たくら》みを嘲笑《あざわら》うかのように、その友人達もこぞって綿を返してくる。

「なっっ！」

こんなバカなことがある筈がない。信じられない。

彼らにも魅了が効いていないだ……と？

「お、お前達！　ファアナ様のせっかくの厚意を、失礼だろう？」

「ファアナ様、お気になさることはありません。あの者達は少々頭がおかしいのでしょう」

魅了された生徒達がファアナをかばう。

どちらがおかしいかといえば、断然魅了魔法の効いている彼らの方だが今はこちらが多数派である。

「い？　いや、だってこんなの下着にするの……抵抗《ていこう》があるだろ？」

「俺《おれ》、王都育ちの綿素材の下着へのこだわり……理解できないんだけど？」

「着たらなんか変なぶつぶつ出そうだし。君達こそ……大丈夫？」

目がなんか……イっちゃってる……よ？

と、令息達は魅了された焦点《しょうてん》の定まらない目の生徒達を心配する。

「おっ、おかしいのはお前達だ！　ファアナ様、こんな田舎者達に関《かか》わってはなりません」

「そうです。ただの嫌《いや》がらせですよ。ファアナ様が聖女だと教会が正式に認めたものだから……負け惜《お》しみですよ」

なぜ魅了魔法の効果が出ないのか考え込むファアナに、聖女ファアナ派と呼ばれ始めている魅了済みの生徒達が擁護《ようご》しようと声を張る。

「あ！　そろそろ食堂棟《とう》の中庭へ行かなくては！」

「本当だ、今の鐘《かね》、何個目だっけ？　昼休みが終わってしまう」

「急がないと！　悪いけど綿は他の欲《ほ》しがっている人にでもあげて下さい」

昼休み中に十五分ごとに鳴る鐘が鳴り、魅了の効かない令息達はなんの抵抗もなくその場を離《はな》れていった。

「あっおい！　ファナ様に正式に謝罪してからって、おーい！」

「どうせまた、あいつらエマ様に菓子《かし》でも持って行くんだろう？」

走り去る令息達の背中を見ながら、魅了済生徒がため息を吐《つ》く。

「エマ……？」

どこか聞き覚えがあると思ったら、ファナの前に聖女と言われていた少女の名前だった。

「あの、あいつら全員エマ派なんですよ」

「そうです。我々が聖女ファナ派と呼ばれるようになったので、あいつらは対抗《たいこう》して天使エマ派なんて言い出しているのです」

「ですがエマ嬢は教会に認められてない偽物。ファナ様が気にすることはありません！」

王都で暮らして、度々《たびたび》耳にしていたエマ・スチュワート伯爵令嬢……社交界で一時的に持て囃《はや》されているだけと全く気にしていなかった。

しかし魅了魔法に問題が生じている今、こういう些末《さまつ》な事に原因が隠《かく》れている場合がある。

「もし、原因がその令嬢ならば……本格的に邪魔《じゃま》になる前に排除《はいじょ》しなくては……」

計画はもう始まったのだ。

「え？　ファナ様？　今、なんと？」

「私、エマ様と会ってみたいわって言いましたの。今度ご紹介《しょうかい》して頂けますか？」

にっこりと、ファナは笑う。

エマの笑顔が天使ならば、ファナのそれは聖女ではなく、悪魔に近いものだった。

その悪魔の笑みにうっとりと聖女ファナ派の生徒達がより深く魅了されてゆく。

「仰《おお》せのままに。しかし、エマ嬢なんて全く普通のただの令嬢です。ファナ様が誰《だれ》よりも一番綺麗《きれい》なのですから」

答える生徒たちの瞳《ひとみ》は何も映してはいなかった。

◆　◆　◆

「まあ！　クリス様、お久しぶりです。え？　クッキーですか？　嬉《うれ》しい！　ありがとうございます」

ファナから逃《のが》れた令息達は、エマに差し入れを持って会いに来ていた。

エマが昨日から学園復帰したとの噂《うわさ》を耳にし、急いで商店街までクッキーを買いに走ったのだ。

「やっぱり、かわいい」

「まさに天使」

「癒《い》やされる」

プレゼントのクッキーを美味《おい》しそうに頬張《ほおば》るエマの姿を令息達は満足そうに愛《め》でる。

そして、先ほど絡《から》んできた聖女だと呼ばれている令嬢とはやはり違うと再確認する。

……いや、どっからどう見てもエマさんが圧勝だろ？

ファナ嬢………？　いや、可愛《かわい》さの次元が違うよな？

そもそも、あのゴミみたいな綿をどや顔でプレゼントって……大丈夫か？

「あ、そうだ！　船旅中にたくさん【オマモリ】作ったんです。良かったら皆様貰《もら》って下さい！

皇国の【ジンジャ】……教会みたいなところで売っているものを参考にしたの。王国では見慣れないデザインと思われるかもしれませんが、お清めの塩が中に入ってて……」

クッキーのお礼だと、大きな鞄《かばん》からエマが手作りの御守《おまも》りを令息に手渡す。

「よ、よろしいのですか!?」

「うわあ、なんて素敵《すてき》な刺繍《ししゅう》……」

「これも、毎日持ち歩こう！」

令息達はエマから貰ったプレゼントを大切そうに見つめ、なくさないように制服の内ポケットにしまった。

エマがお菓子のお返しにプレゼントする手作りの小物は、スチュワート家で試作された絹や糸が使われており、ヴァイオレット（蜘蛛《くも》）の糸が混紡《こんぼう》されているものも多い。

後で知ることになるが、ヴァイオレット（蜘蛛）の糸には【対魔法効果】がある。

夏季休暇《きゅうか》前、エマの笑顔見たさにお菓子を差し入れする生徒が毎日チラホラといた。

大好きなお菓子を貰う度《たび》にエマは刺繍の授業で作った小物をお返ししていた。

カフリンクスだったり、ハンカチだったり、身に着けられる品々は、売ればかなりの値になったが令息達は宝物のように肌身離《はだみはな》さず持ち歩いている。

エマも、ヴァイオレットも、猫《ねこ》も、ウデムシも不在だった王国で、ファナの魅了魔法の影響《えいきょう》が王都に完全に浸透《しんとう》しなかったのは、このお菓子のお礼に配られた小物のお陰《かげ》であった。

「……姉様、これ以上貰ってはいけません。食べ過ぎです」

「何言っているの、ウィリアム？　まだたくさん【オマモリ】あるから大丈夫よ？」

「いや、だから。食べ過ぎです」

エマの食欲は、学園が魅了魔法に支配されるのをいつの間にか防いでいたのである。

第七十九話　クレーム。

「大変申し訳ございません。当店では只今《ただいま》綿製品は取り扱《あつか》っておりません」

「困ります。倉庫に少しくらいはあるのでしょう？」

「いえ、全く。今年、ロートシルト商会は綿を入荷しておりませんから」

「何故《なぜ》です？　下着の新調で毎年この時期、綿は絶対に必要なのに」

「何度も言っておりますが、今年帝国《ていこく》から寄せられた綿が我が商会が売るに値《あたい》しない品質だったからです」

「でも、ほんの少しくらいは残って……」

「いいえ、全くございません」

「…………こんなことを言いたくないのですが、私の主人は侯爵家《こうしやくけ》ですよ？　ずっとこちらの商会と懇意《こんい》にしていたというのに、どうにかならないのですか？　これでは今後の付き合いを考え直さなければと主人に進言しなくてはならなくなってしまいます」

かれこれ一時間くらい、侯爵家の使いが店員をつかまえて綿を出せとごねている。

それが珍《めずら》しい光景でなくなったのは、ヨシュアが皇国から帰国して数週間経《た》った頃《ころ》からだ。

三兄弟に遅《おく》れてヨシュアも一応は学園復帰できたものの、日に日に増えるクレーマーの対応に追われ、また休む日が多くなってきていた。

ヨシュアが予想していたより、質《たち》の悪い客が多い。

「お客様、失礼致《いた》します」

　何度も何度も、綿はないと言っても納得《なっとく》してくれない客に困り果てていた店員に代わろう、とヨシュアは目配せする。

　店員はやっと解放されることへの安堵《あんど》と、店の責任者とはいえ自分より十以上も若いヨシュアへ押《お》し付けることへの居たたまれない気持ちが入り交じった複雑な表情を浮《う》かべている。

　自分は大丈夫《だいじょうぶ》だからと、彼《かれ》の背中をポンっと軽く叩《たた》いて頷《うなず》いてみせてから客へと向く。

「我が商会には、大変上質な絹もございます。侯爵家でお使いになられるのなら綿よりも相応《ふさわ》しいかと……」

「は？　なんだ？　お前？　お前じゃ話にならないんだよ！」

　年若いヨシュアに、あからさまに客の態度が変わる。

「申し遅れました。わたくし、ヨシュア・ロートシルトと申します。王都でのロートシルト商会の店舗《てんぽ》全《すべ》てを任されております」

　苦情は全て自分が聞きましょうとにっこりと笑い、横柄《おうへい》な態度に変わった客に丁寧《ていねい》に自己紹介《しょうかい》する。

　もう、営業スマイルが板につきすぎて戻《もど》らないのではないかと思う。

「ロートシルト……？　責任者……っ？　お、おい、じゃなくて…………いや、あの、おかしいですよね？　店に綿がないなんて！　どう責任を取るつもりなんですか？」

　ヨシュアの名を聞いた客がまた、態度を変える。

「我がロートシルト商会では、大切なお客様に満足して頂けるように商品は責任をもって厳選に厳選を重ねて提供しております。先程《さきほど》の店員も何度も申しました通り、今年の綿の質はお客様に提供する品質を満たしておりませんでした。ロートシルトと名の付く店舗に、粗悪《そあく》な商品を並べるなんてできかねます。絹や麻《あさ》なら品質の良いものが揃《そろ》っておりますよ」

ないものはない。

父が一巻きの綿生地すら買わなかったのだから、事前に調べていた情報よりも、帝国の持ってきた綿は酷《ひど》かったのだろう。

「バッ……っ。絹では贅沢《ぜいたく》だという教会の教えを知らないのか？　それより、私の主人に麻なんかを身に着けろと言うのか！」

ずっと同じ事を繰《く》り返すクレームに辟易《へきえき》するも、商会の者には、ないものをあると白を黒と言うことは絶対にするなと言い聞かせている。

信用は何より大切で、その場しのぎに逃《に》げるような従業員教育はしていない。

「ただの麻ではございません。我が商会が自信をもって提供する最高級の麻です。お客様の仕える侯爵様が社交シーズンに買い漁《あさ》りになった綿生地とは比べものにならないくらいの、清潔で肌触《はだざわ》りの良い逸品《いっぴん》でございます」

「なっなにを！」

クレームが増えるのに時差があったのは、貴族達《たち》は例年通り綿生地を帝国から買っていたからだ。

中身を確認《かくにん》せずに買って、いざ仕立てようかという時に黄ばんだ綿生地にさぞや驚《おどろ》いたことだろう。

詐欺《さぎ》にあったと訴《うった》えるにはタイミングがやや遅《おそ》い上に貴族のプライドが邪魔《じゃま》をする。

そもそも帝国に面と向かって文句が言える者ならここで騒《さわ》いでいない。

売れそうにない綿生地は購入《こうにゅう》した家で消費するしかなくなり、下着として仕立てて使用したものの、あの質では不具合が生じているのだろう。

絹か麻で下着を作るだけで問題は解決するのに、彼らは頑《かたく》なに綿にこだわるのだ。

ただの慣習だった筈《はず》が、綿の下着を着用していないと犯罪者扱いされるとでも言わんばかりの勢いだった。

表立って見せるものではない下着の素材なんて幾《いく》らでも誤魔化せるのに、何をムキになっているのか。

いや、それはヨシュアが皇国に行っていた間に急激に変化したような気がする。

社交シーズン前の時点では教会の影響力《えいきょうりょく》は、ここまで強くはなかった。

教会が聖女を認めたことと関係があるのかもしれない。

ヨシュアは態度の悪い客を、それでも心から憐《あわ》れむ。

彼は店に入ってきてからずっともじもじと足を擦《す》り合わせている。

目の前の客だけではない。

商会に綿生地を求めにやってくる者は似たような動きをしている。

きっと痒《かゆ》いのだろう。

あんなもの下着にしたら変なぶつぶつができる上に、二、三回洗濯《せんたく》したらもう、穴が開くんじゃないか？

なんて父が言うくらい、今年帝国が持ってきた綿は粗悪品《そあくひん》なのだ。

「綿製品は余るほどお屋敷《やしき》にあるのでは？　今年、そちらの侯爵様が目利《めき》きして購入した綿生地の量くらい、うちは把握《はあく》しています。商売とは売り買いの前から始まっているのです」

侯爵の失敗を擦り付けられた目の前の使用人も気の毒ではあるが、そのイライラをこちらが引き受けることまではしない。

そう、この面倒《めんどう》な客が帰れば、午後からの授業に出られるのだ。

お客様は神様……のように一応は扱うが所詮《しょせん》、神様止まり。

「……早くエマ様に新作のジェラートを食べさせてあげたい」

ヨシュアには、神よりも遥《はる》かに大切な天使がお腹《なか》を空《す》かせて待っているのだ。

◆　◆　◆

「兄様、しっかりしてください」

「あんなに頑張《がんば》ったのに……やっぱり何も分からなかった……」

「兄様、結局毎回、全然ついていけてないですね」

学園の廊下《ろうか》をとぼとぼと歩くゲオルグにウィリアムとエマが励《はげ》ます。

連日の予習も虚《むな》しく相変わらず古代帝国語の授業は散々な結果だった。

皇国に行ったことによる遅れなんて微塵《みじん》も感じさせない程に、元々全くできないのだった。

夏季休暇《きゅうか》前に受けていた古代帝国語も、学園復帰の翌日に久しぶりに受けた古代帝国語も、今日受けた古代帝国語もどっちみち同じくらい絶望的に分からなかった。

「なんで、あの教師……毎回古代帝国語しか話さないんだ？　ここは王国だぞ？」

「兄様、古代帝国語の授業中にも後にも毎回言っていますけど、先生は王国語でも説明してくれていますよ？」

「いやいやいや、そんな訳ないだろ？　だって俺《おれ》、一言も頭に入ってないぞ？」

「いやいやいやいや、兄様。苦手意識強すぎですって！」

肩《かた》を落とし、辛《かろ》うじて歩いていられる程の気力しかないゲオルグを両脇《りょうわき》からウィリアムとエマが支える。

ゲオルグが一番輝《かがや》いている【狩人《かりゅうど》の実技】の授業でのゴリラ並みの体力はどこに消えたのか、心なしか萎《しぼ》んですら見える。

「でも、古代帝国語を理解できないと魔物学の中級から困ることになりますよ」

別に古代帝国語の試験に合格しろとまでは言わないが、理解できないと魔物学に支障がある。

魔物の知識は古代からの積み重ね。

脈々《みゃくみゃく》と伝えられてきた資料を読み解くには、古代帝国語は避《さ》けては通れない。

「分かっている……んだけど……分からないんだ……」

ガックシと、ゲオルグはその場で膝《ひざ》をつく。

こうなってはしばらく動かない。

「うーん……何がそこまで難しいのでしょうか……」

転生後の頭の出来がハイクオリティーなウィリアムには分からないことが分からない。

「だから、まず、教師もお前らも、王国語で教えてくれよ……」

「だから、先生も僕《ぼく》らも、王国語でずっと教えているんですよ？」

何度も何度も言った言葉を、ウィリアムが根気よく諭《さと》す。

「バカな！　それならなんで、俺は全く分からないんだ⁉」

「うん。…………こっちが訊《き》きたいです」

皇国語が分からない王国人だって雑ではあるものの、その場で聞けばヒヤリングができるというのに兄はそれすらできない。

学園復帰から数週間経って、フアナ派対エマ派の攻防《こうぼう》は激しさを増す一方だったが、それどころではない。

目下、三兄弟の心配は兄のお勉強である。

半年勉強しても、ここまでできないとなると打つ手がない。

社交シーズンが終われば、試験まで半年を切る。

いかにのほほんと暮らすスチュワート家も、試験だけは避けては通れないのだ。

「兄様、今日も帰って勉強です！」

「ああ、でも……王国語か日本語で説明してくれよ？」

「だから、いつも、いつも、王国語ですって！」

「それ……嘘《うそ》だと……言ってくれよ、頼《たの》むから」

「ダメだ……。姉様も手伝って下さいね？」

「え？　そろそろ猫《ねこ》と遊びた……」

「姉様！」

「……はーい……ってあの人だかり何だろう？」

エマが渡《わた》り廊下の窓から下を覗《のぞ》けば多くの生徒が集まっていた。

これから昼食だというのに、あちらは食堂棟《とう》から随分《ずいぶん》遠いというのに……何か出店でもあるのだろうか？

「あれは例の聖女様が綿を配っているんだよ」

突然《とつぜん》、シュンっと音と共に少年が現れ、エマの問いに答えてくれる。

「あれ、ヒューじゃん？　なんで学園にいるの？」

少年はゲオルグから魔物かるたを盗《ぬす》んだ、スラムのヒューイだった。

「ああ、おいら今、ここでバイト中なんだよね」

忍者《にんじゃ》から教わった色々な術を使ってヒューは何やら最近は大忙《おおいそが》しらしい。

三兄弟以外に渡り廊下に他に人気《ひとけ》がないのを確認して姿を現したヒューは、気配を消して誰《だれ》にも見つかることなく、どこにでも侵入《しんにゅう》できるため、学園で依頼者《いらいしゃ》の婚約者《こんやくしゃ》の浮気《うわき》調査だったり、嫌《いや》がらせの犯人捜《さが》しだったりをして稼《かせ》いでいる。

「そうなんだ？　今日は何の仕事？　手伝おうか？」

ヘロヘロの兄を廊下に座《すわ》らせてウィリアムがヒューに声をかける。

「チッチッチッ。ウィリアム様、仕事にはシュヒギム？　ってのがあるんだぜ。内容は教えらんねーよ」

「うわあ、カッコいい。プロっぽいね！」

「ヒューはスラムキッズで一番の稼ぎ頭《がしら》だもんね！」

ヒューのニンジャっぷりにウィリアムとエマが口々に褒《ほ》める。

実際、かなり稼いでいるらしい。

「へへっ、まーな。あ、三人ともあんまりあそこの聖女には近づくなよ」

ヒューは窓から遠く見える人だかりを見つけ、釘《くぎ》を刺《さ》しておく。

今日の仕事の依頼人はヨシュアで、依頼内容はヨシュア不在中に聖女ファナとエマが遭遇《そうぐう》しないようにする事。

ヨシュアはエマが偽物《にせもの》聖女と呼ばれる原因となったファナを警戒《けいかい》していた。

何かあってからでは遅いと目を光らせている。

そしてヨシュアが学園に行けない日にはちゃっかりヒューを雇《やと》い、忍《しの》ばせていたのである。

ストーカーと紙一重《かみひとえ》というか……もはやストーカーそのものであった。

「んー……でもどんな子なのか気にはなるよね」

ヒューの視線を追って、窓枠《まどわく》に肘《ひじ》をついたエマがのんびり聖女を探す。

偽物だなんだと陰口《かげぐち》を叩かれているにしては、危機感のない緩《ゆる》い仕草である。

「あ、多分……あの子かな？」

遠く見える人だかりの中心に一際《ひときわ》黒に近い髪色《かみいろ》の女生徒を見つける。

遠目でも分かってしまう程のうっすら黄ばんだ綿生地を学園の生徒達に配っているようだ。

綿の質の話は置いといて、本物の聖女さんがしっかり聖女活動に勤《いそ》しんでくれているならエマとしてはこれからお母様の言う通りに目立たずに過ごすことができそうだと呑気《のんき》なものである。

本物の聖女さんにはエマを聖女だなんて呼んでいた事を皆《みな》がすっかり忘れてしまうくらいしっかり頑張ってほしいものである。

誤解だと分かってからも、エマは未《いま》だに【聖女】と呼ばれても【性女】だと言われていると認識してしまう。

自分が穢《けが》れのない清らかな乙女《おとめ》の象徴《しょうちょう》である【聖女】だなんて、ちょっと恥《は》ずかしくて受け入れられないのだ。

前世で色々、あったもんなー……。

思い出したくもないが、まぁ人間も三十五年程度生きていれば、それなりに苦々しい黒歴史の一つや二つ、三つや四つ……い、五つ？　むっ？　……出てくるものだし仕方がない。

「ん？　あれって……」

肝心《かんじん》の清く正しい本物の聖女らしい少女はエマに背を向けており、顔は確認できない。

だが、エマはその後ろ姿に何か引っかかるものを感じた。

彼女《かのじょ》の王族の血を思わせる黒に近い髪色から目が離《はな》せないのである。

前世が黒髪デフォの日本人であるエマにとって彼女の髪が黒に近かろうが、大して気にすることはない筈なのに……その髪色に不思議な既視《きし》感を覚えた。

気になってよくよく見ようと目を凝《こ》らすがよく分からない。

そこへタイミングよく背後からやって来た令息に綿を渡すため聖女がくるりと振《ふ》り返った。

聖女は令息に綿生地を手渡して、二言三言言葉を交《か》わしていたが、エマの視線に気付いたのか急に渡り廊下の窓へと顔を上げた。

「あっ！」

遠く離れているにもかかわらず、教会の認める本物の聖女であるフアナと、渡り廊下の窓枠に肘をついて眺《なが》めていたエマの視線がぶつかった。

その聖女の顔をはっきりと見たエマは驚愕《きょうがく》する。

「え？　ひっ‼」

考えるよりも先に体が反応する。背筋が凍《こお》り、鳥肌が立ち、一気に血の気が引いた。

「なっ……んで？」

エマはなんとかぶつかってしまった視線を剥《は》がし、フアナから見えないように窓から逃げるように離れてしゃがみ込《こ》む。

この場所から一刻も早く逃げ出したい。

でも、ガタガタという音さえ聞こえそうな激しい震《ふる》えが体を襲《おそ》い、思うように動かせないのだ。

エマの本能が逃げろと叫《さけ》んでいた。

青ざめた顔とは裏腹に心臓はバクバクと早鐘《はやがね》を打つが、足が竦《すく》んで立ち上がることができない。

どうすればいいのか分からない。

「？　姉様、どうかしましたか？」

「大丈夫か？　エマ？」

明らかに様子のおかしいエマにウィリアムとゲオルグが怪訝《けげん》な顔をする。

「あ……あれ！　せ、せ、聖女の、ファナさっ……まの……顔……顔が！」

エマは必死に窓を指差そうとするがガタガタと震えて、指先の行方《ゆくえ》が定まらない。

もう一度見る勇気はない。

「聖女の顔？　……ですか？」

「おい、ヒューが近づくなって言っていたけど何かあるのか？」

ウィリアムとゲオルグがその定まらないエマの指先を追い、窓を覗いて噂《うわさ》の聖女を探す。

「うーん……あれかな？　あの聖女が……どうし…………！　うわぁ‼」

「おい！　ウィリアム、窓から離れろ！」

エマの示す窓を覗いたウィリアムとゲオルグも聖女ファナの顔を見た瞬間《しゅんかん》、窓から離れてエマと同じくしゃがみ込む。

「ちょっ！　お、おい！　三人ともどうしたんだよ⁉」

聖女を見た三兄弟の異様な反応に、ヒューが慌《あわ》てる。

でかい猫を飼い馴《な》らし、その辺の荒《あら》くれ者なんか屁《へ》とも思わず、魔法のようにスラムの子供達を救った三兄弟が、明らかに怯《おび》えていた。

「ヤバい、これは……ヤバい」

「…………どうしよう、どうしよう、どうしよう」

「え？　え？　あ、あれって……いや、なんで？　え？　なんで？　どういう展開？　なんのフラグ？」

ガタガタ震えるエマの肩を抱《だ》くゲオルグの表情は、さっきまでの項垂《うなだ》れた姿から一気に臨戦態勢に入り、ウィリアムはウィリアムでぶつぶつとその回転の速い頭をフル稼働《かどう》させて状況《じょうきょう》を整理しようと頑張っている。

「お、おい、なんだよ？　どうしたんだよ!?」

ヒューが声をかけても、三兄弟には応《こた》える余裕《よゆう》はない。

だが、ここは何かと陰謀渦巻《いんぼううずま》く貴族の通う学園、三兄弟のこんな姿を見られでもしたら一瞬で変な噂が広がってしまう危険があった。

特に今のエマ様は偽物だなんて言いがかりをつけられて、学園の生徒でも異様に敵視している者も少なくないのだ。

せめて人目を避けるために何とか移動させてやりたいが、小さなヒューでは力が足りない。

「……あっ！　ちょっと待ってろ？　そこ、動くなよ？」

どうしようかと困りに困った時、ヒューは近付いてくる複数の生徒の気配を察知する。

その中の一つは、今日の依頼主のものだった。

「すぐ、すぐ、戻って来るから！　な？」

学園で頼《たよ》れるのは彼しかいない。

◆◆◆

「やあ、ヨシュア君。なんだか久しぶりに会うね？」

午前の授業が終わり、王城へと向かう王子と護衛のアーサーがヨシュアに声をかける。

皇国から帰国したヨシュアは何かと多忙《たぼう》で、面と向かって顔を合わせたのは数える程であった。

「アーサー様、お久しぶりです。殿下《でんか》はこれから公務ですか？　いつもお忙《いそが》しそうで頭が下がります」

ヨシュアは呼びかけに振り向きアーサーに返事しつつ、王子に臣下の礼をする。

「忙しさではお前も私と大して変わらんだろう？　……あまりにも商会への苦情が酷いなら王家からも働きかけるが？」

礼を解きつつ、エドワード王子も学園を休みがちになっているヨシュアを気遣《きづか》う言葉をかける。

「そんな、王家にお手数をかけるなんて畏《おそ》れ多いことでございます。少々バタついてはおりますが、これも仕事のうちですから」

一見、和《なご》やかに会話しているが、二人の間には相変わらずバチバチと火花が散っている。

王家も商人も立場は違《ちが》うものの聖女ファナの出現と綿不足により、多忙を極《きわ》めていた。

両者共に忙しいのには慣れているが、エマに会う時間が減ることでそれぞれが相当なストレスを抱《かか》えていたりする。

教会が認めた聖女が現れる。

普通《ふつう》に考えれば喜ばしいことだが、この二人にとっては迷惑《めいわく》でしかなかった。

今のところ王子は聖女に一目惚《ひとめぼ》れすることもなく、商人は聖女を崇《あが》めることもなく、ただ、ただ、忙しい仕事の量を倍増させるだけの人間という認識しかない。

二人の関心は、常にたった一人に向けられているのであった。

「では、自分はこれからエマ様の許《もと》へ向かいますので、お二人も道中お気をつけて」

勝ち誇《ほこ》った笑《え》みを浮かべ、貴族になったばかりとは思えない美しい所作でヨシュアが礼をする。

「…………ああ」

顔を上げれば、これから公務のために王城へ戻らなくてはならないエドワード王子は対照的に悔《くや》しそうな表情を浮かべている。

学園に忍ばせたヒューから今週のヨシュアが出席できなかった魔物学の授業で、殿下がエマ様の隣《となり》の席に着いていたと報告を受けたのが昨夜のこと。

チクリと小さく牽制《けんせい》するくらいは許されるだろう。

恋《こい》のライバルが王子でも、怯《ひる》むようなヨシュアではない。

そんな中、突如《とつじょ》シュンという音と共に、エマに付けていた筈のヒューが現れた。

「ヨシュアの旦那《だんな》ぁ！　エマさ……」

「案内しろっ！」

ヨシュアは、ヒューの口がエマの【エ】を発した瞬間には被《かぶ》せて答え、走り出していた。

王子とアーサーがいる状況でニンジャのヒューが姿を現すのは緊急《きんきゅう》事態だと即座《そくざ》に判断したのだ。

「おお………瞬発力、パネェ……」

廊下に一人、ポツンと残されたアーサーは思わず呟《つぶや》く。

どこからともなく急に現れた少年に、護衛としてアーサーが身構える前にヨシュアに続いて王子も走り出していた。

瞬時のフットワークの軽さに驚きつつも、二人の想《おも》いの重さにやや、いや、しっかりとドン引く。

「っと、護衛をおいていくなんて困った殿下だねえ……」

ふはっと一笑《いっしょう》してから、アーサーも見失う前に走り出した二人を追いかける。

突如現れた少年の姿はまた、一瞬で見えなくなっていた。

「……これは、また、説明してもらわないと、だな……」

ちょっと聞くのが怖《こわ》いけどね……と口許に笑みを浮かべたまま、アーサーは冷や汗《あせ》を拭《ぬぐ》った。

◆ ◆ ◆

「エマ様⁉」

「エマ⁉」

ヨシュアと王子が渡り廊下の中程で蹲《うずくま》る三兄弟を見つける。

エマはガタガタと震える体を押《お》さえようと自分を抱くようにしゃがみこんでいる。

ウィリアムはずっとぶつぶつと何やら呟いている。

そんな、妹と弟を庇《かば》うように肩を抱いたゲオルグは真っ青な顔で辺りを警戒している。

「一体、何があったのですか？」

「エマ？　エマ？　大丈夫か？」

ヨシュアと王子が三兄弟のもとへ駆《か》け寄り矢継《やつ》ぎ早に尋《たず》ねるが、明確な答えは返ってこない。

「なんか下で聖女が綿を配ってたんだけど、それを見た途端《とたん》にこんななっちまって……」

シュンとまた、ヒューが現れて状況を説明する。

「エマ様？　エマ様？　僕の声が聞こえますか？　怪我《けが》は？　どこか痛いところはありませんか？」

エマの顔の高さに合うように膝をつき、ヨシュアは懸命《けんめい》にエマに呼びかける。

「……ヨシュア？」

何度も呼びかけ、やっとエマと目が合ったと思った途端、クシャっと顔を歪《ゆが》めたエマが、はじかれたように勢いよく抱きついてきた。

「うわっと！」

ヨシュアは、勢いのまま尻餅《しりもち》はついたが、しっかりと震えるエマを抱き止める。

「ど、どうしよう、ヨシュア。なんで？　なんで？　ねえ？　なんで？　あれは……何？」

ガタガタと震える声でエマは必死にヨシュアにしがみつく。

「エマ様、もう大丈夫ですよ。絶対に大丈夫です。何があっても僕が守ります」

少しでもエマの震えが止まるように、ヨシュアはしっかりとエマを抱く腕《うで》に力を入れる。

おかしい。こんなに怯えているエマ様は初めて見た。

「ヒュー、すぐに馬車の手配を。ここからなら裏門の方が近いな……そちらにまわしてくれ」

「わ、分かった！」

ヨシュアに指示をもらい、すぐさまヒューがシュンと消える。

「殿下……っと、アーサー様はゲオルグ様とウィリアム様をお願いします」

エマの様子に呆然《ぼうぜん》とする王子と遅れて来たアーサーにも指示を出す。

「あ、ああ」

「これは……何が起こったんだい？　ヨシュア君？」

動揺《どうよう》する三兄弟と恐《おそ》ろしく冷静なヨシュアを見比べ、アーサーが周囲に異常や危険な気配がないことを確認しつつ何事かと説明を求める。

「さあ……今は何も分かりません。ですが、こんなに怯えているのです。すぐに最も安全で安心できる場所へ逃がしてあげなくては……」

父親のレオナルド様の許へ。

母親のメルサ様の許へ。

猫達の、コーメイさんの許へ。

一秒でも早く。

「ヨシュア、なんで？　なんで？　なんで？」

エマは必死にヨシュアに言葉にできない答えを求めた。

どうしてもこの世界のグー◯ル先生であるヨシュアに訊かずにはいられなかった。

ヨシュアに分かる筈がないと分かっているのに、押し寄せる不安を抑《おさ》えることができなかった。

令息に綿を渡した後、エマに気付いたかのように見上げた彼女の顔を、エマは誰よりもよく知っていた。


どうして聖女と認められた彼女は、私と全く同じ顔をしているの？

どうして誰もそれがおかしいと気付かないの？

だって同じなのは顔だけではない。

髪色も、髪型も、体形も全部、全部あの日のままだ。

あの日、地震《じしん》で死んだ時の【私】そのもの。

何故、この世界に【私】がいるの？

あれは……【私】なの？

聖女ファナは、田中港《たなかみなと》だった。

エマの前世の姿がそこにあった。

◆　◆　◆

「アーオ！」

「アーオ！」

「アーオ！」

「だ、旦那様。さっきから急にっ！」

門番のエバンから緊急事態だと呼ばれて来てみれば、コーメイがガリガリと屋敷を囲む高い塀《へい》に爪《つめ》をかけ鳴いていた。

リューちゃん、かんちゃん、チョーちゃんの三匹《びき》も落ち着かない様子でうろうろと歩いてはチラチラと心配そうに門を見ている。

「これは……エマに何かあったんだ……」

エバンはヒヤリ……と空気が冷たくなったような感覚を覚え、背後を見る。

「ひっ‼」

そこには、悪魔すら尻尾《しっぽ》を巻いて逃げてしまいそうな顔の主人がいた。

「学園に、行って、くる……」

奥歯《おくば》を噛《か》み締《し》めた状態から絞《しぼ》り出すようにレオナルドが声を出す。

「で、ですが！　学園へは許可がないと……！」

学園は部外者の侵入をよしとせず、それは保護者であっても変わりはない。

ウデムシ事件の際、エドワード王子が騎士団《きしだん》の派遣《はけん》を命じたことは特例中の特例だった。

王子ですら後始末に大量の書類の山を処理することになったと聞くのに、すぐにでも学園に乗り込もうとしている主人は、王族ではないのだ。

あの顔で学園に侵入したら、余計に大パニックが起きるだろうし、書類の提出だけでは済まないだろう。

「学園の決まりなんか、知ったことか！　エマを助けに行かねば！」

鼻息荒く、レオナルドはエバンの制止を振り切る。

魔物狩《が》りで鍛《きた》え上げた屈強《くっきょう》な主人を止めるのは初老のエバンには厳しい。

「ちょっと！　誰か！　メルサ様を呼んで来てくれー！」

一か八か叫ぶも、スチュワート家の敷地《しきち》は広く、使用人達は声の届く範囲《はんい》にはいなかった。

「だ、旦那様が……誰か……」

「うにゃ！」

誰もいないと諦《あきら》めかけた時、白猫のチョーちゃんが一声鳴いて屋敷へと駆け出した。

僕に任せて、と言わんばかりの猫の行動にエバンはポカンと口を開ける。

「え？　チョーちゃん？　猫語？　通じた？　え？　いや、まさか……ね？」

そんな訳あるか、自分も気付かないうちに大分一家に毒されてしまったようだ……と思ったのも束《つか》の間、巨大《きょだい》な白猫はその背にメルサを乗せて帰ってきた。

「うにゃん！」

おまたせ！　とでも言うようにチョーちゃんが鳴く。

「………え？　チョーちゃん？　あ、ありがとう？」

「にゃ！」

どういたしまして、とでも言うようにチョーちゃんが鳴く。

猫……空気読め過ぎ。

「あれ？　ん？　猫……と会話ってできたっけ？」

たしか、エマ嬢《じょう》ちゃんが猫語はノリと勢いだと言っていたが、あながち間違いではないのかもしれない。

ノリはどうか分からないが、勢いだけはあったし。

「何があったのです？」

シュタっと慣れた仕草でメルサが猫から降りる。

馬に乗れなくてもおかしくない元公爵令嬢で現在伯爵《はくしゃく》夫人が、颯爽《さっそう》と猫に乗って現れた。

一番ちゃんとしているように見えても間違いなくメルサもスチュワート家の人間であった。

「メルサ！　た、大変だ！　コーメイさんがエマが危ないと言っている！」

レオナルドは今にも学園に突撃《とつげき》しに行こうとする寸前であった。

その間も、コーメイはアーオアーオと鳴きながら、塀をガリガリ掻《か》いている。

「落ち着きなさい、あなた」

コーメイとレオナルドを交互《こうご》に見た後、メルサがレオナルドを止める。

「落ち着ける訳がないだろう！」

エマがピンチなんだぞ⁉　スライムの時のようになってからでは遅いと珍しくレオナルドも引かない。

「コーメイがここにいるなら、命にかかわることではないのでしょう」

エマが死にかけた局地的結界ハザードの時は即座に飛び出していったのだ。

「コーメイは屋敷の敷地から出てはいけないというエマとの約束を守って我慢《がまん》しているのですよ。あなたも我慢なさい！」

学園なんて甘《あま》やかされた貴族の子供の溜《た》まり場。

最近、聖女が現れただのなんだのの影響でエマは謂《いわ》れのない批判を受けているようだった。

本人はなんともケロッとしていたが、何度も何度も悪口を言われれば辛《つら》くなることもあるとメルサは知っている。

「でも、メルサ！　こんな、こんなに、コーメイさんが鳴いてるのに！」

アーオ！　アーオ！　と必死に鳴くコーメイの姿は心が痛む……が。

「あなたも、コーメイさんも、娘《むすめ》離れしなさい！　あの子今、何歳《さい》だと思ってるの⁉」

「にゃ！」

「おっとぉ！」

メルサが叫び、コーメイとレオナルドの動きが一瞬止まる。

過保護が過ぎる、とメルサがため息を吐《つ》く。

父親と猫からの愛が重すぎて、どんなに令息達がアピールしようと全然気付かない残念な子になっちゃったではないか。

孫なしの人生なんてもう、ゴメンだとメルサ。

「エマはまだ、そのっ十三歳……ゴニョ（とんで三十五歳）……じゃないか！」

「そうよ、十三歳と……ゴニョゴニョ（三十五歳）なのよ⁉」

「にゃ…にゃーん（合わせたら……四十八歳……）」

前世でだけでも今の自分達と殆《ほと》んど変わらない年齢《ねんれい》なのだ。

ん？　その割に……うちの娘……大丈夫か？

「な、何歳になっても娘は可愛《かわい》いし、心配なんだよ！」

「にゃー！」

「あなた！　コーメイさんも！　そもそも何かあっても、ゲオルグとウィリアムが一緒《いっしょ》にいるのですから……？　あっ、そういえば今日は古代帝国語の授業がある日だったわね」

ゲオルグが使い物にならない日だった。

「うわぁ！　やっぱり、やっぱり学園に行ってくる！」

「！　にゃ！　にゃう！」

「あ、あなた！　ちょっと、待て、こら！　コーメイさんまで！」

レオナルドは屋敷の門の横にある家族、使用人用の扉《とびら》へ向かって猛《もう》ダッシュする。

「うにゃ！」

「ぶべっ」

レオナルドが扉に手を伸《の》ばすも、追いかけて来たコーメイに体当たりされ阻《はば》まれる。

人間としては巨体《きよたい》のレオナルドだが、相手がコーメイではひとたまりもない。

「うおっとっ……ちょっとコーメイさん、酷いじゃないか！　って、あっ！」

勢いよく見事に数メートル吹《ふ》っ飛ばされたレオナルドが、不意打ちにしては上手《うま》く着地をキメて振り返ると、門の横にある扉が向こう側から開いた。

「あっ！　コーメイさん！　姉様、コーメイさんが迎《むか》えに来てくれてますよ！」

扉を開けたウィリアムを先頭に、ヨシュアにお姫様《ひめさま》抱っこされたエマに続いてゲオルグが入ってくる。

「エマ！」

吹っ飛ばされた距離《きょり》がもどかしいと娘の姿を見たレオナルドが駆け寄る。

「何があった？　怪我は？」

ぎゅうとヨシュアの首にしがみついているエマに反応はない。

「にゃー!」

ぬるっとレオナルドの前にコーメイが割り込み、一声鳴く。

「っ! コーメイさん!」

その鳴き声に弾《はじ》かれたようにエマが顔を上げ、ヨシュアの首からコーメイの首へと移ろうとする。

その動きに合わせてヨシュアはエマをそっと下ろしてコーメイに託《たく》す。

「にゃん! にゃ?」

「コーメイさん、コーメイさん、コーメイさん」

「にゃにゃ!」

「なんで……?」

「にゃんにゃにゃ?」

「こわい、こわい、こわいの」

「にゃーん……」

ガタガタと震えるエマをコーメイが包み、優《やさ》しく舐《な》め、頬擦《ほおず》りする。

「にゃーん!」

「にゃにゃ!」

「にゃー!」

さらにリューちゃん、かんちゃん、チョーちゃんが擦り寄って来て周りをぐるりと囲んで心配そうにエマのにおいをスンスン嗅《か》いでいる。

「ヨシュア君？　これは、どういうことかな？」

「ひっ!!　レオナルド様！　落ち着いて下さい！　いけません！　人殺しは絶対にいけません！」

エマの怯える様子を見たレオナルドがヨシュアに向けた顔は、エバンがさっき見た何倍も怒気《どき》を孕《はら》んでいた。

「お父様！　ヨシュアは助けてくれたのです！　詳《くわ》しいことは後で説明をしますから落ち着いて下さい！　とりあえず、剣《けん》から手を離して！」

「お父様、冷静に！　情けない話ですが、俺達だけだったらまだずっと学園で震えていたかもしれません」

ウィリアムとゲオルグが慌ててヨシュアを庇う。

いくらヨシュアがこちらの世界のグー〇ル先生でも、今の状況は説明できない。

一家が転生したことやエマの前世である港の姿をヨシュアは知らない。

「そもそも、お前達がついていてどうしてエマがこんなに怯えているんだ？」

レオナルドの怒《いか》りの矛先《ほこさき》がヨシュアを庇った兄弟へ移る。

「よ、予想外というかあり得ないことが起きたのです！」

「あれは、俺でも震えますよ！」

あんなものを見せられて、対処も何もどうすればいいのか分からなかった。

単純に、怖い。

エマだけでなく、ゲオルグもウィリアムも驚きと混乱で動けなくなった。

「レオナルド様、エマ様をよろしくお願いいたします。僕はこれで失礼します」

レオナルドの勢いに気圧《けお》される様子もなく、ヨシュアは猫に囲まれるエマを一瞥《いちべつ》したあと、頭を下げて踵《きびす》を返す。

「ヨシュア！　今日は助かった、ありがとう！」

普段《ふだん》のことを考えると驚くほどあっさり帰ろうとするヨシュアの背に、ゲオルグが声をかける。

何も分からないのに動けなくなったエマを抱き、ここまで最短で連れて来てくれた。

ゲオルグもウィリアムも逃げ出したいのに、逃がしてやりたいのに何もできなかった。

ヨシュアは振り返り、笑顔でお役に立てて良かったです、と応じ屋敷を後にする。

いつも通りの笑顔の筈なのに、何故かゲオルグは背筋がゾクっとした。

◆◆◆

「ヒュー、いるかい？」

スチュワート家の屋敷を出て、道に待たせていた馬車に乗るとヨシュアが小さく口を動かす。

「もちろん」

しゅんっと音と共に馬車の向かいの席にずっとそこにいたかのように座っているヒューが現れた。

「いやぁ……レオナルド様の顔、めっちゃ怖かったな……って、うわっ！　ヨシュアの旦那も、なんて顔してんだよ⁉」

ヨシュアの表情を見たヒューが仰《の》け反る。

「何があった？」

「んー？　廊下で言った通りだよ。聖女を見たら三人ともあの状態で……」

一部始終を見ていても何が何だかなんだよ、とヒューが肩を竦める。

「……とにかく怪《あや》しいのは聖女か……まずは状況把握だな。ヒュー、報酬《ほうしゅう》は弾《はず》むからあのファナ嬢について詳しく調べてもらえるか？」

「はいよっ、エマ様にはオレも世話になったからな。しっかり調べてやるさ。でもさ、皆ちょっと過保護すぎねぇ？」

レオナルド様も、兄弟も、猫達、ヨシュアも深刻に考えすぎてないか？

たしかにあんなに怯えていたら、心配だけどさぁ……。

貴族ってやっぱり訳分かんないな、とヒューが思っていると、

「ヒュー、この世で最も愚《おろ》かな行為《こうい》は何だと思う？」

ヨシュアが静かにヒューに問う。

「へ？」

「エマ様から笑顔を奪《うば》うことだよ」

「いや、怖《こえ》ぇよ」

ニンジャのヒューは、変態の愛の重さから逃げるようにファナ嬢の偵察《ていさつ》に向かった。

◆　◆　◆

人払《ひとばら》いをしてから、家族は屋敷の西館へ集まっていた。

「港がいた？」

「はい、学園に。遠目でしたが、あれはみな姉で間違いありません。しかも、その人物は例の教会が認めた聖女のファナ様だったのです」

ウィリアムが学園で何があったかを両親に説明する。

あれから多少落ち着いたものの、エマはずっと何か考え込んでおり、心ここにあらずといった様子でコーメイさん、リューちゃん、かんちゃん、チョーちゃんの四匹《ひき》が心配そうに周りを囲んでいる。

「どういうこと？」

ウィリアムの説明に、父レオナルドは眉《まゆ》を顰《ひそ》める。

「見間違《みまちが》いではないのですか？」

母メルサも怪訝そうな表情で、間違いの可能性もあるのではと確認する。

世の中には似ている人間が三人はいるらしい。

たまたま港と似た顔の人間がいてもおかしくはない。

「いや、あれは似ているなんて次元じゃなかった。港そのものだったよ」

母の指摘《してき》にゲオルグは首を横に振る。

【そっくりさん】ではなく【本人】だった。

でないとゲオルグだってここまで取り乱したりはしなかっただろう。

見た瞬間、驚きよりも恐怖《きょうふ》が勝った。

「母様、王国人と日本人では顔立ちが全く違います。そこにいるだけで異物が混ざっているような、みな姉の姿は……フアナ様はこの世界のモノではないような変な感じがしました」

ウィリアムもゲオルグの言葉に同意する。

見間違う以前の話で、明らかに異質だったのだ。

周りにいた者達はその異質さを気にも留めていない様子で接しており、その光景がまた、異常で気持ち悪かった。

あの異質さに、どうして誰も何も気付かないのかと。

「この世界に港がいる訳がないのは、皆分かっているだろう？」

確信をもって答える兄弟に、レオナルドはそれでも念を押すかのように尋ねる。

皆、前世の死の瞬間を覚えているだろう……と。

田中家はあの日、もつ鍋《なべ》を前にビールを飲む直前に全滅《ぜんめつ》したのだ。

港は何年、いや多分何十年……もしかしたら何百年も前に一志《かずし》と頼子《よりこ》と航《わたる》と平太《へいた》と一緒に死んだのだ。

今だって、忘れたくても忘れられない。

転生したと気付いた時、家族全員が味わったあの苦い気持ち、死の直前の、悔しい気持ちが胸の奥に居座っている。

久しぶりの家族団欒《だんらん》……せっかく奮発して買ったビールを前に飲めなかった無念。

いつもは発泡酒《はっぽうしゅ》だから、すごい楽しみにしていたのに……味わいたいのはビールの苦みであって一家全滅の苦汁《くじゅう》なんかじゃない。

「それは、分かっています。ですが、俺もウィリアムも魔物狩りの訓練で【見極める】力をつけています。何より、エマが【そう】だと言ったのです」

ゲオルグも覚えている。

でも、エマのあの状態を見れば見間違いで済ませられない。

虫の観察と裁縫《さいほう》、スチュワート家で自由にのびのび好きなことを突《つ》き詰《つ》めて育ったエマは、一日見るだけでドレスの寸法を狂《くる》いなくあてられる特技を持っていた。

誰よりも正確に【見る】ことのできるエマだからこそ、あそこまで怖がり、震え、怯えたのだ。

エマがあれを港だと言うのなら、それはもう港だ。

猫や虫は巨大化し、魔法まであるこの世界に一家はうっかり転生した。

前世の記憶《きおく》があるからこそ、見過ごすことができないのだ。

港と同じ姿を持つ者に遭遇したのは偶然《ぐうぜん》ではなく、きっと必然なのだと考えてしまう。

前世で読んだ幾つかの転生物の創作物のように、この世界に予《あらかじ》め用意されたシナリオがあるとしたら、港が現れたことで大きな転機となり物語が過酷《かこく》な展開に傾《かたむ》いてゆく可能性だって考えられた。

「もしアレが、みな姉のドッペルゲンガーだったらどうしよう」

ウィリアムが重い口を開く。

この世界が、これから始めようとする物語がホラーでない保証はどこにもない。

他愛《たわい》ないオカルト話だって暢気《のんき》に笑ってはいられない。

一家が物語の登場人物で当事者となるなら、命の危険にさらされる可能性もあるのだから。

【ドッペルゲンガー】同じ姿をしたもう一人の自分。

前世の記憶では、ドッペルゲンガーを見た者は死ぬといわれていた。

ウィリアムは恐れていた。

学園にいたのが田中港、姉のドッペルゲンガーだったら？　死ぬ運命にあるのは……。

こんな展開、受け入れられる訳がない。

「あ？　ああ、ドッペルゲンガー……か、懐《なつ》かしいな……」

昔、ドラマだっけ？　一時流行ったよね、とレオナルドが記憶の糸をたぐって、思い出す。

「なんでよりによって……。また、エマなんだよ」

猫に囲まれているのに俯《うつむ》いて暗い顔をしているエマの頬《ほお》の傷痕《きずあと》を見つめ、ゲオルグは悔しそうに拳《こぶし》を握《にぎ》る。

「ゲオルグ……。ん？　いや、ちょっと待て、そもそも港の姿のドッペルゲンガーにエマが会っても影響ないのではないか？」

前世の記憶がたしかならば、ドッペルゲンガーは【自分と同じ姿】をしているのが前提だった。

となると、エマと港の外見は全くの別物なので、【自分と同じ姿】にはならない。

「え?」

「あ、あれ?」

兄弟がレオナルドの指摘に、はっと顔を上げる。

「まあ、普通に考えればそうなるわね。エマのドッペルゲンガーならエマの姿じゃないと、エマのドッペルゲンガーとは名乗れないでしょうね」

珍しく核心《かくしん》を突いたレオナルドの言葉にメルサも頷く。

港の姿を見て冷静さを欠いていた兄弟と違い、直接見ていない両親はきちんと考えを巡《めぐ》らせる余裕があった。

「そうですよね? 少し考えれば分かることなのに……僕、なんでそんなことも気付かなかったんだろう……。みな姉のドッペルゲンガーを見ても、エマ姉様は……死なない?」

「ああ。死なないし、死なせない。この私が絶対に守るから」

ウィリアムの希望と不安が入り混じった問いにレオナルドがきっぱりと答えた。

訳の分からないオカルト現象で娘が死ぬなんて言われて、ただ指を咥《くわ》えて見ている父ではない。

「で、ですよね?」

「そう、だよな?」

大丈夫だ。

きっと何とかなる。

いや、絶対に何とかするのが田中家だ。

「姉様、きっと大丈夫です。あれはドッペルゲンガーではなくて別の何かだから！」

「エマ、呪《のろ》いとかじゃないなら、物理攻撃が効くなら勝算はあるぞ！」

ウィリアムとゲオルグの表情が明るくなる。

エマの前世の姿とそっくりな人間がいる＝ドッペルゲンガーと、何故か思ってしまっていた。

突然の予期せぬ事に冷静さを失い混乱していたのかもしれない。

動転した状態で、ぱっと最初に思いついたことに固執《こしつ》して、思考が停止した。

聖女ファナの姿を見た瞬間、無駄《むだ》に不安になったが、落ち着いて考えられる今なら何とかなる気がしてきた。

「？　姉様？」

「エマ？」

だが、目に見えて安心する兄弟とは違い、エマの表情は暗いままだった。

「違う。これは……違う」

エマは制服のスカートをぎゅうっと握りしめて、ふるふると首を横に振った。

エマも兄弟と一緒でファナを見た時、一番に浮かんだのはドッペルゲンガーだった。

そういう世代というのもある。

あ、これ死ぬやつな……と直感的に思った。

だが兄弟とは違って、その後もエマは思考を止めることなく色々な仮説を立てていった。

考えられる可能性を出せるだけ出した。

エマの類まれな発想力をフル回転した中で一つ、嫌な仮説が浮上《ふじょう》した。

しかし、普通に考えればこれはあり得ないと打ち消す。

打ち消したのだが、その仮説が気になってしまい、他の仮説一つ一つを検証しようと試みるも上手くできなくなっていた。

あの嫌な仮説が何度消しても顔を出して、どんどん大きくなっていたのだ。

矛盾《むじゅん》だらけで、候補にすらならないと頭では分かっているのに、他の仮説を押しのけて、大きく大きく膨《ふく》らむのを止めることができなくなってしまった。

「違う。これは……違う」

ファナ嬢の姿は転生直前の港そのものだった。

死ぬ前の週に美容院に行ったばかりの色持ちを保っている髪色が何よりの証拠《しょうこ》だ。

お気に入りのカラーだったこともあり、今でもはっきり覚えている。

微妙《びみょう》な髪色の判別であろうとも、虫の観察に長《た》けたエマが見誤ることはない。

異世界転生があり得るならば、異世界転移だってあり得るのかもしれない。

だから、何度打ち消してもあの仮説を無視できない。

【もし、港が生きていたら？　ファナ嬢が港だったら？】

「違う。違うの」

この仮説は、絶対に成り立たない。

矛盾だらけだし、皆との記憶だってちゃんとエマの中にあるのだから。

ちゃんとあるのに……。

ついさっき、即座に打ち消した時とは打って変わって、エマはいつの間にか違っていてくれと願うような気持ちで声に出していた。

あのファナ嬢の姿……港の姿は大きな不安をエマに与《あた》えた。

前世の自分の姿云々《うんぬん》以前に、心を弱らせる何かが彼女にあった。

ドッペルゲンガーをただのオカルトとして一蹴《いっしゅう》できずに死を覚悟《かくご》してしまうような何か。

ただ怖くて不安な……この、懐かしい感覚は……。


「にゃーん？」

コーメイがエマの顔を覗き込む。

コーメイにくるまれて、ソファの上に三角座りで俯いている今のエマは、幼い頃の何もかもを恐れていた港にそっくりだった。

常に何かに狙《ねら》われていた前世の、コーメイが守ってやらなければと決心したあの港に。

「コーメイさん……」

覗き込んだコーメイと目が合ったエマの顔が涙《なみだ》をこらえるかのようにぐにゃりと歪んだ。

今、エマは何が怖いかと訊かれたらコーメイと一緒にいられなくなることだと即答するだろう。

前世でコーメイとお別れした時は、悲しくて、苦しくて長い間ずっと塞《ふさ》ぎ込んでしまった。

エマが、港でなかったら。

ファナが港だったら、コーメイさんはどっちを選ぶんだろう？

頭に浮かんだ瞬間、全身に悪寒《おかん》が走った。

「嫌だ……そんなのやだ……」

コーメイさんが離れていくなんて、そんなの嫌だ！

エマが大きく顔を左右に振ったその時、周りにいた猫達が弾かれたように飛び退《の》ける。

「にゃ！」

「にゃ！」

「にゃ！」

「にゃ！」

驚いた猫達がエマに向かって毛を逆立て、凝視《ぎようし》する。

「？　リューちゃんどうしたの？」

「かんちゃん？」

「え？　チョーちゃん？」

「コーメイさんまで、何？」

ウィリアム、ゲオルグ、レオナルド、メルサは突然の猫達の警戒態勢に驚く。

「にゃー、なゃ！」

来るな、離れて！　と、コーメイが鳴く。

いつの間にかエマの周りに、真っ黒なもやが漂《ただよ》っていた。

「にゃー⁉」

あれは前世で見た森の瘴気《しょうき》だった。

幼い港が犬に追いかけられ迷い込んだあの森特有の瘴気だ。

なんでここに⁉

「急にどうしたの？　コーメイさん？」

「何？　何？」

瘴気は人間には見えない。

家族は何が起きたか分からない。

前世、近所に住む猫も犬も本能があの森だけには近づくことを許さなかった。

あの瘴気に長時間触《ふ》れて、おかしくならない生物なんていないのだ。

「ううっ」

瘴気の中に一人残されたエマは泣いていた。

あの、森に迷った幼い港と同じようにグズグズ、グズグズと見ているだけで苦しくなるような涙を流している。

「エマ！」

「にゃ！」

駆け寄ろうとするレオナルドをチョーちゃんが止める。

「ちょっなんで？」

「にゃー！」

「え？」

「放しなさい、エマが！」

「にゃーにゃ！」

ゲオルグも、ウィリアムも、メルサもかんちゃんとチョーちゃんが止めている。

「にゃー！」

どんどん濃《こ》くなっていく瘴気に向かってコーメイが鳴いた。

あの頃と同じように片《かた》っ端《ぱし》から払ってやるとコーメイがじりじりと近づいていく。

だが、エマの周りの瘴気は濃く、思っていたようには消えない。

早く助け出さないと！

「にゃー！　にゃー！　にゃー！」

コーメイはその瘴気に躊躇《ためら》うことなく飛び込んだ。

「にゃー！　にゃ？」

エマとコーメイの間は一メートルも離れていなかった筈なのに、駆け出して飛び込んでもエマにたどり着けなかった。

時空が歪められていた。

「アーオ！　アーオ！　アーオ！」

視界が瘴気で見えない中、コーメイはエマを呼んだ。

前世、幼い港を捜《さが》して森に入ったあの日と同じように。

第八十話　本物と偽物。

エマは、森の中に立っていた。

何故《なぜ》ここにいるのかは分からなかったが、エマの目の前で幼い港が泣いている。

また、ラブに追いかけられて森に入った時の夢でも見ているのだろうか。

「大丈夫《だいじょうぶ》よ。もうすぐ、コーメイさんが迎《むか》えに来てくれるから」

あまりに泣き続ける港《みなと》にエマが声をかける。

コーメイさんが助けてくれるから大丈夫だと。

その声にグズグズ泣いていた幼い港はぴたりと泣き止《や》み、ゆっくりと顔を上げてエマを見る。

「あなたは、誰《だれ》？」

そう言って不思議そうに首を傾《かし》げる港は、さっきまでの幼い少女ではなくなっていた。

いつの間にか、大人の姿になっていたのである。

夢の中なんてそんなものかとも思ったが、よく見ればその姿はご丁寧《ていねい》に学園の制服を着ているのだった。

そう、彼女《かのじょ》は幼い港ではなく、渡《わた》り廊下《ろうか》で見たファアナなのだ。

「な……んで、ファアナ様が……？」

「よっこいしょっと」

驚《おどろ》くエマを気にも留めず、ファアナは立ち上がる。

「ねえ、いいの？　そんなこと言って」

「え？」

何のことか分からずにエマは訊《き》き返す。

「さっき、私にはコーメイさんが迎えに来てくれるって言ったじゃない。じゃあ、あなたは？」

ファナはニィっと口角を上げる。

「あなたには、誰が迎えに来てくれるの？　偽物《にせもの》のあなたを誰が必要としてくれるの？」

前世の我が顔ながら、殴《なぐ》ってやりたいくらい嫌《いや》な笑《え》みを浮《う》かべて、ファナがエマに詰《つ》め寄って来る。

誰が、と訊かれてもエマはどうしたのか答えられない。

「家族？　……は来ないわよね？　だって本物は私なんだもの！」

エマが恐《おそ》ろしくて言えなかったことを、ファナが嬉々《きき》として声に出す。

「違《ちが》う、あなたは私じゃない」

「バカね？　あなたが私《エマ》じゃないのよ」

これは夢だ。悪夢だ。

エマは勝ち誇《ほこ》ったように笑うファナから目を逸《そ》らし、辺りを見回す。

夢なら覚めてくれと。

エマの願いは聞き届けられることなく、周りは真っ暗な闇《やみ》の中だった。

最初にどうして森の中にいたと思ったのか分からないくらいに、どこまでも暗闇《くらやみ》が続いていた。

「ふふふ、来たわよ」

ファナがクイッと顎《あご》で示す先が鈍《にぶ》い光に包まれて何かが姿を現す。

「コーメイさん！」

そこには小さな三毛猫《みけねこ》がちょこんと座《すわ》っている。

「にゃ？」

エマが駆《か》け寄り手を伸《の》ばしたが、猫はプイッとそっぽを向いてファナの方へ擦《す》り寄る。

「え……コーメイさん？　どう、し……て？」

コーメイがエマを無視してファナに擦り寄る姿を見て、エマは愕然《がくぜん》とする。

「にゃーん」

コーメイは、エマの方を見ない。

ファナしか、見ていない。

「ねえ！　どうしたの？　コーメイさん？」

こんなの絶対におかしい。

「おかしくなんてないわよ。この子にも分かるのよ。本物と偽物の違いくらいね？」

エマの心を読んだようにファナが笑う。

「ちがう、そんなこと……ない」

そんなことある訳がない。

ファナが本物で、エマが偽物。

エマが、港ではないなんてそんなことある訳がない。
コーメイさんがファナを選ぶなんて、そんなこと……。
エマの絶望に呼応するかのように、急に目の前が真っ暗になった。
ファナもコーメイも見えなくなって、暗闇に一人残された。
一人ぼっちになっていた。
「……やだ。いやだ。コーメイさん……どこ？　おいていかないで」
どうしよう、どうしよう、どうしよう。
真っ暗で、誰もいない。
一人だ。
誰も迎えに来てくれない。
偽物の私なんか誰も……。
違う、偽物なんかじゃない。
この夢はいつ覚めるの？
頭がおかしくなりそうだった。
悲しくて、寂《さび》しくて、怖《こわ》くてこのままずっと一人なのかと震《ふる》える。
エマは暗闇に飲まれ、どうしようもできなくなって蹲《うずくま》る。
ついさっき見た幼い港のように。
「………？」

だが、おかしくなってしまいそうな中、蹲ったことで小さな光の存在に気付いた。

気付くことが、できた。

本当に微《かす》かな、少しでも顔を上げると見えなくなってしまうその光は、それでも一生懸命《けんめい》にエマを守っていたように感じた。

どこから……？　検証のために、もう一度俯《うつむ》いて蹲ってみる。

するとまた、微かに光っているのが分かる。

「！　これって……」

真っ暗闇で自分の手も見えない中、右側の頬《ほお》に手をかざすと、柔《やわ》らかな紫色《むらさきいろ》が手のひらの皺《しわ》を照らした。

発光していたのは、エマの右頬にある紫の傷痕《きずあと》だった。

……サ……カサ……カサカサ！

その微かな光を縋《すが》る思いで見ていると、頭の上で音が聞こえた。

辺りは何も見えないままだが、エマがこの音を聞き間違える筈《はず》がなかった。

「ヴァイオ、レット？」

カサカサ！

エマの問いに蜘蛛《くも》が答える。

「そこにいるの？」

カサカサ！

みんないるよ！

「みんな？」

カサカサ！

そう、みんな。耳をすませて！

エマはヴァイオレットに従い、蜘蛛の糸を掴《つか》むような気持ちで深呼吸して、目を瞑《つぶ》って耳をすませた。


……アーオ。

アーオ、アーオ、アーオ！


「アーオ！」

コーメイの鳴き声に、エマの意識が引き戻《もど》される。

「はっ……」

エマは自室のベッドの上に寝《ね》かされていた。

「あれ？」

カサカサ！

頭の上にはヴァイオレットがいて、四匹《ひき》の猫達《たち》がエマの周りを囲んでいる。

そして、更《さら》にその周りを家族が囲んでいて、メルサが心配そうにエマの手を握《にぎ》っていた。

「あーまたもや猫天国だ……あれ？　なんで皆《みんな》……？」

いつベッドに移動したのか記憶《きおく》になかったが、家族に囲まれて地獄《じごく》のような悪夢から目覚めることができたのだとエマはほっと胸を撫《な》で下ろす。

ただあの悪夢が全《すべ》て嘘《うそ》だと確信が持てず、チクリとその胸に痛みを感じる。

「にゃーん？」

コーメイがエマの右側の頬を舐《な》めていた。

いつもは傷がない左側なのに、今日は一生懸命に傷のある右側の頬を舐めている。

「姉様、疲《つか》れてたんですよ」

「え？　憑《つ》かれて？　何に？」

「へ？」

「え？」

ウィリアムや家族の目には瘴《しょう》気《き》は見えない。

そのため急に泣き出したエマは、猫が一斉《いっせい》に慰《なぐさ》めている途中《とちゅう》で疲れて眠《ねむ》ってしまったと思っている。

実際はエマが聞き間違えた【憑かれて】の方が正しかったかもしれないとコーメイは思った。

コーメイが鳴き声で瘴気を飛ばしきっても、エマの意識は中々戻らなかった。

エマの不安と恐《きょう》怖《ふ》が瘴気に囚《とら》われていたせいで。

ヴァイオレットの協力がなければ、とても危険な状態だった。

「にゃーん？」

コーメイがエマに何に囚われていたんだ、何が怖いんだと優《やさ》しく尋《たず》ねる。

「っ……」

そのコーメイの問いに答えず、エマは黙《だま》り込《こ》む。

エマの体は制服に織り込まれたヴァイオレットの糸で守られていたのに、コーメイの声がとどかない心の深いところまで恐怖に支配されていた。

「にゃーん？」

この恐怖の原因は取り除いておかねばならない。

目を覚ましたばかりのエマには酷《こく》な質問であったが、森の瘴気がこちらの世界にも存在するのなら絶対に後回しにはできないのだ。

「にゃーん？」

エマ？　教えて？

コーメイはエマの体を包み込んで何度も訊いた。

「……あ……のね？」

震える体を包んでくれるコーメイの温かさに、頬を舐めてくれる感触《かんしょく》に、勇気をもらってとうとうエマが口を開く。

怖くて、怖くて……怖いのに、頑張《がんば》って絞《しぼ》り出すような声だった。

「にゃ?」

コーメイはじっとエマを見つめ、次の言葉を待っている。

その様子を、家族は静かに見守る。

「コー……メイさんは……」

しかし、エマの掠《かす》れた声は続かない。

「にゃん?」

コーメイはどんなに小さな声も聞き逃《のが》さないように、じっと見つめたまま相槌《あいづち》を打つ。

大丈夫だよ、言ってごらん?

子猫をあやす母猫のように優しい声でエマを包んだ。

「う……うう」

悪夢を見たエマはコーメイさんが優しければ優しいほど悲しくなっていた。

コーメイさんが好きで好きで離《はな》れたくないからこそ、エマの恐怖は増していくのだから。

そんなエマの次の言葉を、コーメイはじっと待った。

「あの、ね? コー……メイさん……は、あっちの、港がいいって……、いなくなっ……たり……しない? ……エマじゃなくて、私っじゃなくって、あっちの港と一緒《いっしょ》にいたいって思って……いなくなったり……しない?」

コーメイさんと離れたくない。

エマはそんなことになったら堪《た》えられないと、大粒《おおつぶ》の涙《なみだ》を溢《こぼ》す。

そんな訳ないと何度も何度も否定したのに、あの嫌な仮説が、悪夢がエマを不安にさせた。

港の記憶を持ってはいるが、エマはエマである。

その姿形《すがたかたち》は日本人の田中港ではない。

もし、学園で見たファナが、悪夢と同じように港だと名乗ったら？

港の姿で、港の記憶を持っていたら、それはもう港だ。

正真正銘《しょうしんしょうめい》の田中港だ。

エマは偽物で、ファナが本物。

それは悪夢だけで言われていた言葉ではなかった。

学園でひそひそと囁《ささや》かれていたエマに向けられた偽物聖女という悪口が、今になって重く圧《の》し掛《か》かる。

エマが偽物で、ファナは本物。

そう、コーメイさんが思ったらどうすればいいのだろう。

やっと会えたのだ。

ずっと一緒にいるって言ったのに。

ずっとずっと一緒にいるって言ったのに。

もう、二度とコーメイさんと別れるのは嫌だ。

もう、二度とあんなに痛くて苦しい思いは嫌だ。

ラブに追いかけられて、森で迷っても、もう誰も来てくれない。

真っ暗な中で、永遠に誰も来てくれなくて。一人ぼっちで泣くだけ。

でも、仕方ない。エマが偽物だったら仕方がない。

コーメイさんも家族も、私のじゃないから。

でも、

「一人……ぼっちは、や……だ」

前世でコーメイとお別れした日の、引き裂《さ》かれるような胸の痛みがエマを襲《おそ》う。

悪夢の中で、エマに見向きもせずにファナへ擦り寄るコーメイの姿。

あれが現実のものとなったらどうしようと、不安で俯いてしまうエマの顔にコーメイが鼻先を押《お》し付けてから、

「にゃーん！」

エマが偽物な訳がないでしょ！　と、力強く鳴いてエマの顔を舐める。

どうしてそんなことを考えたのかと、コーメイは己《おのれ》の猫耳を疑った。

コーメイが大好きな港は、ずっと一緒にいると誓《ちか》った港は、目の前にいるエマで間違いない。

「にゃーにゃ！」

どれだけ待ったと思う？

エマや家族が思っているよりも何倍も何倍も苦労して、コーメイはエマの元へと帰って来た。

「にゃーにゃ！」

だから絶対に間違う訳ないし、もう一生離れない。

ずっとずっと一緒にいるって、もうずっとずっと前に決めたんだから。

ずっと一緒にいる。

「で、でも、まだ……」

どれだけコーメイが否定しても、エマは不安そうにしている。

でも、コーメイさんはまだ、ファナを見ていないのだと。

ファナを見ても、それでも私を選んでくれるのかと。

エマはできない。

どうなってもコーメイとお別れなんてできないのだ。

そうするのが正しかったとしても。

「ご、ごめっ……ね？　コーメイさんが、あっちに、行きたいって言っても、私……いいよって言えないのっ。行っていいよって、言ってあげれないっ……。コーメイさんと離れたくないっ……の。嫌なの、また、離れるのは……耐《た》えられないっ！　ごめん、ごめんね？」

エマはコーメイにしがみつく。

ぎゅうっと力いっぱいしがみつく。

もし、離れろって言われたとしても離れないように。

また、コーメイがいない世界で生きて行くのが、何よりも怖かった。

ファナが本物でエマが偽物だったとしてもエマはコーメイと離れられない。

それがコーメイのためにならなくても。

私、最低だ。

「にゃーん」

大丈夫、ずっと一緒にいる。

コーメイがぴったりくっついて離れないエマに頬擦《ほおず》りする。

だって、ここにいるのはエマで、港だとちゃんとコーメイはちゃんと分かっているのだ。

「ほんとうに?」

「にゃー!」

本当だよ。

「にゃーにゃ!」

だってエマが生まれた時、コーメイは王国にいなかった。

ずっとずっと遠い国にいた。

エマが生まれたんだと、ちゃんと分かったから、その遠い国から走って、走って、走ってここまで来たのだ。

エマが記憶を取り戻してくれた時、気配がぐんと強くなって居場所がしっかり分かったから、会いに行った。

だから会えたんだよ。

これからずっと、コーメイはエマと離れない。

エマもこれからずっと、コーメイと離れないでしょ？

ずっと一緒だよ。

コーメイはエマの仮説を真っ向から否定した。

完膚《かんぷ》なきまでに否定した。

「ほんとの、ほんと？」

「にゃ！」

「「「にゃー！」」」

コーメイに続いて、リューちゃん、かんちゃん、チョーちゃんがそうだ、そうだと頷《うなず》く。

三匹《びき》はちゃんと見ていたと鳴いた。

「ううう、良かったぁー……」

コーメイの答えに安堵《あんど》し、がっしりとしがみついていたエマの両腕《りょううで》の力が抜《ぬ》けてズルズルとベッドに体が沈《しず》み込んでいく。

その様子でやっとエマの緊張《きんちょう》が解けたのだと分かった。

「お、お前は……相変わらず斜《なな》め上の上のことまで考えて……」

はぁ……と、コーメイとエマの会話を息を殺して見守っていたゲオルグがため息を吐《つ》いて、ガリガリと頭を掻《か》く。

ドッペルゲンガーから始まってどうやったら自分が偽物かもしれないなんて発想になるんだと呆《あき》れている。

しかもこんなになるまで追いつめられて……。

「だ、だって……」

力が抜けてへたりとなったエマが、恥《は》ずかしそうにゲオルグを見る。

思いつく限りの一番最悪の事態まで想定するのは、危機管理の観点から大事なことだ。

その思いついた最悪が、本当に最悪な内容だっただけで。

ファナに対して持っている材料が少ないのもあって、その可能性がゼロだと判断はできなかった。

それに、あの悪夢は本当に恐ろしかったのだ。

エマが港でないなら目の前の家族との繋《つな》がりにも疑念が生じることになる訳で……。

「兄様も、あの、も、もし……わ、私が、ほんとは偽物でも一緒に、いてくれる……よ、ね？」

コーメイに大丈夫だと言われたのに、急にまた不安になってエマは兄に問いかける。

「と、父様も、母様も、ウィリアムも？」

父に、母に、弟にも訊かずにはいられなかった。

エマは今、何が起きても不思議ではない世界に生きている。

そんな世界で聖女が現れた上に、前世の自分と同じ姿なんてどれだけ危険な展開か。

聖女は漫画《まんが》でも小説でも乙女《おとめ》ゲームでも主人公もしくはヒロインポジションだ。

偽物聖女と言われている自分は明らかに物語上、敵とみなされる。

断罪後の悪役令嬢《れいじょう》のように、友人も家族も全部失ってしまうかもしれない。

そんなの……ドッペルゲンガーなんかより、もっともっと恐ろしい。

考えるだけで、恐ろしい。

「エマ……」

はぁ……と、ゲオルグがもう一つ大きなため息を吐いてベッドに上がると、囲んでいる猫達をかき分けてエマの正面にまでやってくる。

そして、答えを聞くのが怖くて俯いてしまったエマの頭をぐしゃぐしゃと乱暴に撫でてから、心配するなと笑った。

「いいか、よく聞け？　エマが俺《おれ》の妹なのは俺が自信を持って保証してやる。コーメイさんだってそう言ってたんだろ？」

「にゃんにゃん！」

ゲオルグに矛先《ほこさき》を向けられたコーメイは力強く頷いて、繰《く》り返しエマに頬擦りする。

「ほ、ほんとに？　絶対？　ねぇ、絶対？」

ゲオルグの言葉に、コーメイの頷きに、エマが確かめるように訊き返す。

みんな、いなくならない？　と、震える声で訊き返す。

「うぐぅ……エマぁ……そんな心配しなくていいんだよぉぉ！　パパはエマがエマだって分かる！　たとえ港の姿をした者がいようとも、私の愛する娘《むすめ》はエマだけなんだよぉぉぉ！　絶対に、エマは偽物なんかじゃない。この愛は本物なんだからぁぁー！」

いつの間にか号泣《ごうきゅう》していたレオナルドがダイブし、猫とゲオルグごとエマにがばぁっと抱《だ》きつく。

ぎゅうっと息が詰まるほどの強い力で抱擁《ほうよう》して、重たすぎる愛を叫《さけ》んだ。

「もうっ、あなたって子は……斜め上にも程がありますよ。この私が自分の産んだ子供を間違えるとでも？　エマ、あなたは間違いなく前世の港であり、今世のエマです。どっちでも正真正銘、私の娘です。ほら、もー。大丈夫だから泣き止みなさい」

メルサも猫をかき分けて、レオナルドのホールドを緩《ゆる》めつつ、エマの涙をハンカチでそっと拭《ふ》いてやる。

「ひっく……うー……でも、ファナ様は、港で……死ぬ前の、姿、そのままで……」

観察力の優《すぐ》れたエマだからこそ、あの姿は不安になるほど港だと分かってしまうのだ。

たくさんの物語を読みまくったオタクだからこそ、様々な可能性が思いついて怖いのだ。

「大丈夫だって、エマ。妹を間違えるほど俺はアホじゃない」

「にゃーん！」

「エマァ……うぐぅ……ひぐっ……エマはパパが守るから……泣かないでエマァ……」

「もう、あなたもエマもしっかりしなさい。……ちょっと、ウィリアムもボーっと突《つ》っ立ってないで何か言ってあげなさい！」

泣きじゃくるエマを家族が宥《なだ》めている中、一人考え込んでいるウィリアムが目につきメルサが声を張り上げる。

「さすがは姉様……目の付け所が常軌《じょうき》を逸《いっ》している。……そうですね、……乗っ取りパターンはありえ……るか？」

前世では家族随一《ずいいち》のオタクであり、今世では聡明《そうめい》な頭脳を持つウィリアムはエマの言う最悪の想定が絶対にないとは言い切れないと考えていた。

ふむ、追放系や悪役令嬢物の手のひら返しってかなり悲惨《ひさん》だからな……なんて呟《つぶや》いている。

「「「ウィリアム⁉」」」

「「「「にゃにゃにゃむ⁉」」」」

この状況《じょうきょう》で今、言うか？　と、メルサが、ゲオルグが、レオナルドが、更に猫達までも睨《にら》む。

「いや……僕《ぼく》も間違いなく姉様は姉様だと思っています……よ？　ですが、可能性はなくはない展開ではあるかなって思っただけで……。ちょっ！　そんなに、睨まないでください！　それに、僕ぶっちゃけ、万が一……いや、億が一でも、あのファナ様が本物のみな姉だったとしても……」

ここでウィリアムはスゥーっと息を吸い込んで、無駄《むだ》にキリッとキメ顔を作り、溢《あふ》れんばかりの自信を持って言い切った。

「がっつりアラフォーのみな姉より、断然見た目ロリ美少女のエマ姉様を選びます！」

ええ。一ミリも迷うことなく選びますとも。

むしろ、皆が敵になっても、僕は性癖《せいへき》に忠実にエマ姉様の味方を貫《つらぬ》く所存ですと。

左の拳《こぶし》を胸に当て、心臓を捧《ささ》げるがごとくウィリアムは敬礼してみせる。

「うわーん……ぺぇ太がクソキモすぎるー！」

そんなウィリアムのロリコン発言を聞いたエマは、一際《ひときわ》大きく泣き出した。

「ふふふ、その容赦《ようしゃ》のない口の悪さは間違いなく、みな姉ですよ」

柔らかく笑ってウィリアムもベッドへ上がり、すでに猫と家族にがっしりと抱かれたエマに抱きついた。

「それに我が家にはほら、うちだけの常軌を逸した確認《かくにん》方法があるのをお忘れですか？」

ウィリアムがニヤリと悪戯《いたずら》っぽく笑う。

「「「ん？」」」

他の家族は揃《そろ》って何それと首を傾げている。

「あー……ゴホン」

ウィリアムは一度これ見よがしに咳払《せきばら》いしてから、息を思いっきり吸う……。

『田中家ー！　点呼ー！　番号――！』

「「「！」」」

すかさず父レオナルドが、

『いーちっ』

と言って敬礼しながらベッドの上だろうが構わず立ち上がる。

『にーいっ』

と言って母メルサも敬礼しながらベッドの上だろうが構わず立ち上がる。

『さーんっ』

と言って兄ゲオルグも敬礼しながらベッドの上だろうが構わず立ち上がる。

『『ダーっ』』

と言ってエマと弟のウィリアムがベッドの上だろうが構わず拳を突き上げる。

「「「にゃーっ」」」

と同時に猫達もぎゅうぎゅうのベッドの上で肉球を突き上げている。

「……………」

「ね？」

こんな変な家族、田中家以外にあり得ないでしょ？　と拳を突き上げたまま固まるエマに、拳を突き上げたままのウィリアムが目配せする。

「「だな！」」

敬礼したままのレオナルドとメルサとゲオルグもエマを見る。

「うんっ！」

正真正銘紛《まぎ》れもないうちの家族だ、とエマは満面の笑みで頷いた。

第八十一話　羽ばたく翼は止められない。

そんなこんなで一家が家族愛を深めている頃《ころ》、学園ではちょっとした騒《さわ》ぎが起こっていた。

「エマ様が倒《たお》れた⁉」

もちろん、騒ぎの原因となるのは一人しかいない。

「あの、商人の息子《むすこ》がエマ様を抱《だ》き抱《かか》えて運ぶところを何人もの生徒が目撃《もくげき》しているらしい」

「なんでヨシュア・ロートシルトが？　近くにはゲオルグ様もウィリアム君もいたんだろう？」

「ああ、でもその二人も真っ青な顔で殿下《でんか》とアーサー様に支えられていたとか」

「？　一体何が起きたんだ？」

ヨシュアが学園の裏口までエマを抱えて運ぶ姿は誰《だれ》の目にも触《ふ》れずに、とはいかず目撃した者からどんどんと噂《うわさ》が広がっていた。

「エマ様はガタガタと震《ふる》えて、可哀想《かわいそう》なくらい苦しそうだったとか」

「それに、殿下やアーサー様まで午後からの授業を欠席していたらしいぞ？」

「そうは言っても、ゲオルグ様は狩人《かりゆうど》の実技で一緒《いっしょ》に授業を受けているが、並大抵《なみたいてい》のことでは動じない方だぞ？」

「ウィリアム君もだ。あの年齢《ねんれい》からは想像できないくらいの落ち着いた性格で頭もいい。いつもエマ様の体調を気遣《きづか》って小言が絶えないくらいだったのに、エマ様を運ぶヨシュアの後をついていく姿はなんとも不安そうで、まるで別人だったとか……」

ウィリアムの小言は、殆《ほとん》ど【姉様食べ過ぎです】だったが、生徒達《たち》の目には体調を心配していると映っていた。

「もともとエマ様は体が弱いって話だろ。少し前の王家主催《しゆさい》の晩餐会《ばんさんかい》でも倒れたとか……」

「ああ。あの時は殿下が別室へ運ばれて……しばらく意識がなかったとか……」

色々やらかしてきたせいでエマのイメージは本人とかけ離《はな》れたものになり、修正されることなく一人歩きし始めていた。

「はっ！　…………もしかして？　……いや、でも」

とある令息が何か思いついたような声を出すが、そのまま黙《だま》り込《こ》む。

「おい、お前！　何か知っているのか？　何だよ!?　言えよ！」

その令息を他の生徒が取り囲む。

皆《みな》、情報に飢《う》えていた。

「いや、だが憶測《おくそく》で言うのは……」

だが、とある令息は口をつぐむ。

「途中《とちゆう》で止める方が気になるだろ!?」

「だが……」

「よし、ここだけ、ここだけの話だ。誰にも言わないから言ってみろ。お前、何に気付いたんだ？」

何か思いついた令息を、生徒たちは離さなかった。

「……憶測だぞ？　あくまで、ただの憶測だからな？」

あまりにもしつこく聞かれた令息は観念し憶測だからなと断ってから、ひそひそと思いついたことを口にする。

曰《いわ》く、

「エマ様……もう、長くないんじゃないか？」

……と。

「⁉」

令息の言葉に生徒達が息を呑《の》む。

「だって、学園では気丈《きじよう》に振る舞《ふま》っていたが、体が弱いからといって普通《ふつう》こう何度も倒れるか？」

学園にはそれなりに線が細く、病弱な貴族令嬢《れいじよう》令息と呼ばれる生徒もいるが、エマ・スチュワートほど頻繁《ひんぱん》に倒れたと噂になっている者はいなかった。

「お、おい、なんて事を言い出すんだ⁉」

「だから、憶測だ！　ただの俺《おれ》の憶測だ。でも、これが考えれば考えるほど説明がついてしまうんだ」

何度も憶測だ……と断りつつも、ちょっと想像力豊かなとある生徒は更《さら》なる想像の翼《つばさ》を広げ始めた。

「元々生まれつき体の弱かったエマ様だけど、スチュワート家の財力を使って最高の医療《いりよう》により何とか生き延びていた。だが、あの噂のバレリー領で発生した局地的結界ハザードでの負傷がそんなエマ様の体調に影《かげ》を落とす。右頬《みぎほお》の痛々しい傷痕《きずあと》は皆も知っているだろ？　あの小さな細い体に何も影響《えいきょう》がない筈《はず》がない」

　どんどん滑《なめ》らかに口が回り始めるとある令息の憶測が、いつの間にか確信めいた語尾《ごび》に変わっていく。

「入学記念のパーティーでも途中席を外していたし、初日の授業でも昼食休憩《きゅうけい》前にぐったりとして、両脇《りょうわき》から兄弟に支えられていたなんて話もある。そして、晩餐会。あの晩餐会の前の一週間は学園でも体調が思わしくない様子だった」

「……そういえばあの頃は……たしかに俺も休憩時間にぐったりしている姿を見たことがある」

　王家主催の晩餐会の前の一週間といえば、スラム街で無断外泊《がいはく》の罰《ばつ》として、エマは毎日【マナーの鬼《おに》】と呼ばれる祖母ヒルダからスパルタ教育を受けていた。

　しかし、それを知る者は少ない。

「エマ様の体はもう、ボロボロなんだ。きっと、もう、限……界……なんだ」

　自分の想像に感極《かんきわ》まったとある令息は涙《なみだ》に言葉を詰《つ》まらせる。

「そんな中で、あのロバート様の虫事件……。弱った体に、精神的ダメージが重なり、エマ様を苦しめ……」

「おい、や、やめろ！　そんな！　何故《なぜ》、エマ様ばかりがそんな目に遭《あ》わなければならないんだ⁉」

　あの学園を襲《おそ》った悲惨《ひさん》な事件の一番の被害者《ひがいしゃ》がエマだったことを思い出し、生徒達が愕然《がくぜん》とする。

「優《やさ》し過ぎるんだよ……あの方は。自分よりも周りの人間を優先される。スラム街を領地に欲《ほ》しいと陛下に言った時、皆が聖女だと確信したくらいだ」

実際はスラム街の地下には貴重なインクの原料があるからというだけなのだが、それも知る者は少ない。

「そういえば、不治の病《やまい》の病人も屋敷《やしき》へ呼び自ら看病した……んだったな、あの方は」

最近は偽物《にせもの》聖女だと噂されていたエマ・スチュワート。

しかし、彼女《かのじょ》の何をもって偽物だったのかと皆、疑念を抱きはじめる。

「なあ、よく考えたら、あれって教会が……ファナ嬢を聖女って言っただけなんだよな？」

「ああ。教会がファナ嬢を聖女認定しただけだ……な？」

生徒達はこれまでのエマの行動を思い返していた。

「う、嘘《うそ》だろう？」

結果、彼女は何も責められるようなことなんてしていなかった。

「な、なんで俺たち、偽物だなんて……酷《ひど》いことっ」

生徒達は簡単に噂に躍《おど》らされた己《おのれ》が恥《は》ずかしくなり、自らを責めはじめた。

残念なことに、まさに今、現在進行形で噂に躍らされているとは知らずに。

「いや、待て、大切な社交シーズンに国を空けていたのは責められるに値《あたい》することだ。我々が責めるのも仕方なかった。更には学園が再開しても何週間も来なかったではないか」

それでも我々に非はない、と一人の生徒が声をあげる。

貴族が社交しないなんて論外で、特に帝国《ていこく》からの使者が来る時期に海外旅行など許されない。

綿生地の確保は王国にとって最優先事項《じこう》なのだから、この時期に不在では悪い噂が立つのは仕方がないのではないか。

だが、想像力の豊かなとある令息の方が一枚上手だった。

「海外旅行……ではなく、療養……だったとか？　皇国なんて国、王国民はほとんど知らない未開の地だ。多分、スチュワート家の財産を使って集められた世界中の医者も薬もエマ様を癒《い》やすことはできなかった。もう、誰も踏《ふ》み入れたことのない国にある未知の薬や治療法に頼《たよ》るしか道はなかった。スチュワート家は、エマ様はそこまで追いつめられていたんだ」

注意してほしい。

これは一人のとある令息の、単なる想像の話だ。

なのに、聞いていた生徒達の顔がどんどん悲しみに歪《ゆが》んでゆく。

一人のとある令息の単なる想像の話をしているだけなのに。

「え、エマ様……なんてお可哀想な……」

「俺は、俺達は、噂を鵜呑《うの》みにして……必死に生きようとするエマ様に偽物の聖女なんて言ってしまったのか？　……そんな酷いことを……したのか？」

「なあ、おい！　エマ様は助かるんだよな？」

話を聞いていた生徒達が想像力豊かなとある令息に、この話はハッピーエンドだよな？　そうだと言ってくれ、とせがむ。

病弱で可哀想な少女は、きっと皇国での治療が成功して……それで……。

「残念だが……どんなに探しても、皇国にエマ様を癒やす医者も薬も……なかった」

しかし、想像力豊かなとある令息の答えは救いのないものだった。

「そんな！」

「外国まで行った挙句、治療らしい治療も見つからず、エマ様の病状は悪くなる一方だった。帰ろうにも弱り切ったエマ様の体では航海は負担が大きくて、学園の夏季休暇《きゅうか》が終わっても王国に戻《もど》って来ることができなかった。っ……だってエマ様はもう、船に乗る体力すらなかったんだ！　……細心の注意を払《はら》って何とか帰国できたが、刻々《こくこく》と命の期限は迫《せま》っている。それでもっ、エマ様は、ふっ普通の令嬢と同じように学園に通いたいと、無理をして……っ」

もはや、とある令息の独壇場《どくだんじょう》だった。

彼《かれ》は普段は目立たない生徒の中の一人だった。

ただ、ちょっとだけ想像力が豊かなだけで。

しかし、彼はパンドラの箱を開けてしまった。

彼の持つちょっとだけ豊かな想像力を、全《すべ》ての騒動《そうどう》の元凶《げんきょう》であるエマに使ったことによって洒落《しゃれ》にならないくらいの影響力を生み出してしまったのである。

「ううっ、エマ様！」

「なんて健気《けなげ》なっ！」

「嘘だと……嘘だと言ってくれー!!」

方々から生徒達の慟哭《どうこく》が聞こえる。

嘘である。

真っ赤な嘘である。

だが、全ての騒動の元凶はそこにいなくても条件が揃《そろ》えば発動してしまうのである。

止めだと言わんばかりに、とある令息は重い口を開ける。

彼の頭の中だけの大嘘話を紡《つむ》ぐのだから、それはむしろ軽口だろっと、ここにエマ本人がいれば突《つ》っ込んだかもしれない。

だが、今現在の学園は突っ込み不在&ちょっとだけ想像力豊かなとある令息の独壇場。

そう、まだ騒動は終わっていない。

とある令息の想像の翼とエマの騒動の翼は大きく羽ばたくことになる。

「実は家族は、エマ様に次の発作が起きれば命の保証はできないと、医者に告げられていた。そう、もうエマ様は命の終わりの宣告を受けていたんだ。だからこそ兄弟は、ギリギリまで普通の令嬢と同じように生きたいと願うエマ様を必死にサポートしていた……のに……」

「のにっ⁉」

とある令息の言葉に、生徒達が悲鳴を上げる。

「とうとう今日、その発作が起きてしまった。つまりエマ様は、もう……。商人がエマ様を運んでいたのは、ゲオルグ様もウィリアム君もエマ様を喪《うしな》うショックと絶望で動けなくなってしまったから。……これが、真相ではないだろうか？」

静かに、とある生徒はその憶測の言葉を締《し》めくくる。

一瞬《いっしゅん》の静寂《せいじゃく》の後、生徒達がその真実（憶測）に絶望する。

「え？　嘘だろ？　エマ様が……死……」

嘘である。

「そんな！　誰か嘘だと言ってくれ！」

だから、真っ赤な嘘である。

「う、うわぁぁぁぁぁぁぁぁぁぁぁあ！」

落ち着け。

とある一人の令息の豊かな想像力が生み出した憶測は、もちろん【ここだけの話】になんて収まらず、その日のうちに学園中に広まってしまうのであった。

第八十二話　来訪。

「言われちゃいましたね、殿下《でんか》」

三兄弟を学園の裏口に待機していた馬車まで見送り、王城に戻《もど》ったエドワード王子にアーサーが気まずい顔で話しかける。

「……ああ」

動揺《どうよう》しているエマを心配し、屋敷《やしき》までついて行こうとした王子にヨシュアが放った一言を思い出す。

「殿下、王家はファナ様についてもう少しお調べになるべきでした。あの髪色《かみいろ》と瞳《ひとみ》の色で国王の御《ご》落胤《らくいん》だと言われてしまえば、臣民は何も言えません。教会が突如《とつじょ》として聖女認定《にんてい》した理由も、認定された上で帝国《ていこく》の正使が連れ帰らなかった説明も何もありませんでした。明らかにおかしい事案なのに、です」

国王を追及《ついきゅう》できる者など王族くらいだというのにその手間を惜《お》しんではいなかったかと。

痛いところを突《つ》かれた。

身内の不貞疑惑《ふていぎわく》なんて積極的に首を突っ込《こ》みたくはないと、自分も冷たい目で国王を睨《にら》んだ程度で済ませてしまった。

ヨシュアの言うとおり臣下は臣下で忖度《そんたく》し、この件に関して強く言及《げんきゅう》できる者がいなかった。

「返す言葉も出なかった。あの時、ファナ嬢《じょう》が現れた時、何故《なぜ》私も詳《くわ》しく調べようとしなかったのか……今冷静に考えれば不思議でならないんだ」

面倒《めんどう》なことになったとは、たしかに思った筈《はず》なのに。

思ったまま、何もアクションを起こさなかったのは怠慢《たいまん》だ。

ろくに調べもせず、王家はファナ嬢を保護した上で、学園にまで通えるように手配した。

この対応はおかしいのではないか、間違《まちが》っていると、どの段階でも声を上げる者は現れずにここまで……エマが酷《ひど》い噂《うわさ》に心を痛めて倒《たお》れるまで放置されてしまった。

そんな状況《じょうきょう》で苦しんでいる体の弱い繊細《せんさい》なエマに、何があったのだと問うなんて……。

優《やさ》しいエマはきっと誰《だれ》も責めることはないだろう。

「アーサー」

「はい」

「ファナ嬢について徹底《てってい》的に調べさせろ。王都へ来る前に住んでいたスカイト領にも人を送れ。教会にも、だ。ファナ嬢には気付かれないように監視《かんし》もつけろ」

もう、遅《おそ》いかもしれない。

でも、やらないよりはマシだ。

ヨシュアに言われたままをなぞることに反発したくなる気持ちもあるが、王子はそれをぐっと堪《こら》える。

その気持ちはエマを守るのに、必要ない。邪魔《じゃま》なだけだから。

「殿下の仰《おお》せのままに」

アーサーはスッと臣下の礼で王子に応《こた》え、そのまま退室する。

幼馴染《おさななじ》みとして育った王子の苦い表情に気付かないフリをして。

ヨシュアに言われるまで間違いに気付けなかったのは、アーサーも同じだ。

いや、全員だ。

この、王国を動かしてきた優秀《ゆうしゅう》な者全員が揃《そろ》いも揃って間違えた。

そんなことは有り得ない筈……いや、あってはならないことだった。

まるで操《あやつ》られていたとしか考えられない。

◆　◆　◆

「今週は休みなさい」

三兄弟が遅めの昼食にナポリタンを平らげた後、再びエマの部屋に戻り家族会議を開いた。

議題は、さて……とにかくどうしよう、だ。

娘《むすめ》を溺愛《できあい》するレオナルドは心配だからしばらく学園は休むようにと伝える。

「にゃーん♪」

学校が休みなら一日中エマと一緒《いっしょ》にいられるとコーメイが嬉《うれ》しそうに鳴く。

「そうね、今の何も分からない状態でその港《みなと》そっくりの令嬢《れいじょう》と鉢合《はちあ》わせするのは避《さ》けたいわね」

珍《めずら》しく教育に厳しいメルサもレオナルドの言葉に頷《うなず》いた。

状況が掴《つか》めていない時に動くのは得策でない。

「で、ですがお母様、お兄様の勉強は大丈夫《だいじょうぶ》なのですか？」

学園を休む不安要素はただ一つ、ゲオルグの学力である。

自分が大袈裟《おおげさ》に怯《おび》えたせいで兄の学業に支障が出ては申し訳ないとエマ。

「心配はいりません。ゲオルグには、私がみっちりマンツーマンで教えます。今日から」

かつて学園の才女と謳《うた》われたメルサの目が光る。

「きょっ、今日から⁉」

もう既《すで》に学園でぐったりするまで勉強したのに⁉　とゲオルグが頭を抱《かか》える。

「勉強は、した時間の分だけ身に付くのです。一分一秒無駄《むだ》にはできません」

ゲオルグの勉強を見るためにお茶会に行く予定は全部キャンセルしましょう……とメルサの気合いは十分だ。

「ひえ……」

折角休みでもゲオルグだけは地獄《じごく》の日々となることが決定した。

週に一度の古代帝国語の授業ですらあの状態なのに、付きっきりで母からのスパルタ教育なんて考えたくもない。

「兄様には勉強を頑張《がんば》ってもらうとして、これからどうするか……ですよね」

話が逸《そ》れたのでウィリアムが軌道《きどう》修正する。

前世の姉そっくりのファナ嬢は一体何者なのか。

「向こうから何かしてくるにしても、こちらから動くにしてもまずは情報が欲《ほ》しいわ。なんにも知らないもの」

せめて判断材料となるものが欲しい。

「では、まずはファナ嬢について調べるのが先決ですね。色々謎《なぞ》も多いですし。でも、まあ、これは多分グー◯ル先生……じゃなくてヨシュアがもう、光の速さでやってくれているはずだから、僕《ぼく》達《たち》ができるのは大人しく待つくらいですかね？」

「「だな」」

「「そうね」」

基本、面倒なことはヨシュア任せの一家である。

さすがにヨシュアにも家族全員に前世の記憶《きおく》があることは言っていないので、今家族で話し合える議題は一つ。

「で、そのヨシュアでも見つけられない情報で、ファナ嬢がみな姉にそっくりって点なんですが……僕としては、そこにひとつ疑問というか……腑《ふ》に落ちないというか……マジ勘弁《かんべん》っていうか……」

ウィリアムが引っ掛《か》かっていることがあるのだとゲオルグとエマを見る。

「ああ」

「え？　何？」

ウィリアムの言葉にゲオルグが頷き、エマが首を傾《かし》げる。

「姉様……何って……。見た目がまんま、みな姉だったのにですよ？　学園の生徒達は誰もおかしいなんて言ってなかった……。おかしいでしょ？　だってみな姉、アラフォーですよ？　アラフォー。学園でアラフォーが制服着てるんですよ？」

そう、ファナの姿は港の若い頃《ころ》ではなかった。

学園には魔物学が合格できずに三十歳《さい》を超《こ》えて在籍《ざいせき》している生徒もいなくはないが、それは全《すべ》て跡取《あとと》りの令息に限ったことである。

学園に通う令嬢は十代～二十三歳くらいまでだ。

「アラフォー、アラフォーうるさいな……。ウィリアム、それだけ前世の私が若く見えたってことでしょ？」

「無理があります。アラフォーですよ？」

コスメオタクな港のアンチエイジングへの情熱がしっかりと効果として表れた結果だとエマが全部言いきる前にウィリアムがぴしゃりと否定する。

「でも、私スーパーでお酒買ったときに年齢《ねんれい》確認されたことあるもん。二十歳《はたち》過ぎないと売れませんって！」

「いやいやいやいや、それはレジの人の視力の問題です。調子に乗らないで下さい、姉様」

前世から患《わずら》う生粋《きっすい》のロリコンだけにウィリアムの少女判定は厳しい。

アラフォーは決して少女にはなれないのである。

「十代ですよ？　若い肉体、瑞々《みずみず》しい肌《はだ》、清らかな心、溌剌《はつらつ》とした雰囲気《ふんいき》……。所詮《しょせん》アラフォーにはない魅力《みりょく》、アラフォーにはない純粋《じゅんすい》さ、アラフォーにはな……！」

ウィリアム（ロリコン）が熱弁の途中《とちゅう》で、ひやりと冷たい視線に気付く。

「ウィリアム、ケンカなら買うわよ？」

度重《たびかさ》なるアラフォーの連呼にエマがキレた。

「エマ、加勢するわ」

現在、絶賛アラフォーのメルサも静かにキレていた。

「にゃ！」

いつでもエマの味方のコーメイ。

「にゃーん！」

推《お》し猫《ねこ》として、言って良いことと悪いことを教えなくてはとリューちゃんまでが名乗りを上げる。

ウィリアムは心ないアラフォー発言で、うっかり田中家女性陣《じん》を敵に回したことを悟《さと》った。

「えっと……あの、僕は客観的事実を……うわっ、ごめんなさい！　投げないで！　姉様、テーブルにあるもの片《かた》っ端《ぱし》から投げるのやめて！　落ち着いて！　って母様！　辞書は止めて！　ちょっ！　コーメイさん！　え？　嘘《うそ》、リューちゃんまで……うわっごっごめんなさいー」

エマがテーブルに置いてあるあれやこれやをウィリアムに向かってきれいなフォームで投げつける。

メルサはこれなんてどうかしらと分厚い辞書をエマに勧《すす》めている。

コーメイとリューちゃんはもふもふの肉球からシャキンと爪《つめ》を出している。

目が本気だった。

威嚇《いかく》だけでもう強い。

「お、落ち着けエマ。母様も！　ウィリアムも悪気があった訳じゃないんだ。さすがにアラフォーをティーンとは誤魔化しきれないだろ？　どう見ても明らかに違ったのは事実……だ……し……？」

辞書が投げられる前にとゲオルグが間に入る……が、一言二言多かった。

「……あら、ヴァイオレット。そうよね？　失礼極まりないわよね？　……ウデムシ達も呼ぼうかしら？」

「お、おい、それはヤメロ！」

「ご、ごめんな……たっ大変申し訳ございませんでしたぁ！」

「にゃにゃにゃ♪」

ススッとエマの頭にヴァイオレット（雌《めす》）までもが上ってきて加勢する。

さらに、ウデムシまで呼ばれたら一国の軍隊を凌《しの》ぐ戦力が集結することになる。

青くなるゲオルグとウィリアムとは対照的に、エマが活力を取り戻した姿にコーメイが嬉しそうに鳴く。

「どーしようかなー？　ね？　コーメイさん！」

「うにゃにゃーん♪」

エマの笑顔《えがお》のためならウィリアムの一人や二人、秒でお仕置きしてくれそうだ。

「お、おい。ウィリアム早く謝《あやま》れよ」

「兄様、気付いてますか？　僕、途中からずっと謝ってます……てか、ファナ嬢が何者でも多分うちの女性陣の方が確実に強いと思う……」

絶対、ファナ嬢の方が怖《こわ》くない。

「えっと……あっ、かんちゃん⁉　かんちゃんは俺《おれ》らの味方して……くれる……よね？」

ゲオルグが、かんちゃんに助けてと訴《うった》えるも、自分、勝てないケンカはしにゃいにゃんとでも言うようにペロペロ顔を洗っていた。

目を合わせてもくれない。

「ちょっ、チョーちゃんは？」

ならばチョーちゃんはどうかとウィリアムが振《ふ》り返る。

「うなーん♡」

「………」

チョーちゃんはレオナルドにブラッシングしてもらって緊迫《きんぱく》したこの中でも至福のお昼寝《ひるね》中である。

「と、父様！　なんとかして下さい」

猫組男性陣営の士気の低さに危機感を覚えたウィリアムが叫《さけ》ぶ。

「あなた？」

「お父様？」

「「にゃ？」」

メルサとエマ、コーメイ＆リューちゃんの視線がレオナルドへと移る。

「ん？　まあ……ウィリアムの言いたいことは分かる。たしかに学園の若い生徒に交じって港がいたら、目立ってしまうだろうな……」

「と、父様ぁ……」

「この不利な状況でなんてことを！」

ウィリアムとゲオルグが加勢は嬉しいが、今じゃないと首を振る。

「だって、港は特別可愛いから」

「へ？」

「ん？」

「あら」

「まあ」

「「にゃ！」」

そう、娘への溺愛ぶりは前世からで、レオナルドの目は曇《くも》りに曇っていた。

娘がアラフォーだろうが娘である限り、変わることはないのだった。

「にゃーん！」

「ほら、コーメイさんも港が一番だって言ってるよ。いいかい？　ゲオルグ、ウィリアム。可愛《かわい》いに年齢は関係ないんだよ？」

「……は、はあ」

「き、キモニメイジテオキマス」

論点はズレているが場は収まった。

「でも、関係ないといっても毎日学園で会っていたら港の大人の魅力は隠《かく》しきれないと思うんだ。学生のメルサもすごく素敵《すてき》だったけど、今のメルサはもっと素敵だからね」

「あなた……」

そして、いつものパターン……見つめ合う二人。

「……」

「……」

「……」

家族会議で決まったこと。

今週は学園を休む。

ゲオルグ、ウィリアムが学んだこと。

アラフォー女性は弄《いじ》ってはいけない。

翌日から三兄弟が学園を休んだ上にメルサが全てのお茶会をキャンセルしたため、エマ瀕死《ひんし》説に信憑性《しんぴょうせい》を与《あた》えることになってしまうことを家族は知らない。

◆　◆　◆

「エマは？」

「コーメイさんと寝たわ」

「姉様、大丈夫でしょうか？」

「いや、もう、あの発想はなかったわ、俺」

その夜、レオナルドとメルサ、ゲオルグとウィリアムは必要最低限にしか人が近付かない屋敷の応接室に集まった。

「やっぱり、一人だけ前世の記憶が丸々あるのが不安だったんでしょうか？」

ウィリアムが深刻な表情で口を開く。

エマの前ではおちゃらけて見せていたが、家族一のオタクを自負するだけあってファナの姿への危機感は強かった。

異世界転生物の漫画《まんが》や小説のパターン的には完全にフラグが立ってしまった状態だと言える。

「あー……まあ、皇国でぽろぽろあったからな？　エマだけが覚えていることが」

ゲオルグも神妙《しんみょう》な顔でウィリアムに頷く。

皇国は、日本と不思議なほど似ていた。

言葉だけではなく食材も、文化も、地名まで。

そのせいか皇国に滞在《たいざい》した数か月は、王国で暮らしていた時よりも【エマだけが覚えていること】との遭遇率《そうぐう》が高かった。

「わ、私達が、ぐすっ、エマに寂《さび》しい思いをさせていたのか」

レオナルドは既に涙《なみだ》ぐんでいる。

「あの、僕、何か姉様の喜ぶものを用意したいのですが……」

あんまり考え込むとまた変な方向に発想力が作用しそうだからと、ウィリアムが提案する。

何でもいいのだ。

不安な気持ちがまた襲《おそ》ってくる前に、気を紛《まぎ》らわすことができたらいいと。

「ああ……なんか虫増やす？　あ、でも、そうなると……マーサは説得しとかないと」

手っ取り早く元気づけるなら虫だろとゲオルグ。

「ケーキくらい幾《いく》らでも焼くわよ」

やっぱり、甘《あま》いものじゃない？　とメルサ。

「いや、肉も好きだぞ？　ちょっと辺境までひとっ走りして魔物を狩《か》って来るよ」

やる気満々に腰《こし》を上げるレオナルド。

「あ、今年はパレスに帰郷できなかったので会えなかった大叔父様《おおおじさま》達に来てもらうとか？」

家族はここにいる僕達だけではないですよね、とウィリアム。

こっちの世界にしかいない家族もいるのではないかと。

特にアーバン叔父様なんて姪狂《めいぐる》いと呼ばれるほどエマを可愛がっている。

なんなら親戚《しんせき》のギレルモ従叔父《いとこおじ》様なんて姉様の理想の筋肉の持ち主で、会うだけで姉様のテンションが爆上《ばくあ》がりすること間違いなしだろうし。

ああ、理想と言えばゲイン叔父様とザック叔父様は姉様のストライクゾーンど真ん中の年齢層《ねんれいそう》だったなぁ、筋肉もいまだ健在だ。

しかも、皆《みんな》、もうびっくりするくらいエマ姉様のことめちゃくちゃ大好きだし。

「ああ、いいね！　さすがに全員が来たらパレスの魔物狩《が》りに影響《えいきよう》が出るけど、誰か一人くらいなら一か月ちょっと領を空けても何とかなるだろう」

エマは好きなものが多いが、それ以上にエマを好きな人も多い。

毎年夏は親戚達の集まりがあったので、エマは楽しみにしていた。

前世の記憶が甦《よみがえ》っていた昨年の夏には、イケオジ☆パラダイスを堪能《たんのう》していた。

「問題は、誰が来るかね？」

「「「はっ！」」」

誰か一人、ちょっと落ち込んでいるエマに会いに来て！　なんて手紙を出そうものなら仁義なき抗争《こうそう》が勃発《ぼつぱつ》するのが目に見えている。

エマが夏季休暇《きゆうか》に帰省しないと聞いただけでひと悶着《もんちやく》あったらしく、その時の被害《ひがい》の報告書が届いていたことをウィリアムは思い出す。

割とえげつない額だった……うん、問題どころか大問題だ。

「と、取り合えず……学園で仲のいいお友達をうちに招待します？」

エマのために故郷が火の海になるのは忍《しの》びないとウィリアムが代替案《だいたいあん》を出す。

「そ、そうね。落ち着いたら招待状を書きましょうか?」

屋敷の修繕費《しゅうぜんひ》……いや、屋敷は残らないかもしれないとメルサはウィリアムの代替案に乗る。

しかし、彼《かれ》らは知らなかったのだ。

エマを愛する親戚のおじさん達は、呼ばれなくても来るということを。

◆　◆　◆

翌朝、スチュワート邸《てい》の門の前に一台の馬車が止まる。

今日は来客の予定はない筈だが……と不思議に思いながら門番のエバンが確認に向かった。

「わっ!」

馬車から出てくる男達の姿に、思わずエバンが声を上げる。

なんというか男達は皆、揃いも揃って王都の貴族街ではなかなか見ないガラの悪い風貌《ふうぼう》をしていたのである。

「エマは、いるか?」

首の太い男がエバンに、ドスの効いた声で尋《たず》ねる。

これはどう見ても明らかにカタギの人間ではないぞ、とエバンは警戒《けいかい》を強める。

「おい、エマを出せ」

首の太い男を押《お》しのけ、マフィアのボスか何かかと思うくらいの異様に貫禄《かんろく》のある初老の男が、その強面《こわもて》をズイッっとエバンの顔に近づけ、同じ質問をする。

「な、何の用ですかぁ⁉」

答えるエバンの声は恐怖《きょうふ》で裏返っているものの、何とか逃《に》げずに踏《ふ》みとどまる。

もしかしたら昨日、嬢ちゃんが泣きながら帰って来たことと、関係があるのかもしれない。

エバンはもう既に泣きたくなっていた。

こんなヤバい男達に囲まれては、怖いなんてもんじゃない。

エバンはガクガクする脚《あし》に力を入れて何とか門の前に立ちはだかる。

「おい、顔が近い。門番が困っているだろう？　ああ、すまない。子供達は学園に行く準備で忙《いそが》しいのは分かっているが、少しだけ会わせてもらえないだろうか？」

「ひっ！」

エバンからマフィアのボスを引き剥《は》がし、もう一人の初老の男が丁寧《ていねい》ではあるが有無《うむ》を言わせない圧でまた同じことを訊《き》いてくる。

この初老の男も顔がいちいち怖い。

きっと首の太い男がマフィアに雇《やと》われた殺し屋で初老①がマフィアのボス、初老②が参謀《さんぼう》的なやつなんだろう。

こんな大物がよく、揃いも揃って会わせろなんて、一体エマ嬢ちゃんは何を仕出かしたんだ？

ゴクリ、とエバンは唾《つば》を飲み込む。

エバン史上最大の命の危機が迫《せま》っていた。

だが、どんなに脅《おど》されても、この門を通させる訳にはいかない。

スチュワート家の門番としてエマ嬢ちゃんを守るのだ、とエバンは奮起する。

「こ、こ、ここから先はぁー、何があってもぉー、行かせっ……」

「ええええー？　え？　大叔父様達⁉　なんで王都に？」

決死の覚悟《かくご》をしたエバンの後ろからゲオルグの驚《おどろ》く声が聞こえてくる。

「お？　ゲオルグ？　相変わらず寝起きは黒猫に拉致《らち》られてんのか？」

首の太い男が、黒猫のかんちゃんに朝起こされて庭に絶賛拉致られ中のゲオルグに手を上げて挨《あい》拶《さつ》する。

「坊《ぼっ》ちゃん⁉　危ないですから下がって下さい！」

エバンは突然現れたゲオルグにこっちに来てはいけないと叫ぶ。

ゲオルグ坊ちゃんが腕《うで》に覚えがあるといっても、きっとこの男達には敵《かな》わない。

相手が悪すぎる！

「え？　エバン爺《じい》さん、どうしたの？　うちの親戚が何か？」

しかしながら、そんな決死の覚悟のエバンにゲオルグが放ったのは意外な一言であった。

「え？　坊ちゃん？　今なんて？」

「え？　だからうちの親戚の……」

ん？　とゲオルグが首を傾げる。

「こ、この方達……は、親戚……ですか？」

「あ、うん。パレスのゲイン大叔父様とザック大叔父様とギレルモ従叔父様だよ？」

「え？　マフィアじゃなくて？」

「え？　マフィア？」

「ブハッ。マフィアって……違いねぇ！」

親戚のおじさん達は、エバンの勘違《かんちが》いに大笑いしている。

三人とも辺境から王都に行くにあたって、服を新調していた。

エマに格好良く見られたくて、三人とも有り余る筋肉の上にビシッと黒スーツに袖《そで》を通し、柄《がら》にもなくお洒落《しゃれ》して来ていたのである。

「し、失礼しましたぁー！」

エバンは自分の失礼過ぎる諸々《もろもろ》の発言に、平謝りする。

「いいって、気にすんな！」

ガハハハッと殺し屋ではなく、ギレルモと紹介《しょうかい》された首の太い男が豪快《ごうかい》に笑う。

「まぁ、儂《わし》らもエマ会いたさに気持ちが急《せ》いていて説明不足だったわい」

マフィアのボス……ではなくゲインもボリボリ頭を掻《か》いてこっちも悪かったと謝る。

「……道中も似たような勘違いをされることが多かったからな」

参謀……ではなくてザックがセレナ《嫁》は似合っとるって言っとったんだが……と不思議そうな表情をしている。

「でっ、いえ、本当に、とんでもない勘違いを！　すぐにエマ嬢ちゃんのところに案内します」

エバンは冷や汗《あせ》を拭《ぬぐ》いつつ、慌《あわ》てて屋敷の方へと足を向ける。

「あ、いいよ。エバン爺さん俺が案内するから、大叔父様達の乗って来た馬車の方お願いできる？」

「にゃーん！」

あたふたしているエバンが可哀想《かわいそう》になり、ゲオルグが案内を引き継《つ》ぐと声をかける。

「お、ゲオルグ、かんちゃん頼《たの》んだ。一秒でも早くエマに会わせてくれ！」

「にゃ！」

「いや、こっちこそありがたいです。大叔父様達、会いに来てくれるタイミングばっちりです」

エバンはゲオルグの案内で屋敷に向かう親戚達の後ろ姿を張り付いた笑顔で見送ったあと、ホッと胸を撫《な》で下ろす。

「……危なかった。ザック様の言葉に思わず、でしょうねって言うところだった」


「ゲイン大叔父様ー！」

自分の部屋で親戚のおじさん達来訪の知らせを聞いて、応接間まで寝衣《しんい》のまま走って来たエマがゲインに抱《だ》きつく。

「うおぉぉぉ！　エマァアア！」

「ザック大叔父様ー！」

「会いたかったぞぉー。エマァァァァ！」

「ギレルモ従叔父様ー！」

「やっと、やっと会えたぁー　エマァァ！」

続いてザック、ギレルモの順でエマが抱きつくと、大の大人達は号泣《ごうきゅう》して再会を喜んだ。

そこへ、急いで着替《きが》えを終えたウィリアムも現れる。

「うわっ！　大叔父様達!?　ホントに王都に来てるし！」

三人もこっちに来てパレスは大丈夫なの？　と驚いている。

「お、ウィリアムも久しぶり」

「よっ」

「相変わらずちっこいな？」

エマとの再会に流した涙を拭《ふ》いて親戚のおじさん達はウィリアムにも挨拶するが、その熱量は百分の一くらいであった。

「くっ……久しぶりの格差社会……」

エマとの扱《あつか》いの差にウィリアムは慣れているものの、複雑な表情を浮《う》かべる。

「……ところで大叔父様達はどうして王都に？　パレスで何かあったのですか？」

何週目かのハグが終わったところでエマが尋ねる。

一族の主力であるゲイン、ザック、ギレルモが王都にいてはパレスの人手は大丈夫かと心配になる。

「もちろん、エマに会いに来たに決まっているではないか!?」

「お土産《みやげ》も馬車いっぱい詰《つ》めて来たぞ」

「パレスはアーバンに任せとけば問題ないから安心しろ」

エマとお話しできる喜びに相好《そうごう》を崩《くず》しまくった親戚達にマフィアの面影《おもかげ》はもうない。

「……アーバン叔父様、気の毒過ぎ……」

パレスの魔物出現範囲《はんい》の広さを知っているゲオルグが残された叔父に同情する。

「ところで、大叔父様達のスーツ姿初めて見ました！　ちょい悪オヤジ風でとってもカッコイイです！」

先程《さきほど》門番のエバンを震《ふる》え上がらせたマフィアにしか見えない黒スーツ姿を、エマがべた褒《ぼ》めする。

「え？　ちょい悪……？」

極悪《ごくあく》じゃなくて？　と言いかけたウィリアムは途中で口を噤《つぐ》む。

大叔父様達が優しいのは姉にだけである。

「……大叔父様達、エマに褒められたから当分あの格好で過ごしそうだな」

ただでさえ怖いのに。

あのスーツ姿で道中ここまで色んな人達を震え上がらせたことだろう。

「おお！　気付いてくれるか！　エマが王都で儂らと歩いても恥《は》ずかしくないようにお洒落して来たんだ！」

「エマが前に送ってくれた生地《きじ》で仕立てたんだよ」

「王都仕様で少々かしこまったデザインにしちまったが、エマの絹のお陰《かげ》で着心地は抜群《ばつぐん》だよ」

エマに褒められた親戚達はウィリアムとゲオルグの懸念《けねん》などつゆ知らず、揃って嬉しそうに各々《おのおの》スーツを見せびらかす。

「とっても素敵！　着慣れないなんてもったいないですよ、ばっちり似合っているのに……。あ、でも大叔父様達がいつも着ている狩人《かりゅうど》の格好も（筋肉がよく見えるから）好きですけど」

「おい、ザック聞いたか？」

「もちろんじゃ！　夜なべして縫《ぬ》ったかいがあったわい」

スーツは大叔父達の手製だった。

スチュワート家は一族皆裁縫《さいほう》ができるのである。

「オヤジが夜なべしたのは調子に乗って裏地に昇《のぼ》り龍《りゅう》とか刺繍《ししゅう》するからだろ！」

ギレルモが父親のジャケットのボタンを外してエマに見えるように広げる。

ザックのジャケットの裏地には七つの玉から出てくる龍が刺繍されていた。

「シエ、シエ〇ロン⁉」

「懐《なつ》かしいだろう？　エマがまだ小さい時に初めて儂に描《か》いてくれた絵じゃ」

ザックは、とろっとろにとろけた笑顔で刺繍の模様について語る。

「え？　これ、私が描いたの？　覚えてない……けど……」

どこからどう見ても前世で見た覚えがある願いを叶《かな》えてくれる系の龍である。

「まあ、覚えていないのも仕方ない。貰《もら》ったのはエマが三歳くらいの時だったから」

いきなり三歳児がこんな絵を描くものだから、天才かと思ったと親戚達は大袈裟に褒めちぎる。

「へー私、三歳の時（前世思い出す前の頃）にこんなの描いてたのね？」

エマがザックの刺繍に顔を近づける。

よく見たら玉の中に星がちゃんとそれぞれ描いてあって、芸が細かいな……なんて思っていると、なにやら懐かしい香《かお》りがエマの鼻をくすぐる。

「ん？　何だろう？　ザック大叔父様から、甘いにおいがする」

「え⁉」

ギクッっとザックが慌てて自分の着ているスーツのにおいを嗅《か》ぐ。

そろそろお年頃になるエマに、大叔父ちゃま臭《くさ》ーいなんて言われた日にはもう、生きてはいけないのである。

「わ、儂らすぐ、風呂《ふろ》に入るから嫌《きら》いにならないでくれ、エマ！」

「お、おい。ウィリアム、風呂の準備を！」

ゲインとギレルモまで慌てて自分のにおいを確認し始めている。

「なんで僕が……？」

そして、安定のパシられるウィリアムである。

「違う、違う。なんか美味《おい》しそうなにおいが……」

慌てふためく大叔父達にエマは加齢臭《かれいしゅう》ではないと言って更《さら》にクンクンとにおいを嗅いでいる。

「そういえば、来る途中に辺りが畑ばっかりの道で珍しく屋台みたいなもんが出ておって、そこで買ったやつを内ポケットに入れていたような……」

ザックはそういえば……と内ポケットから紙袋《かみぶくろ》を取り出す。

「あ！　お、大叔父様……これっ」

紙袋の中を覗《のぞ》いたエマが叫ぶ。

「姉様、何が入っているんです？　あ！」

「なんだよ、そんなびっくりするもん入って……おお！」

エマの驚く様子に、昨日のことがあって少々過保護気味のウィリアムとゲオルグが駆《か》け寄り、ザックの紙袋を順に覗いてから同じように声を上げる。

「「焼き芋《いも》！」」

紙袋に入っていたのは前世日本の秋の味覚、焼き芋だった。

「うわ、懐かしい」

ウィリアムもクンクンとにおいを嗅いで、間違いなく前世で食べていた焼き芋だと確信する。

「そういえば……『サツマイモ』は皇国で見かけなかったな？」

日本食材の宝庫だった皇国でもサツマイモはなかったとゲオルグは気付く。

「『サツマイモ』は元々日本にはなくて江戸《えど》くらいに中国から伝わったみたいだから皇国にもないのかと諦《あきら》めていたのに……大叔父様？　これ、どこで手に入れたのですか？」

エマが焼き芋の入手経路を真剣《しんけん》な表情でザックに尋ねる。

「え？　どこだったか……」

「とても大事なことです！　思い出してください！」

ザックの曖昧《あいまい》な返事にエマは声を荒《あら》らげる。

「え？　え？」

道中で買ったおやつにまさかここまで興味を示されると思っていなかったザックは面食らっている。

「え……？　姉様って、そんなに焼き芋好きでしたっけ？」

急にテンション爆上げの姉の様子に、たしかに焼き芋は美味しいけど、そんな問い詰める程か？とウィリアムは首を傾げる。

「仕方ないって、ウィリアム。女子は皆、焼き芋好きだからな」

ゲオルグは勝手に決めつけて納得《なっとく》している。

「ちょっと二人共、気付いてないの⁉」

エマが兄と弟を見て信じられないと肩《かた》を竦《すく》める。

サツマイモはたしかにおやつとして食べるのも美味しいが、もっと大事な使い道があるではないか。

「『サツマイモ』があれば、皇国で『芋焼酎《いもじょうちゅう》』が作れるでしょう‼」

エマが声を大にして言い放つ。

皇国にはサツマイモがなかったために、米焼酎はあったが芋焼酎はなかったのである。

「なっ！　『芋……焼酎』……だ……と⁉」

芋焼酎と聞いて勢いよくウィリアムとゲオルグがエマを見る。

プラントハザードが起こった皇国では、日本酒の酒蔵は数件残っていたが、焼酎の方はことごとくオワタの侵食《しんしょく》の犠牲《ぎせい》になっていた。

蔵に残った日本酒は土産に持って帰ってこれたが、焼酎は手に入れることができなかったのだ。

「そ、その手があったかぁー！」

ゲオルグが叫ぶ。

食糧難《しよくりようなん》は大分改善されてきているとはいえ、皇国にはまだ米を酒用に充《あ》てる余裕《よゆう》はない。

それ故《ゆえ》に、あと数年は日本酒も焼酎も新たに作るのは難しかった。

「元々、『焼酎』を作るノウハウはあるのだから『芋焼酎』もきっと作れるはずよ」

米がなければ芋を使えば良い、エマの中のマリーアントワネットが囁《ささや》いた。

「大叔父様、思い出してください！　この『サツマイモ』をどこで手に入れたのですか⁉」

ゲオルグもエマと一緒にザックへ詰め寄る。

「兄様、ワイン苦手ですもんね？」

揃いも揃って酒好きな田中家だが、ゲオルグの前世、航《わたる》は基本ビールと焼酎しか飲まない。

しかし、転生先のこの国は酒といえばワインであり、ビールも焼酎もなかったのである。

航の酒の好みは今世でも引き継がれ、なんとなく酒を飲んでも許される年齢（十六歳）になっても、ワインは口に合わなかった。

「いや、あの辺りは畑しかないからな……。どこかと言われると……？」

ザックは正確な場所はちょっと自信がない、と答えることしかできなかった。

せっかくキラキラと目を輝《かがや》かせてエマが訊いてくれているのに情けないとしょんぼり項垂《うなだ》れている。

「あ、それ。焼いてないのも一袋買ってあるぞ？　芋の袋を調べれば分かるかも？」

そういえばどっかの領のマークがついていた気がする……とギレルモが思い出す。

「ほ、本当ですか!?　ギレルモ従叔父様!?」

「よし、エマ、ウィリアム。馬車を見に行くぞ！　エバン爺さんが今頃荷物運んでるところだ！」

「はい！　って兄様、待ってくださいっ！　走らなくても芋は逃げませんから！」

ゲオルグを先頭にエマとウィリアムがエバン爺さんのいる馬小屋へと走り出す。

「……なんか分からんが、エマも兄弟も元気そうで何よりだな」

三兄弟の背中を見送りながら、ゲインが嬉しそうにウン、ウンと頷いている。

「……ああ、相変わらず話しとる内容はさっぱりだが、エマは可愛い」

サツマイモも芋焼酎も皇国語なので肝心《かんじん》のところが聞き取れていなかったが、何を言っているのかチンプンカンプンだとしても、エマが可愛いなら万事《ばんじ》問題なしだと満足そうに笑っている。

「……なんとなく芋一袋買った、ちょっと前の俺……いい仕事したなって、うわぁ！」

エマが大喜びした芋を買った俺を褒めてやりたい……と悦《えつ》に入っていたギレルモの視界の端《はし》に、スチュワート家当主であるレオナルドが入り、思わず声を上げる。

「お、おい。ギレルモ!?　何を叫んで……うお！」

「なんじゃ二人共……げっ」

ザックとゲインがギレルモの声に振り返ると、スチュワート家の男特有のいかつい体に強面《こわもて》のレオナルドが静かに両の目から滝《たき》のように涙を流して立っていた。

「ううっ、エマが楽しそうにしている。叔父さん達なんて、なんていい時に来てくれるんだ。さすがです。さすがスチュワート家の男です」

エマがファナ嬢の件で暗い気持ちになっていた時に、突然の大叔父達の訪問。

この世界でエマは、決して一人ではない。

前世からの家族だけでなく親戚達にも愛されていると、否応《いやおう》なしに実感できるだろう。

皆、エマの味方なのだと。

まだ時折不安そうだったエマの顔が、大叔父達とサツマイモの登場ですっかり明るくなっていた。

そんな娘の笑顔に、レオナルドの涙腺《るいせん》は崩壊《ほうかい》したのだ。

「レオナルド、もしやエマの身に何か起きたのか？」

勘《かん》のいいザックがレオナルドの言葉に敏感《びんかん》に反応する。

「なんだと⁉　おい、レオナルド。言ってくれ、わしは誰を処すればいい？」

不穏《ふおん》なザックの言い方にゲインの顔が一気に極悪極まりない表情へと変わる。

マフィアのボスが、再び降臨した。

「おいおい、俺らのエマを悲しませるなんて……いい度胸しているじゃねーか」

ビキビキとこめかみの血管を浮き上がらせ、ギレルモが好戦的に笑う。

「うえっ⁉　いや、ち、違います。そんな……。え、えーと……最近、大叔父達に会いたいってエマがよく言っていたのですよー」

辺境パレス屈指《くっし》の狩人である三人の親戚が暴れるところを想像したレオナルドは慌てて誤魔化す。

誤魔化さなければ王都が粉微塵《こなみじん》になってしまう。

「！　エマがそんなに儂に会いたがっていたと？」

「おいおい、ザック自惚《うぬぼ》れるな。エマが会いたかったのは儂だ」

「ははは、伯父貴《おじき》残念だが……エマはきっと俺に会いたかったんだ！」

ぐぬぬ……と三人は顔を見合わせてエマの愛を争い始める。

「おい、レオナルド！　エマは誰に一番に会いたいって言ってた⁉　儂か⁉　儂だろ⁉」

「ふんっザック、何を馬鹿《ばか》なことを……ゲイン大叔父ちゃまだって言っていただろう⁉」

「いや、一番はギレルモ従叔父ちゃまに決まっている！」

思ったよりも簡単に誤魔化される親戚達。

だが、そんな親戚達を前にレオナルドにも譲《ゆず》れないモノがあった。

「叔父様、何をおかしなことを……エマの一番はパパである私に決まっているでしょう！」

そう、皆似た者一族なのである。

「なんだとレオナルド⁉　ンな訳あるか、この野郎《やろう》！」

「ふー。そろそろ、決着をつける頃だな……誰がエマに一番愛されているか⁉」

「覚悟しろぉぉぉぉ……………お？」

もうスチュワート一族ではお馴染《なじ》みである仁義なきエマ争奪戦《そうだつせん》が始まらんとした時、冷やりとした空気を感じ、ギレルモが振り返る。

「やるなら、庭でお願いしますね？」

満面の笑みを浮かべたメルサが、いた。

「おっ……。メルサ久しぶり……」

メルサの辺り一面を凍《こお》らせてしまいそうな笑顔に、ゲインが振り上げた拳《こぶし》をそっと下ろす。

「……はっはっは、その……あの……セレナには黙《だま》っといてくれ……」

ザックが脱《ぬ》ぎかけたスーツのジャケットを着直し、うちの嫁《よめ》には内緒にしてくれと力なくお願いする。

「よく見たら……この応接間……調度品がえげつねぇ！　これ壊《こわ》したら何十年も酒飲めなくなっちまうっ！」

パレスでの仁義なき戦いのせいで絶賛禁酒中のギレルモが、通された王都スチュワート邸の応接間に置いてある物を見回して青ざめる。

「分かればいいのですよ。分かれば」

天使のようなエマの笑顔とは根底から違うメルサの極寒の笑顔を前に、親戚達は静かになった。

◆　◆　◆

魅了《みりょう》魔法の効果が弱くなってきている。

聖女ファナは焦《あせ》っていた。

全てはエマ・スチュワート嬢危篤《きとく》の噂のせいだ。

精神を操る魔法は効果に個人差がある上に生命がかかわる場合、かけた相手に自己防御《ぼうぎょ》機能が働くという難点がある。

エマ・スチュワート嬢の命の灯火《ともしび》が消えるのを皆が皆、自分のことのように怖《おそ》れ、嘆《なげ》き、悲しむことによって、どうやらその難点が大いに発動したようだ。

魅了魔法が強くかかった者程彼女《かのじょ》の悪口を言っていたのだから、その罪悪感により自己防御機能が顕著《けんちょ》に出てしまう始末。

たかが一介《いっかい》の伯爵《はくしゃく》令嬢がこれ程の影響力を持っていたとは俄《にわか》には信じられない。

彼女は一体、何者なんだ?

綿生地を配ることでやっと生徒の半数を掌握《しょうあく》したというのに、エマ・スチュワート伯爵令嬢が学園復帰してほんの数週間で、数ヶ月の努力を台無しにされた。

こんなガキ共相手に聖女らしく根気よく無理やり笑顔を作り、聞きたくもない話を聞いたりしていたのがすべて水泡《すいほう》に帰することになろうとは、腹立たしい限りである。

本来ならばしなくてもよい筈だった綿配りにも時間を取られた。

計画が上手《うま》く進まない中で苦労して広めた魅了魔法までもが解ける事態に、叫び出しそうになる。

魔法は万能《ばんのう》ではないのだ。

魔法の効果を持続させるためには必ず魔石が必要になる。

帝国の魔石不足は深刻でファナが計画のために用意してもらえた魔石は必要最低量でしかない。

綿もだが、これまで魅了魔法で消費した魔石が失われたことがかなり痛かった。

机上の空論とはよく言ったもので、計画を練る段階ではこのような状況は想定していなかった。

何が悪かったかと思い返せば、王国最大の商会であるロートシルトに綿の購入《こうにゅう》を拒《こば》まれたことに他ならない。

帝国では王国パレス産の絹の人気は根強く、近年は綿を売って絹を買って帰るのが帝国商人の一番効率の良い儲《もう》け方だった。

綿の栽培《さいばい》が難しい王国へ、帝国側もかなり上乗せした金額を提示していた。

個々に貴族にも売ってはいたが、やはりロートシルト商会へ卸《おろ》す量とは比べものにならない。

今年の綿の出来は魔石不足の影響もあり本当に酷いものだったが、魅了魔法があれば売りつけることも容易《たやす》い筈だった。

帝国商人に持たせた綿もファナが学園で配っていたものと同様に、粗《あら》が見えなくなる魔法がかけられていた。

提示した時点では前年と変わらない品質に見える筈だった。

それを商会の会長は見破ったのだ。

今年はどの国にも同じ手を使って綿を売っているというのに、他国では問題になってはいない。

王国はおかしいと、ここで気付くべきだったのかもしれない。

魔法が失われて数十年経つ国の割に、魔法への耐性《たいせい》をもつ人間が多すぎる。

誰も対魔処理された魔道具も持っていないというのに。

そんな中、この国で一番魔法がかかりやすいのが、帝国の息のかかった教会であるのも意味が分からない。

商会で買ってもらえなかった綿を教会に買わせる時には何の問題も発生しなかった。

教会の資金は帝国に流すための資金であり、それを綿の購入に充てては結局こちらの利益が減るだけで儲けには結びつかない。

今のところ、成功したのは、自身を王族の血筋と思わせ王城に入れたことと教会を操り聖女と認めさせたことだけ。

魅了魔法は振り出しとまでは言わないが効力は半減し、綿を使った外貨獲得《かくとく》は失敗したといってもいい。

帝国には時間がなく、フアナは焦っていた。

せめてこの国の魔石の在処《ありか》くらい把握《はあく》しておかなくては……。

「フアナ嬢、貴女《あなた》はそれ以上、立ち入りを許されておりませんよ」

王城内で護衛の目を盗《ぬす》み、より奥《おく》へと歩みを進めていたフアナに後ろから声がかかる。

気配がなかったために心臓が止まりそうになる。

おかしい、王城の中で移動を制限されるなんてこれまではなかった。

「あ、あの申し訳ございません。少し道に迷ってしまって……」

さも迷った風を装《よそお》い振り返ると、そこにはアーサー・ベルの姿があった。

学園では第二王子の護衛としてぴったりと付き従っている公爵家の令息だ。

整った美しい顔は第二王子と並んでも引けをとらない。

事前に調べた情報によれば、冷酷《れいこく》で堅物《かたぶつ》だという王子とは違いこちらは軟派《なんぱ》なプレイボーイとあった。

第二王子の護衛でこの性格なら恰好《かっこう》の餌食《えじき》ではないかと、意識的に魅了魔法を強めにかけたことがある相手だ。

結果は失敗に終わった。

ああ、そうだ。

彼も失敗したのだ。

魅了魔法が効かなかった。

実は、今のファナと呼ばれる体の容姿は特別に美しいとは言えない。

魅了魔法がファナを美しく見せているだけである。

魔法の効果が強く出る者は、心酔《しんすい》し神格化する程にファナに尽《つ》くし、効果が弱くても平凡《へいぼん》な容姿が美しく見えるくらいにはなる。

だが、美しいとファナを褒める声を聞く度《たび》に、このアーサー・ベルは一瞬《いっしゅん》不思議そうな表情を浮かべていた。

紳士《しんし》らしくその表情はすぐに当たり障《さわ》りのない笑みに戻るのだが、その後の様子からも魅了魔法が殆《ほとん》ど効いていないのが見て取れた。

帝国では有り得なかった。

私の魅了魔法が殆ど効かない人間がいるなんて。

まして相手は性欲に従順そうな軟派なプレイボーイだというのに。

「おや、迷ったとは面白《おもしろ》い言い訳ですね？　この迷路《めいろ》のような王城の中、ここまでしっかりとした足取りで宝物庫への最短ルートを歩まれていたのに」

笑顔を浮かべてはいるが、アーサーの言葉は辛辣《しんらつ》だった。

「っ何を……。ぐ、偶然《ぐうぜん》ですわ」

御落胤問題が落ち着くまでしばらく過ごすようにと王城内に用意してもらった部屋から出たとき、数人の騎士《きし》がついて来ていたのは知っていた。

しかし、ちゃんと撒《ま》いた筈だ。

今はエマ・スチュワートの噂が蔓延《はびこ》っている学園よりも王城の中の方が魅了魔法は効きやすい。

あのファナを見張っていた騎士達は完全に魅了できていた。

騎士達の他には気配はなく、ここまでは誰にも止められることもなかった。

では、アーサー・ベルはどうやって私に気が付いたのか？

「ふふ……見張りの騎士は撒いたのに何故私がここにいるのか、不思議ですか？」

「み、見張り？　なんのことでしょう？」

アーサーに考えが読まれているようで返答がややわざとらしくなる。

「おっと、言い間違いました。護衛の……騎士です。ファアナ嬢は学園でも王城でもたくさんの男性に囲まれておりましたから一人になりたいとお思いかもしれませんが、護衛くらいはつけてもらわないと困ります」

護衛騎士って色々と大変なんですよ？　とアーサーがふにゃりと笑う。

今はここで引き下がれと言わんばかりに。

「え、ええ。少しだけ一人になりたかったのです。ですが、御迷惑《ごめいわく》がかかってしまうことを失念しておりました。わ、私自室に戻りますわ」

これ以上は無理だとファナは宝物庫への侵入《しんにゅう》を断念する。

騒《さわ》ぎを起こす訳にはいかない。

向こうが折れてくれているうちは、これ以上の詮索《せんさく》はされないだろうから。

「そうでしょうとも。では、ファナ嬢？　お部屋までお送りします」

アーサーはスッとファナに手を差し伸《の》べる。

いつもの軟派な笑顔のまま、お手本のようなスマートな所作で、ファナを三倍に増やした見張りの騎士の待つ部屋へとエスコートした。

◆　◆　◆

「なあ、言われた通りに色男の兄ちゃんに教えたけど良かったのか？」

商店街にあるロートシルト商会の店舗《てんぽ》の三階、ヨシュアの居住スペースの窓枠《まどわく》に行儀《ぎょうぎ》悪く座《すわ》るヒユーが不満げな顔で尋ねる。

雇い主であるヨシュアはヒューが深追いしないようにしっかり引き際《ぎわ》を伝えていた。

「さすがに尾行《びこう》とはいえ、王城の宝物庫へ侵入したことが露見《ろけん》すれば君の命が危ないからね。エマ様の大事な子供にそんな危険なことはさせませんよ」

まだまだ収まる様子のない大量のクレーム関連の書類を高速で捌《さば》きながらヨシュアは答える。

「むぅ……意外と優しいんだよなー、ヨシュアの旦那《だんな》って。でもさ、おいらもスラムの仲間も、エマ様のためなら多少の無理くらいする覚悟はあるんだよ？」

エマ様には世話になったからと、ヒューは胸を張る。

「ああ、分かっている。でもね？　ヒュー。大事な事はエマ様が悲しまないことだ。無理をすることではない」

「いや、でもヨシュアの旦那だってここ何日も寝ずに色々やっているじゃんか……」

日中は店舗、時間があれば学園へ、夜は書類整理に雑務、更にはファナ嬢の動向を探《さぐ》って何やら思案するヨシュアを見て、いつ寝ているのかとヒューは訝《いぶか》しむ。

どう見ても目の前の雇い主は無理しかしていない。

「僕はこれが通常業務です。エマ様のために動くことは呼吸する事と大差ありません」

「いや……怖《こ》えぇよ。でも、ファナ嬢が宝物庫で何を探しているのか分かった方が良かったんじゃねーの？」

あのままアーサーに報《しら》せず黙っていればファナ嬢は宝物庫へ侵入して目当ての宝を手に入れてい

ただろう。

その後で捕《つか》まえた方が罪に問いやすい。

ヒューはヨシュアの依頼《いらい》でずっと見張っていたが、どういうカラクリなのかファナ嬢の前にはどんな鍵《かぎ》もないのと同じだった。

普段《ふだん》は施錠《せじょう》されている扉《とびら》も彼女が手をかざすだけで開いてしまうのだから。

熟練の泥棒《どろぼう》だってそんな芸当はできない。

スラム育ちのヒューはその辺りの事情には詳しい方だが、あんな鍵開け法は見たことがなかった。

「それを報告したらヒューが疑われる可能性が出てしまうからね。ファナ嬢が被害者扱いされては今後動き辛《づら》くなるでしょう？」

「でもっ」

ヒューは恩に報《むく》いたかった。役に立ちたかったのだ。

あの時、三兄弟がスラムに来なければハロルドの兄貴は餓死《がし》していたかもしれない。

兄貴がいなくなれば、スラムの子供は半分も生きてはいけなかっただろう。

それが今は、朝昼晩にお腹《なか》いっぱい食べられる上におやつもある。

綺麗《きれい》な服に柔《やわ》らかいベッド、仕事に勉強まで与えてくれた。

夢みたいだった。

数か月前まで絶望しかない人生だと諦めて、惰性《だせい》で生きていただけのおいら達を、ここまで引き上げてくれたのはエマ様だ。

どんなにご馳走《ちそう》を食べても、あの時の牛乳と水で煮《に》た味付けが塩だけのオートミール粥《がゆ》を忘れることはない。

「大丈夫、ヒューはとても役に立っているよ。ファナ嬢が宝物庫に用があると分かっただけで十分だ。あとは諸々の情報を繋《つな》ぎ合わせて推測すれば自《おの》ずと答えは出るからね」

にっこりとヨシュアが自身の頭を指す。

大体の推測はできているのだと。

あとは集まった情報を精査してそれが正しいか確認するだけだ。

「あと分からないのは、エマ様があそこまでファナ嬢を恐《おそ》れる理由だけ……どんなに考えても、あの方が何を考えているのかだけはいつも悩《なや》まされる」

その悩みすら甘美《かんび》なのだけれどね。

エマを想《おも》うヨシュアの口許《くちもと》が自然と綻《ほころ》ぶ。

ずっと天使のような存在の彼女が頭から離《はな》れない。

初めて出会ったあの日、エマ様が笑顔を見せた瞬間からヨシュアの一番は不動のものとなった。

「いや、怖えぇって……」

口許の笑みに気付いたヒューが震える。

雇い主ながら絶対に敵にしちゃいけない奴《やつ》だと、スラム育ちのヒューは敏感に感じとっていた。

そう、ヒューは知っているのだ。

何より一番ヤバいのは変態だということを。

実際、事件はまだ何も起こっていない。

ファアナ嬢はエマ様と対面した訳ではない。

ファアナ嬢はエマ様を苛《いじ》めてもいない。

ファアナ嬢はまだ何も盗んでいない。

ただ、言うなればファアナ嬢の姿をエマ様が遠くから見かけただけなのだ。

それだけなのに。

ヨシュアの頭の中ではほぼ答えが出ているようなことを言う。

「皇国の次は、帝国……か」

ポツリとヨシュアが呟《つぶや》き、最後の書類にサインをする。

ヒューが来た時には高々と積み上がっていた書類の山がなくなっていた。

「ヒュー、ご苦労様。ハロルド氏への生地染めのリストがあるから持って帰ってもらえると助かる。あと僕は少し調べ物をするから店員に聞かれたら書庫にいるって伝えてくれる？」

「え？　……まだ、働くのかよ？」

もう夜だ。

そろそろ良い子は寝る時間である。

「これからはプライベートの時間だよ？　心置きなくエマ様のために使える貴重な時間さ」

こんな幸せな時間を睡眠《すいみん》で潰《つぶ》すなんて勿体《もったい》ないだろう？

ヒューの問いにヨシュアは嬉しそうに答え、書庫へと消えた。

「……いや、だから、怖えぇって」

第八十三話　兄弟悶絶。

早退した翌週からゲオルグとウィリアムは学園に復帰した。

本当にドッペルゲンガーだったらという可能性を完全には拭《ぬぐ》い切れず、エマだけは体調不良のためお休みということにしている。

「ゲオルグ様！　ウィリアム様！　あ、あのエマ様は……エマ様の具合は……」

復帰したスチュワート兄弟の姿を見るなり、エマを心配した生徒達がわらわらと集まって来る。

「姉様の具合……？」

大叔父様達《おおおじさまたち》と『サツマイモ』のお陰《かげ》ですっかり元気である。

今朝方、パレスに帰る大叔父様達を見送った後、猫《ねこ》達と庭で何かやるとか楽しそうにしていたが……そのまま伝えると学園をズル休みしていると言われかねない。

あくまで、体調不良の体裁《ていさい》は保たねばとウィリアムが言い淀《よど》んだところで、

「ん？」

エマの具合を尋《たず》ねる生徒達の顔に見覚えがあることに気付く。

彼《かれ》らはたしか……。

「姉様は大丈夫《だいじょうぶ》ですよ。まさか偽物《にせもの》の聖女の体調まで心配して頂けるとは思いませんでした」

エマの悪口を言っていた奴《やつ》らだった。

ウィリアムの皮肉に、生徒達の顔色が変わる。

「わ、悪かった！」

「何故《なぜ》あんな酷《ひど》いことを言ってしまったのか私にもよく分からないのだ」

「反省、いや猛省《もうせい》している！　本当に悪かった」

罪悪感に苛《さいな》まれる生徒達が一斉《いっせい》に頭を下げる。

「エマ姉様自ら聖女だと言ったことはただの一度もありません。逆に聖女と呼ばれる度《たび》に強く否定なさっていた。とんだ言いがかりをつけてくれたものですね」

どんなに横暴な姉だとしても、いわれのない悪口は気分が悪かった。

ウィリアムは割と根に持つタイプなのだ。

アラフォーをいじったことで、家族の女性陣《じん》から散々非難されたことのストレスをついでにここで発散する。

「ウィリアム、そのくらいにしてやれよ……」

ゲオルグがウィリアムの肩《かた》にポンっと手を置いて関係ない奴に八つ当たりしては可哀想《かわいそう》だと止める。

「でもっ……はい。そうですね」

ウィリアムは女性陣から受けた制裁を思い出して、カタカタと震《ふる》える手を握《にぎ》りしめる。

家族の前でわんわん泣いたあとだからって、あの時の姉様はいつもより暴れていた。

アラフォーの照れ隠《かく》しはめちゃくちゃ質《たち》が悪い。

ちょっと母様は静かに本気でキレてた節はあるけど。

「悪いな、こいつ今日は少し余裕《よゆう》がないんだ。気にしないでくれ」

話しかけた生徒にゲオルグが謝《あやま》り、弟を促《うなが》し教室へ向かう。

「い、いえ、そんなこ、とっ……！」

生徒達は気付いてしまった。

震える拳《こぶし》を握るウィリアムとゲオルグの目の下にくっきりと刻まれた隈《くま》の存在に。

そう、エマ・スチュワート危篤《きとく》の噂《うわさ》が真実だったと証明する証拠《しょうこ》を見つけてしまったのだ。

とある一人の令息の豊かな想像力が生み出した憶測《おくそく》に信憑性《しんぴょうせい》が増し、生徒達は勝手に各々《おのおの》頭の中で新しいストーリーを作り始めていった。

これを機に、兄弟の知らないところで更《さら》に色々な設定が追加されながら噂は拡散されていくのであった。

◆　◆　◆

「本当のことを言って下さい！　心配でどうにかなりそうです！」

昼休み、いつもの中庭でフランチェスカが二人だけで復帰したゲオルグとウィリアムに詰《つ》め寄る。

「本当に元気です！　もう、迷惑《めいわく》なくらい元気ですから！」

信じて下さい、とウィリアムが叫《さけ》ぶ。

「ではどうして学園に来ないのかしら？　ケイトリン」

「ではどうして学園に来ないのかしら。キャサリン」

怪《あや》しいですわ、と双子《ふたご》もフランチェスカに加勢する。

「エマ様が倒《たお》れてから兄も殿下《でんか》も学園を休まれて何かを必死に調べている。何もない、大丈夫だというには言い訳が苦しいだろう？　ゲオルグ様の目の下の隈といい、二人とも疲《つか》れているようだが？」

ゲオルグに顎《あご》クイして顔を覗《のぞ》き込《こ》み、マリオンも加勢する。

「ちょっ！　マリオン様、顎クイはちょっ。ときめいちゃうから！」

マリオンのイケメンオーラにゲオルグの心が乙女《おとめ》になりかける。

「目の下の隈は……ずっと母様に勉強を教えてもらっていたからで……」

煮《に》え切らないゲオルグの答えに、令嬢《れいじょう》たちは更に詰め寄る。

「「「では、何故エマ様は学園を休んでいるのですか⁉」」」

うん。…………なんでだろう？　なんでだ？　なんでだろう？

ゲオルグも訊《き》きたい。

何で、ファナ嬢は港《みなと》にそっくりなのか。

何で、誰《だれ》もアラフォーの制服姿に何も言わないのか。

何で、急に悪口を言っていた奴らがエマの心配をしているのか？

絶対に【何か】オカシイのだ。

「私も知りたいです」

突如《とつじょ》、聞き覚えのある懐《なつ》かしい声がした。

そんな……声まで。

「にっ兄様！　どうしよう？　ファナ嬢だよ」

数人の令息を従えたファナ嬢が、中庭のゲオルグ達のいる四阿《あずまや》へと歩いて来ていた。

エマの友人達が心配で声が大きくなっていたために、会話が聞こえてしまったのかもしれない。

「まぁ、ファナ様だわ、キャサリン」

「まあ、ファナ様ね、ケイトリン」

双子がファナに気付いて驚《おどろ》いている。

「みなっ……。ファナ……様。……俺《おれ》の妹とは面識はなかったと思いますが……」

「どうして、姉様を気にかけるのですか？」

ゲオルグとウィリアムは港とそっくりなファナ嬢を警戒《けいかい》する。

先週、自分達は遠くからファナを見たに過ぎない。

まだ一言も話していないどころか、目が合ったこともないのにエマが学園を休んでいる理由を知りたいなんて言うのはおかしい。

ファナは何者で、一体何を考えているのか……。

「あら、ゲオルグ・スチュワート。今や学園は貴方《あなた》の妹の噂でもちきりではないですか？」

にっこりと余裕のある笑《え》みでファナはゲオルグの目の前で立ち止まる。

フルネームでゲオルグを呼び、暗にエマだけでなく貴方のことも知っているぞと牽制《けんせい》する。

実際はエマ・スチュワートを調べようにも本人が学園に来ないのでファナは内心痺《しび》れを切らしていた。

魅了魔法《みりょうまほう》の効果が薄《うす》れた原因はエマ・スチュワート危篤の噂のせいだ。

更には昼休みにエマにお菓子《かし》を差し入れする令息達、ここにいる令嬢達、第二王子、先日宝物庫へ行くのを止められたアーサー……皆《みな》、ファナの綿を受け取っていないことが判明した。

これは偶然《ぐうぜん》だろうか？

偽物聖女と揶揄《やゆ》されるように仕向けたのはファナだが、エマ・スチュワート……実は本物の聖女だったのだろうか？

教会の聖女に聖なる力なんてないことは重々承知しているが、あまりにも顕著《けんちょ》に出た結果に目を瞑《つぶ》ることはできない。

噂が本当ならば体の弱い少女は死にかけているらしいが、それならそれで構わなかった。

問題は、そうでなかった場合だ。

少女が魔法に対抗《たいこう》する力を持っていたなら、早々に対策を立てなくてはならない。

ファナは首にかけていたペンダントをそっと握る。

中には今では貴重な魔石が入っている。

魔石には魔法を閉じ込めるだけではなく増幅《ぞうふく》させる力もある。

魔法使いが一人現れたところで魔石がなければ実は大して役には立たない。

魔石と魔法使いが揃《そろ》ってやっと大きな魔法が継続《けいぞく》的に発動できるのだ。

その魔石を手に入れるため、邪魔者《じゃまもの》は排除《はいじょ》しておかなくてはならない。

エマ・スチュワートに会えなかったのは残念だが、試《ため》しに兄と弟に強力な魅了魔法をかけてみることにする。

念には念を。貴重な魔石を使ったとしても、これは明らかにしておかなくてはならない。

もうこれ以上計画を遅《おく》らせる訳にはいかないのである。

ファナの手の中で、魔石が鈍《にぶ》く光る。

「ゲオルグ・スチュワート。ウィリアム・スチュワート。教えて下さいな、エマ・スチュワートは今、何をしているのか」

これは他の生徒達にかけたような雑な魅了魔法ではない。

対象者の目を覗き込みながら名前を呼んで発動させる一番強力な魅了魔法だ。

それを更に魔石の力で増幅させる。

雑な魅了魔法なら、精神力で撥《は》ね返されることもあるが、魔石まで使えば一溜《ひとた》まりもない筈《はず》だ。

この二重に強化した魅了を撥ね返すようなことがあるなら、エマ・スチュワートもこの兄弟も……いや、スチュワート伯爵家《はくしゃくけ》一族郎党《ろうとう》、帝国《ていこく》の敵である。

軍でも魔法でもあらゆる手を使ってでも消えてもらうことになるだろう。

「はっ！」

「はわわっ！」

ファナから強力な魅了魔法をかけられたゲオルグとウィリアムは反射的にファナから目を逸《そ》らす。

「ゲオルグ様、ウィリアム様⁉　どうなさったの？」

フランチェスカが二人の異変に気付いた。

明らかに様子がおかしい。

「い、いえ、だ、大丈夫……です」

「し、し、しんぱいナイデスヨ……」

二人の顔はぶわぁぁぁぁと耳まで真っ赤に染め上がっていた。

エマの笑顔を前にしたエドワード王子のように。

「エマは……家で大人しくして……」

「姉様は……寝《ね》テイマス！」

兄弟がフアナの問いかけに答える様は、思春期の少年が憧《あこが》れのアイドルにでも会ったかのようだった。

明らかに挙動不審《きょどうふしん》で、言葉もたどたどしい。

目も合わせられないのに、フアナをチラチラと盗《ぬす》み見ては更に顔を赤らめる。

「顔が赤い。本当に大丈夫かい？」

「リンゴくらい赤いわね、ケイトリン？」

「イチゴくらい赤いわ、キャサリン！」

「「こんなお二人、見たことないわ‼」」

ゲオルグとウィリアムの異常な顔色にマリオンも気付き、心配した双子はハモる。

「ふっ…………………ごめんなさい。折角のお昼休みに邪魔をしてしまったわね」

ファアナはゲオルグとウィリアムの様子を見て、拍子抜《ひょうしぬ》けしたように退席の言葉をかけた。

ふむ……二人共、魅了魔法はしっかり効いている。

むしろ他の者よりもよく効いている。

考え過ぎたようだ……。

魅了が効いている状態では私に嘘《うそ》はつけないから、エマ・スチュワートは噂通り死にかけていると考えていい。

たまたま運の悪い偶然が重なることも世の中にはある。

解けた魔法に頭を悩《なや》ませる暇《ひま》があったら、もう一度魔法をかける方に注力するべきだ。

真っ赤になった兄弟を残し、何かを納得《なっとく》したファアナはあっさりとその場から去っていった。

◆　◆　◆

「ゲオルグ様、ウィリアム様、本当に大丈夫ですか？」

「人を呼びますか？」

「何か変なものを食べたのかしら、ケイトリン？」

「きっと何か変なものを食べたのよ、キャサリン」

ファアナが去った後、ズルズルとその場に蹲《うずくま》る兄弟にフランチェスカ、マリオン、双子がおろおろと心配する。

「だ、大丈夫です」

「ご、ご心配なく」

大丈夫、心配ないと言うものの、う――っと兄弟は声にならない声で唸《うな》る。

手で赤い顔を覆《おお》い、悶《もだ》える。

「「きっつぅ」」

兄弟はぴったり同時にハモった。

「兄様、結構キますね？」

「ああ、ファナ様は俺達を殺す気なのか？」

覚悟《かくご》していたが、至近距離《きより》でのアラフォーの制服姿はダメージがでかい。

しかも、それが自分の妹（姉）なのだからもう、恥《は》ずかしくて目のやり場にも困る。

これか？　これが、かの有名なＳＡＮ値直葬《ちょくそう》ってやつなのか⁉

スマホ老眼で視力が落ちていた前世と違《ちが》い、今では魔物狩《が》りの際の見極《みきわ》める訓練で視力はかなり良い。

もう、イタイ、イタイぞ。

頭の先からつま先まで、全身くまなくイタイ。

身内（アラフォー）の制服姿を目の当《ま》たりにし、ゲオルグとウィリアムはしばらく立ち上がることができなかった。

◆　◆　◆

「どういう事だ？　カルロス」

ヨシュアが仕事の手を止め、ソファに寛《くつろ》ぐ男の方へ視線をやる。

「帝国は最近軍の強化に力を入れているようです」

ロートシルト商会には各国にバラ撒《ま》いている偵察員《ていさついん》がいる。

ヨシュアは急遽《きゅうきょ》、その中で帝国に常駐《じょうちゅう》させていたカルロスという男を呼び戻《もど》していた。

背が高く、彫《ほ》りの深い顔立ち、カールしたオリーブ色の長い髪《かみ》を縛《しば》ることなく、遊ばせている中々に雰囲気《ふんいき》のある男である。

「軍の強化……？　守護者ではなくて？」

どの国でも魔物に対する組織のことを軍とは呼ばない。

王国なら狩人《かりゅうど》、皇国なら武士、帝国ではたしか守護者と呼んでいた。

「はい、守護者ではなく軍で間違いありません。しかも港にかなりの人員が集結しているようです」

得意の流し目を無駄《むだ》に披露《ひろう》しつつ、カルロスが自身の髪を梳《す》く。

「噂では夜中になると見えなくなるような真っ黒に塗《ぬ》られた船に、鉄の玉を飛ばす……大砲《たいほう》？　とかいう物騒《ぶっそう》な武器を積み込んでいる、なんて話も聞きました」

船に大砲なんて載《の》せて一体どうするんですかね？　と、カルロスは肩を竦《すく》める。

王国では馴染《なじ》みがないが、帝国ではよく対魔物用の武器として大砲が使われている。

ヨシュアも知識としては知っているが実物は見たことがないし、通常、船に載せるものでもない。

なぜなら海には標的となる魔物はいないのだから。

ふむ、とヨシュアはしばし考えに耽《ふけ》る。

「ああ……そうか。とうとう帝国は他国を侵略《しんりやく》しようと動き始めたのか……」

ヨシュアはゆっくりと頷《うなず》いた。

いくつか想定していた事態の中で、これだけは外れてほしいと思っていたというのに。

否定できる要素がないかと慎重《しんちよう》に情報を集めるも、カルロスの言葉で裏付けが取れてしまった。

「侵略？　他国？　ですが、その国には人間がいるんですぜ？」

カルロスが信じられないといった表情でヨシュアを見る。

【侵略】とは、もともと魔物と人間の間で使われる言葉だ。

魔物が結界を破って人間の住む土地を侵略する。

人間が魔法使いの魔法で結界を広げ、魔物の生息地を侵略する。

人間が人間の土地（国）を侵略するなんてこと……カルロスには想像できなかった。

「仕方がないだろう？　人間も動物だ。自分の群れが生きるために他の群れを攻撃《こうげき》するのはあり得る話だ。ただ、今までは群れと群れが離《はな》れ過ぎているから起こらなかっただけのこと……」

ヨシュアがエマには絶対に見せない怖《こわ》い顔で、サラリと答える。

「いや、今だってどの国も離れているではないですか!?　何百年もずっと国と国は争うこともなく協力して生きてきたのに……急にそんなこと……何で……」

王国の女性は美しく、帝国の女性は愛嬌《あいきょう》があるし、バリトゥの女性は癒《い》やし系……どの国も違いはあれど、みんな素晴《すば》らしいのだ。

国と国が、争うなんてそんなこと……。

ロートシルト商会に長年籍《せき》を置いている偵察員のカルロスは、ヨシュアが誰よりも優秀《ゆうしゅう》であることを知っていた。

そのヨシュアが地獄《じごく》のような未来を予想したならば、それは現実に起こることなのだ。

でも、そんな未来が来るなんて信じたくなかった。

「国同士の距離は変わらないが、造船技術の向上で今は昔とは比べ物にならないくらいの速さで国と国を行き来できるようになった。それに船も大きくなって、積載量《せきさいりょう》も格段に増えた」

一国を侵略するに足る兵士も武器も船で運べるようになったのだ。

「ですが帝国が他国を侵略する必要がどこにあるのですか⁉　この世界で一番広大な土地を持ち、長い歴史を有し、魔法使いも切らした事がない、あの帝国ですよ？」

帝国は有史以来常に魔法使いを保有する唯一《ゆいいつ》の国である。

島国や、小さな国々に魔法使いが出現と聞けば、直《す》ぐに帝国のスカウトが現れる。

海に囲まれた島国では魔物は出ない。

小さな国は小さい分、結界の境の範囲《はんい》が狭《せま》い。

結界さえ強化してもらえれば、魔法使いよりも帝国から支援《しえん》を受けたほうが旨味《うまみ》が大きいと考える国もある。

帝国は世界中に使者を送って時に取引を持ち掛《か》け、時に脅《おど》し、魔法使いの充足《じゅうそく》に力を入れたことで、どこよりも大きくどこよりも発展してきたのだ。

「まぁ、可能性として一番高いのは魔石の枯渇《こかつ》だろうね」

ヨシュアは戸惑《とまど》うカルロスとは対照的に冷静に答える。

魔石は魔法を貯《た》めることができる特別な鉱石だ。

魔物から国を守るためにある結界の維持《いじ》には魔石が大量に使われている。

しかも消耗品《しょうもうひん》だ。

もし帝国の魔石の鉱脈が枯《か》れた場合、他国を攻撃してまでも手に入れなくてはならないと考えても不思議ではないのだ。

帝国は世界で一番広大な土地を有する国、魔石の消費も激しいだろう。

「……魔石？　そんな物のために、国が国を侵略するのですか？　人が人を倒そうなんてするのですか？」

カルロスは理解できない。

魔法使いの重要さに比べて魔石の存在価値は世間ではあまり知られていなかった。

王国では魔石自体、知らない世代もいるくらいである。

ここまでくると意図的に隠されていると言うべきかもしれない。

魔法が貯められていない魔石なんて石ころと同じで、たかが石ころのために国を侵略するなんて発想は、カルロスだけではなく大半の一般人《いっぱんじん》からは出てこない。

だが、少し考えれば分かることで、魔法を貯める魔石がなければ、魔法使い達は常に辺境で結界魔法を発動し続けなくてはならなくなる。

魔法使いは魔法が使えるだけで人間と同じ、睡眠《すいみん》も食事も休息も必要だ。

何日も休みなく永遠と走っていられる人間がいないように、魔法を使い続けられる魔法使いもいないのだから。

「自分達が生きるためだ、侵略くらいするだろうね。魔石がないと国が滅《ほろ》びるんだから。そうなると魔法使いの不在が長年続いている我が王国が狙《ねら》われるのは自然なことだよね？」

魔法使いがいないということは、魔石を使うものがいないということだから。

「ま、さ……か……。帝国が侵略しようとしている国って……ここ？　え？　王国なんですか？」

他人事《ひとごと》だと思っていたカルロスがヨシュアの言葉に驚き慌《あわ》てる。

「しようとしている……というより、既《すで》に侵略中と言った方が正しいかもね？」

ヨシュアはどこまでも冷静である。

ファナ嬢が王城の宝物庫に行ったのは、魔石の在処《ありか》を把握《はあく》するためと考えられる。

侵略した後に、スムーズに魔石を手に入れられるようにと。

「でも、実は王国にはもう、魔石は殆《ほとん》ど残ってないと僕《ぼく》は思っている」

先の魔法使いが出現した時に、王国で採掘《さいくつ》された魔石は貴族がこぞって使い尽《つ》くしてしまったと聞いたことがある。

その割にこの三十年、全く魔鉱労働者の募集《ぼしゅう》がないことからヨシュアは王国の鉱脈は既に枯れていると推測していた。

「はぁ⁉　そんなの……やられ損じゃないですか⁉　俺、今から帝国に渡《わた》ってちゃんと言ってきます。王国には魔石はないから侵略しないでくれって！」

「信じてもらえないと思うよ？　あと先に侵略なんて言葉使うと揚《あ》げ足取られるから止めたほうがいい。追いつめられている者は人の話なんて聞かないからね」

くだらない奴ほどイチャモンつけるのは上手《うま》いのだと、憤慨《ふんがい》し帝国へとんぼ返りしようと意気込むカルロスをヨシュアが止める。

「そんなっ……でも、それならどうすれば……相手が帝国では勝ち目がないですよ？」

帝国担当の偵察員であるカルロスは絶望する。

あまりにも国力の差が大きい。

魔法使いを持つ国と持たない国、そこにはどうやっても埋《う》められない大きな技術的格差が生じる。

「まあ、まともに戦ったら難しいだろうね」

ヨシュアもカルロスの言葉に同意する。

ずっと他国との交流や交易を避《さ》け鎖国《さこく》を貫《つらぬ》いていた皇国でさえも、魔法使いがいたことで王国人の何倍も便利な生活をしていた。

火を起こす、灯《あか》りを得る、水の確保、魔法という動力源を利用した数々の装置、王国からすれば喉《のど》から手が出るほど欲《ほ》しいものばかりだった。

広い国土を持ち魔法使いを常に有する帝国は世界の中心は我々だという自負のようなものを持っている。

弱小国は帝国から食糧《しょくりょう》と技術を盾《たて》に魔法使いを奪《うば》われ、政治にも干渉《かんしょう》されている。

帝国に次ぐ広い国土を持つ王国でさえ、綿の供給を盾に取られては国が揺《ゆ》らぐほどの混乱が生じてしまう。

帝国が本気で攻《せ》めてくれば、王国に対抗する術《すべ》はない。

「そーいえば、商会は大丈夫なんですか？　俺はたまにしか王国に帰って来ませんが、店舗《てんぽ》に客がこんなに少ないのは初めて見ましたよ」

これ以上は怖くて訊けないカルロスが話を逸らす。

もしヨシュアの予想が的中したとしても、商人ができることはないのだ。

これは王族や、騎士団《きしだん》、高位貴族等の上の方の人間が考えるべきことで、商人には、商人の仕事がある。

「……今年帝国から綿を買わなかったことが響《ひび》いてはいるよ。ないものは売れないと言ってもしつこい貴族も多くてね。臣民街にある店舗は順調なんだけど、顧客《こきゃく》が貴族中心のこっちは……」

ないならないで庶民《しょみん》は麻《あさ》の下着を買うため、臣民街の売上は例年とあまり変わらないのだが、商店街にあるこの店舗は閑古鳥《かんこどり》が鳴いている。

綿の下着を置いていないことで、連日うるさいクレーマーが店に押《お》し寄せ、下着以外の買い物客も離れてしまった。

綿の代わりに絹の下着を置いても誰も買わない。

ヨシュアが父親に任された店舗で初めて赤字決算になるかもしれない。

「それにしても、不思議ですよねー？　帝国の貴族のお嬢さんなんて最近は誰も綿の下着なんて着けてないのに、王国人の方が信心深いんですかね？」

「は？　カルロス。今の話、詳《くわ》しく教えてくれ」

カルロスが深刻な雰囲気を和《なご》ませるために言った与太話《よたばなし》にヨシュアの目が光る。

「おっ？　若旦那《わかだんな》もお年頃《としごろ》ってやつですね。帝国の女性は割と積極的なんですよ？　酒の席で誘《さそ》うと落とせる確率も上がり……」

「違う。下着の方だ」

イライラとヨシュアはカルロスを睨《にら》む。

「へへへ。若旦那若いですね？　逆に安心しましたよ。そうですよね。十代の健康な男が下着の話に食いつかない訳ないですもんね」

国の行く末とか仕事の話ばっかりしてても、男の子ですもんね、とカルロスが急に下卑《げび》た笑みを浮《う》かべる。

「…………」

「男爵家の若い令嬢から候爵家の未亡人まで皆、帝国貴族の下着は絹ですよ。俺は焦《あせ》らしながら脱《ぬ》がせるのも大好きなので……おっと。間違いなくあの手触《てざわ》りは絹でした。まあ、王国のパレス産から帝国産まで品質はピンキリでしたけどね？　あ、でも、庶民の子達も最近は麻とかウールとかであんまり綿は見かけな……」

思いの外ヨシュアが下着の話を真剣《しんけん》に聞いてくれるので、カルロスも饒舌《じょうぜつ》になる。

「え？　若旦那……もしかして、下着フェチでした？」

「カルロス、定期報告書に書いてなかったぞ。そんな情報」

「え？　いや、まあ、そんなに若旦那が下着好きだったとは知らなかったので……え？　色とかサイズも覚えているのは教えましょうか？　それとも絵でも書かせます？」

「そんなもんは必要ない」

「え？（……他人の性癖《せいへき》って難しいな。若旦那、この年でそんなニッチなとこいかなくても……やっぱり働き過ぎなんじゃ……）あの、因《ちな》みに後学のために教えて下さい。若旦那が気になる下着って上の方ですか？　それとも下ですか？」

「上も下も両方に決まってるだろう？」

「なるほど、分け隔《へだ》てなく上下を愛する……ってことか……ホンモノですね？」

「それで、綿の下着はいつからなくなった？　帝国人も年に一回下着を新調するのか？」

「え？　いや、だからもともと綿の下着は庶民くらいで貴族はみんな絹ですよ？　王国みたいに社交シーズン後に一斉に総入れ替《か》えはしないみたいです。帝国産の絹なんて三か月持てばいい方ですし。パレス産は逆に一年以上は余裕ですからね。ま、まあ、大抵浮気《たいていうわき》がバレて二年以上続く女性はいないんで、どのくらい持つかは知らないんですけどね」

ヨシュアの真剣な顔にカルロスはどんどん怖くなっていき、後半は大分早口でいらないことまで喋《しやべ》り捲《まく》っていた。

まさか、若旦那がここまで性癖を抉《こじ》らせた変態だったなんて。

小さな頃から知っている分、ちょっとショックが大きい。

「……教会は？　修道女の下着の素材も知っているか？」

「おおおお？　そんな！　いくら女好きの俺でも修道女にまで手を…………出しましたね。ええ三人ほど。三人ともパレス産の絹で、意外にも派手な色が多かっ」

「色はどうでもいい」

「あ、ああ。そうでしたね。すみません」

若旦那、俺……数々の変態と付き合ってきましたけど、ここまで下着に執着《しゆうちやく》する変態は初めてです。

カルロスは自分もまだまだだなとホンモノを前に感服した。

◆　◆　◆

ヨシュアは教会が帝国の利益のために【下着は綿製に】と教えを広めたのだろう事は薄々気付いていた。

しかし、カルロスの報告によれば帝国でも綿が不足しているような状況《じようきよう》……。

今回、帝国は王国を困らせるために粗悪《そあく》な綿しか持って来なかったと思っていたが、違ったようだ。

帝国にはもう、綿栽培《さいばい》に使う魔石すら惜《お》しまなくてはならないくらいストックがひっ迫《ぱく》しているのだろうか？

そうなれば、近々武器と帝国軍を乗せた船が王国の港に現れるなんてことも起こり得る。

エマ様に危険が及《およ》ぶようなことにならないといいが……。

この世界で初めて起こるかもしれない戦争の気配に、ヨシュアは深いため息を吐《つ》いた。

第八十四話　猫と遊ぶ。

「にゃ？」

「そうそう」

「!?」

「にゃー？」

「うんうん上手だよ！」

「??」

「にゃにゃ？」

「ふふふ」

「!?」

「うにゃ！」

「よしよし」

「？？？」


ここは、広い広いスチュワート家の庭。

ゲオルグとウィリアムが学園で勉強している頃《ころ》、エマとヴァイオレット、猫《ねこ》四匹《ひき》、ウデムシ達《たち》が集まって何やら楽しげに遊んでいる。

皇国から帰国してからは何かとバタバタ忙《いそが》しく、エマが猫と虫達とゆっくり過ごすのは久しぶりのことであった。

カサカサカサカサ
「ひぃ！」

そこへ、ヨシュアについてスチュワート家を訪《おとず》れたカルロスが悲鳴を上げる。

「わっ若旦那《わかだんな》!?　あれは……一体……？」

巨大《きょだい》な猫、巨大な蜘蛛《くも》、巨大な超《ちょう》気持ち悪い虫（群）。

どんなレディにも果敢《かかん》に挑《いど》む色男カルロスは、驚愕《きょうがく》の波状攻撃《こうげき》にどれから突《つ》っ込《こ》めば良いのか分からない。

「ちょっ？　若旦那？」

だが、頼《たの》みの綱《つな》であるヨシュアは、エマと猫と蜘蛛と超気持ち悪い虫の群れに躊躇《ちゅうちょ》することなく突き進んでゆく。

「いや、マジかよ……」

若旦那ことヨシュアがエマにゾッコンなのは全商会員が知っているが、よもやあの虫の群れを見ても怯《ひる》まないなんてカルロスは信じられなかった。

「エマ様！　ご注文の品を届けに来ましたよ！」

「あ、ヨシュア！」

巨大な虫を文字通りかき分けてヨシュアはエマのいるところまで到達《とうたつ》する。

「にゃにゃにゃ！」

ヨシュアの声にエマが振《ふ》り向き、笑顔《えがお》で手を振る。

「っ……何を作っているのですか？」

虫の群れに隠《かく》れて何をしていたのか見えなかったが、近くまで来てみると、エマ指示の下《もと》、猫達が地面を均《なら》していた。

「ここに、オワタで塔《とう》みたいなのいくつか建てようかなって思って」

皇国から帰国時にこっそりと真夜中に運び込まれたオワタの成れの果てを使って、何やら建設するつもりなのだとエマが説明する。

「塔……ですか？」

エマの持っている綿密に引かれた設計図（前世建設業のゲオルグ監修《かんしゅう》）に視線を落とす。

塔というよりも巨大なバームクーヘンにしか見えない。

「あ、コーメイさん。大事なところだから地面はしっかり固めてね」

「うにゃ！」

しっかりと基礎《きそ》工事された地盤《じばん》に、ウデムシが隙間《すきま》なく並べたオワタの欠片《かけら》を猫達が肉球で押《お》し込んで地均ししている。

「これからね、ドーナツ状に高い壁《かべ》をぐるりと作って塔にするの。つまり、オワタでできた塔、名付けてオワッタワーよ！」

エマがドヤ顔で塔の名前を発表する。

ネーミングセンスのなさは父親のレオナルドからの遺伝なので仕方がない。

「………なるほど、面白《おもしろ》いです。皇国で住宅をオワタの破片《はへん》を使って建てた時の応用ですね」

ヨシュアが缶詰《かんづめ》工場を整備している間にスチュワート家は村を作る勢いでオワタのレンガで建物を増産していたので、塔の一つや二つくらいもはや驚《おどろ》かない。

猫もウデムシもヴァイオレットも皇国で手伝っていたので慣れたもので、熟練の大工よりも仕事が早い。

猫達は、ぽにぽにと可愛《かわい》い音で地面を均していているが、音に反してえげつない力であるのは、いとも簡単にオワタの破片が地面にめり込んでいくのを見れば分かる。

塔ができたらお昼寝《ひるね》用のベッドにするんだにゃ。

寝心地《ねごこち》良くするために頑張《がんば》るにゃ！　とコーメイさんがぽにんっと地均しに精を出す。

カサカサ、カサカサカサカサカサ
「ウッ君達もしっかりね？」

カサカサカサカサ！

高く積み上げられる予定の壁のために、ウデムシ達は大量のオワタの破片を運んでいる。

ヴァイオレットを頭に乗せたエマは遠くまで見渡《みわた》せるようで、ヨシュアには目視できない遠くにいるウデムシにも指示を飛ばしている。

「ふふふ、オワッタワー。皆《みな》が頑張ってくれるから予定より早く完成しそう♪」

ご満悦《まんえつ》と言わんばかりに猫と虫に囲まれニコニコ笑っているのは、学園で死にかけていると絶賛噂《うわさ》されている令嬢《れいじょう》その人である。

「エ、エマ様――――！　このシーソーとトランポリン、どこに置きますかぁ――？」

ウデムシの群れにビビって近付けずにいるカルロスが、庭の中まで荷馬車を使わなくては運べないくらい大きな注文の品を指差す。

「あー……あれ、シーソーではないんだけどね。ウッ君達、アレ両方とも持って来てくれるかな？」

カサカサカサカサ！

エマのお願いを聞いてウデムシが数匹、カルロスの方へと向かう。

何気に猫の通訳もなく、意思疎通《そつう》できるようになっている。

「ひっ！　ヒイイィ！」

一メートルを超《こ》える虫が迫《せま》りくる恐怖《きょうふ》にカルロスは悲鳴を上げた。

「カルロス、虫も馴《な》れると可愛いぞ」

腰《こし》を抜《ぬ》かすカルロスにヨシュアが笑う。

「んな訳あるかーい！」

恐怖と混乱の最中でも、カルロスはしっかりと突っ込みを入れる。

カルロスの知っている【可愛い】と目の前の虫というか、バケモノとの共通点が全く見つからないのである。

何を以《もっ》て可愛いと言っているんだ？

いや、まず、この状況《じょうきょう》の説明を誰《だれ》かしてくれ。

何で猫も虫も異様にデカいのか、順序立てて納得《なっとく》できるまで教えてくれたりはしませんか⁉

エマ様、自分がおかしいのではないと確信が持てなくなるくらい自然に猫とか虫と会話するのもやめて下さい。

馬二頭ずつで引いて持ってきた荷を、虫が難なく軽々と運んでいるのを見守る俺《おれ》の気持ちを、慮《おもんばか》ってはもらえませんかね？

お願いだから、ねえ、この状況の説明をして下さい。

カルロスの真っ当な訴《うった》えは、ウデムシ達のカサカサ音に虚《むな》しくかき消されてしまった。

◆　◆　◆

「うっにゃっ――――――ん！」

ヨシュアとカルロスが持ってきたロートシルト商会謹製《きんせい》トランポリンで黒猫のかんちゃんが空高く跳《は》ねる。

巨大トランポリンは皇国で美味《おい》しく食べたアーマーボアの革《かわ》を使っており、猫が遊んでも大丈夫《だいじょうぶ》な強度を保つために試行錯誤《さくご》の末に出来上がった特別製である。

「にゃ！」

「っにゃっち！」

カルロスがシーソーと勘違《かんちが》いしたのはボールを飛ばす装置だった。

見た目はほぼシーソーである。

板の端《はし》にボールを置き、リューちゃんがその反対側の板をたしんと勢い良く打てば、反動でボールが天高く飛び上がる仕組みだ。

この板もオワタの破片でコーティングしてあり、強度を増してある。

飛び上がったボールを待ってました！　と、チョーちゃんがキャッチして遊んでいる。

「楽しい？」

「「にゃ――――ん♪」」

「良かった！　皇国から帰ってからはあんまり遊べなかったから遊具を作ってもらったのよ」

「うにゃ！」

「あ、かんちゃんトランポリンに爪立《つめた》てたら駄目《だめ》だよ？」

「うんっにゃ！」

エマの忠告に、かんちゃんが跳ねながら返事をする。

かんちゃん……ずっと跳《と》んでいる。

相当気に入ったようだ。

「…………いや、え？　え？　ナニコレ？」

カルロスが眼前に広がる光景に自分の目を疑う。

シーソー（みたいなの）もトランポリン同様、ロートシルト商会の技術の粋《すい》を集めた特別製だ。

スチュワート家からの注文だったのでカルロスには想像すらできないが、きっとなんらかの魔物《まもの》狩《が》り用に用意されたんだろうなと思っていた。

高級魔物素材がふんだんに使われているために材料費だけでもかなりのお値段である。

それを、まさか……猫（？）の遊具だ……と……？

「あれ？　あれ？」

実はスチュワート家に納品に行くと聞いて、久しぶりにエマ様に会いたいと、カルロスは半ば無理やりヨシュアにくっついて来たのだ。

……なんか思っていた感じと違う。

王国で数十年ぶりに起きた局地的結界ハザードでエマ様が負傷したという話は聞いていた。

今も傷痕《きずあと》は痛々しく残っているらしく、相当塞《ふさ》ぎ込んでいるのではないかとカルロスも心配していたのだが……。

「……楽しそう？　ですね？」

いや、想像以上に頬《ほお》の傷痕は酷《ひど》いものだった。それでも楽しそうなら塞ぎ込んでいるよりも全然良いのだが、なんていうかこう……突っ込みどころ多過ぎないか？

ずっと帝国《ていこく》にいたカルロスがエマに会うのは三年ぶりくらいである。

虫以外に興味を示さなかったあのエマ様も少しは大人っぽくなっているかな？　なんて淡《あわ》い期待すら抱《いだ》いていた自分の愚《おろ》かさをカルロスは呪《のろ》った。

いや、まあ、いくらか身長も伸《の》びたし、あの頃よりもまともに会話が成り立つし、見た目も中身も成長はしているみたいだが……うん、そういうことじゃない。

伯爵《はくしやく》令嬢が大工仕事。

おかしいだろ？

巨大な猫が四匹。

おかしいよな？

紫《むらさき》のでかい蜘蛛。

おかしいよね？

あと、さっきからウッ君って呼んでるあれは幻《まぼろし》の特効薬になるウデムシ群（何故《なぜ》か巨大）だったりはしないよね？

大昔、王国が帝国に何度も頭を下げて輸入させてくれと頼んだ例の虫ではないよね？　ね？

これ、俺が、俺の目がおかしいのか？

はっ、もしかしたら猫とか虫が大きくなったんじゃなくて、急に俺が小さくなった可能性も……ねえよ！

「ちゃんと順番決めて交代で遊ぶのよ？　ケンカしないでね」

「にゃーい！」

カサカサカサカサカサカサ！

しかも猫も虫も完璧《かんぺき》に意思疎通できているような……。

「エマ様？　どうなってんですか、コレ？　あとアレもソレも、どうなってんですか⁉」

「ふふふ、カルロス何をアタフタしてるの？　ほら見て、猫達楽しそう♪」

納得のいく説明なんて、してもらえることの方が少ない商売だとは常々諦《あきら》めて、酸《す》いも甘《あま》いも噛《か》み分けてきたカルロスだったが、今日だけは、今日だけは教えてほしいと切に願う。

「ふふふ、カルロス見て、ウッ君達もトランポリンで遊んでる！　ウッ君達ー！　気を付けて！　みんな脚《あし》取れやすいから！」

カサカサカサ！

アイアイサー！　とでも答えるように巨大なウッ君達なる虫達が触肢《しょくし》を振り上げる。

「ひっ」

デッカイ虫が一斉《いっせい》に同じ動きするの怖《こわ》っ……ってか気持ち悪ぅ！

なに、脚取れやすいって何？

「ふふふ、私もトランポリン跳んでみよっと♪」

カルロスが恐《おそ》れ戦く中、本当に楽しそうにエマがトランポリンの方へと駆《か》け出す。

「ちょっ！　待って、もうちょっと分かりやすく説明……。ひっ、待って置いてかないで！」

こんな訳の分からない状況で一人、巨大な猫と虫が遊ぶのを冷静に眺《なが》めて正気でいられる自信、カルロスにはなかった。


そんな賑《にぎ》やかな光景を、少し離《はな》れてコーメイとヨシュアは並んで見守っていた。

「にゃ？」

不意にヨシュアがコーメイの背に体重を預ける。

「よかった。エマ様が笑ってる」

重みを感じてコーメイが振り返ると、ヨシュアが呟《つぶや》いた。

その声は普段《ふだん》の彼《かれ》には珍《めずら》しくか細く震《ふる》えていた。

コーメイに寄りかかったまま、安堵《あんど》の涙《なみだ》を隠すように顔を覆《おお》う。

「っ……よかったぁ……」

ヨシュアは、ずっと心配だったのだ。

ずっと心配で、満足に眠《ねむ》れなかった。

あの日のエマ様は、追い詰《つ》められていた。

明らかに尋常《じんじょう》ではない事態が起こっているのに、それが何なのかエマ様自身も理解できずに、ただ怯《おび》えていた。

それなのにヨシュアは、震えながらなんで？　なんで？　としがみつくエマ様に、明確な答えも安心も与《あた》えてやれず、安全を優先しすぐに避難《ひなん》することしかできなかった。

「コーメイさん、ありがとうございます。僕《ぼく》の大切なエマ様の笑顔を取り戻《もど》してくれて……」

今、エマはヨシュアが大好きな天使そのものの笑顔でウデムシ達と遊んでいる。

あの時の追い詰められた怯える様子は見られない。

「うにゃん！」

そんなことヨシュアに言われるまでもないにゃん！　と猫は鼻息荒《あら》く反論する。

エマが大事なのはお前だけではないのだと。

「にゃ？」

突然《とつぜん》、コーメイの背に寄りかかっていたヨシュアの重みが増した。

「あー……ほん……とうに……よかっ……」

エマの笑顔を見て安心したのか、極度の睡眠《すいみん》不足に脳が強制的指令を出したのか、コーメイのモフモフに誘《さそ》われたのか、ヨシュアはそのままの体勢で吸い込まれるように眠りに落ちていった。

「……うにゃーにゃ……」

仕方ないにゃ……と、コーメイはゆっくりと体勢を変え、ヨシュアが寝やすいように自身の体で包んでやる。

今回はこいつも頑張ったみたいだし特別にゃ。

「あれ？　ヨシュア寝ちゃったの？」

ちょっと休憩《きゅうけい》して来るね、とトランポリンから降りて来たエマが、スヤスヤ眠っているヨシュアを見てコーメイに尋《たず》ねる。

そういえば、ヨシュアが寝ているところ初めて見たかもしれない。

「にゃーん」

しばらく寝かせてやろうとコーメイが答える。

「そっか、じゃあ私も一緒《いっしょ》にお昼寝しようかな！」

学園をサボって猫と昼寝なんて贅沢《ぜいたく》だと、エマが嬉《うれ》しそうにヨシュアの隣《となり》に潜《もぐ》り込む。

コーメイのお腹《なか》を枕《まくら》に、お互《たが》いの額がくっつきそうなくらい近い体勢になっているのだが、エマは特に気にすることなくコーメイに体を預ける。

「うーん、モフモフ♪　これは誰でも寝ちゃうね？」

「にゃ！」

「スゥ……ハァ、スゥ……ハァ、……あー癒《い》やされるぅ……」

エマがぽかぽかと秋の日差しに暖められた猫の腹を吸う。

相変わらず、猫とおひさまのコラボは最高にいい匂《にお》いである。

コーメイがお腹を吸われる違和《いわ》感にエマを覗《のぞ》き込む。

「にゃにゃ？」

何で人間は猫を吸うんだにゃ？

「うーん……なんだろ？　そこに……猫が……いるから？　猫は……麻薬《まやく》なんだ……よ」

コーメイの長年の質問に、夢見心地なエマはむにゃむにゃと眠気《ねむけ》と闘《たたか》いながら答える。

「うにゃい！」

そんな物騒《ぶっそう》なものになった覚えはにゃい！　と至極《しごく》真っ当にコーメイは抗議《こうぎ》するが、心地よい猫ベッドに沈《しず》んだエマにはもう届いていなかった。


「なぁ、メルサ……」

屋敷《やしき》の執務室《しつむしつ》で書類に目を通している妻にレオナルドが声をかける。

突然やって来た親戚《しんせき》達を見送った後、ずっと気になっていたことがあるのだ。

「あなた、もしかして……アレです？」

冬用の分厚いシーツに、美術館に所蔵するのかといわんばかりの見事な刺繍《ししゅう》を猛《もう》スピードで仕上げている夫にメルサも頷《うなず》く。

エマが嬉しそうに帰り際《ぎわ》の叔父《おじ》達にウデムシを紹介《しょうかい》していた時のことだろうと。

「増えてる、よなぁ……」

レオナルドがうーんと悩《なや》まし気な声を出す。

「増えていた、わねぇ……」

メルサはあなたも気付いた？　というような視線を夫に送る。

久しぶりに全員集合して庭に整列したウデムシ達に、ん？　隊列一個多くね？　と思ったのはどうやら自分だけではなかったかと夫婦《ふうふ》はお互いにため息を溢《こぼ》す。

「広い洞窟《どうくつ》に住処《すみか》を変えたの、失敗だったかもね？」

あの洞窟、餌《えさ》も豊富らしいし。

「大きくも……なってたものね……」

大きいもので一メートル超えだったウデムシだが、今や大体皆一メートル超えになっていた。

「ああ、皇国でもしや……と思っていたけど、大きいの増えたよね？　確実に……」

餌に魔物とかも食べてたからなぁ……とレオナルド。

「「…………」」

夫婦は無言で見つめ合う。

「「まぁ、いっか……マーサにバレなければ」」

考えるのが面倒《めんどう》になった二人の声が重なる。

ウデムシ達はぶっちゃけ猫よりも言うことをよく聞くいい子達だった。

餌代もほぼ洞窟の生き物で賄《まかな》っているし、この王都の屋敷の広さなら充分《じゅうぶん》飼うに困らない。

そう、マーサにさえバレなければいいのだ。

「問題ないわね？」

「問題ないな！」

メルサが再び書類に目を落とす。

レオナルドが再び刺繍のスピードを上げる。

パレスに帰ったら、ウデムシ達には魔物狩り手伝ってもらうか……なんて夫婦は頷きあった。


「くっ、まただ」

ウィリアムが自身の体に腕《うで》を回し、しゃがみ込む。

ファナの制服姿を思い出す度《たび》に、ぞわっと悪寒《おかん》がする。

「おいおい、思い出させんなよ。ウィリアム……」

鳥肌《とりはだ》立つだろ？　とゲオルグが腕をさすっている。

「なんで姉様の周りって次から次に問題が発生するのか……」

一体、僕が知らないところで前世で何やったんだ？　とウィリアム。

「でも、今回のは……エマが悪い訳じゃないからなぁ……」

まだ何も首を突っ込んでいないし、向こうから何かされてもいない。

「でも、絶対何か起きますよね？」

「起きるだろうなー。……でも、それより……」

段々と強かった日差しが、秋の気配を感じるくらいに柔《やわ》らかくなってきていた。

ぽつぽつと休憩時間でもノートを広げ、自習する生徒が増え始めている。

冬は、試験の季節である。

まだ数か月先とはいえ、それでも準備を始める者が目立つようになった。

「魔物学……合格できるかなぁ……」

初級くらいは一発合格したい。

「……兄様、頑張るしかないですって」

肩《かた》を落とす兄に、ウィリアムが励《はげ》ます。

……多分、無理だろうなぁ……と思いながら……。


楽しく過ごしてきた異世界転生ライフだったのに、何やらちょっと面倒なことが起こりそうな予感がする今日この頃。

だが、それはほんの序章にすぎなかったのだ……みたいなことにはなりませんようにと、一家はそれぞれ祈《いの》りつつ、今ある一瞬《いっしゅん》の平穏《へいおん》を噛み締《し》めるのであった。

書き下ろし特別編1　ロバートの挑戦

ランス領の貧しい村は、にわかに賑《にぎ》わっていた。

ロバート（ダリウス）が中心となって栽培《さいばい》した芋《いも》の収穫《しゅうかく》が予想を遥《はる》かに超《こ》える豊作だったのだ。

「凄《すご》いのう……。まさかこんなに大量に育つとは」

掘《ほ》っても掘っても、ゴロゴロと出てくる芋に老婆《ろうば》が驚《おどろ》いている。

「さっそく領主様に報告せにゃいけんのう」

大量の麻袋《あさぶくろ》にパンパンに詰《つ》め込《こ》まれた芋を運びながら、老爺《ろうや》が今年の冬は暖かく過ごせそうだと喜んでいる。

領主様の気まぐれ、無茶振《ぶ》り作物シリーズは育てるのは難しいが、上手《うま》く育てば全《すべ》て領主が買い取ってくれるとの保証付きなのだ。

「珍《めずら》しい芋だから、きっと高く買って下さる筈《はず》じゃ」

「楽しみじゃのう」

「楽しみじゃのう」

貧しい村の老人達の表情は希望に満ちていた。

だが、老人達は知らなかった。

ランス領の領主が王家から任された大事な虫を一匹《ぴき》残らず失い、投獄《とうごく》されていることを。

◆　◆　◆

「買い取らない……だと？」

ロバート（ダリウス）は信じられない思いで役人を睨《にら》みつける。

「買い取れる訳がないだろう？　こんなもの」

だが、役人は芋だと聞いても首を縦に振《ふ》ることはなかった。

「は？　よく見ろ！　これは芋だ。領主が他国から取り寄せたもので見慣れないかもしれないが食せない訳ではない」

貧しい村から役人がいる村まで、豊作だった大量の芋を運ぶのには骨が折れた。

村にいた年老いた馬だけでは数が足らず、金を払《はら》って荷馬車を借りなくてはならなかった。

そうやって何とかここまで辿《たど》り着いたというのに、芋を買ってもらえないとは意味が分からない。

「あーコレ。もしかして前領主が帝国《ていこく》商人から無理やり買わされたヤツか？　あれ芋だったんだな」

役人はやれやれと頭を掻《か》いて、不快そうにロバートが持ってきた麻袋の中身を確認《かくにん》する。

「前、領主……？　なんのことだ？」

「お前、領主が変わったこと知らないのか？　なんでも王家に対して不敬を働いたとかで公爵《こうしやく》の位をはく奪《だつ》されたらしい。今は親戚《しんせき》筋の貴族がランス公爵位を引き継《つ》いで色々制度が改正されているとこだ。だから……悪いな。この芋は持って帰ってくれ。新しい領主様は決められた作物しか買い取りをしないという方針だから」

「は？　どういうことだ？」

ロバートは役人の話に耳を疑う。

前領主？　公爵位……はく奪？

「恨《うら》み言はやらかした前の領主に言ってくれ。あ、いや……前の領主の息子《むすこ》か？　詳《くわ》しいことは知らないが、そのドラ息子が起こした騒動《そうどう》がきっかけで色々不敬が露見《ろけん》したらしい」

高貴な血が流れているランス家の失脚《しつきゃく》、その原因はドラ息子にあった。

そう、ロバートの……せいだ。

「嘘《うそ》……だろ？」

王家よりも濃《こ》い血を持つといわれるランス家がこんなに簡単に罰《ばっ》せられるなんて。

絶対に揺《ゆ》るがない地位などなかった。

牢《ろう》にいた間に零《こぼ》れ聞いた話で、父が王家を裏切るような悪さをしていたことは知っていた。

知っていたのに、ここまでの事態になることは想定していなかった。

高を括《くく》っていた。

「！　い、妹はどうなった⁉　ライラは、ライラは今、どうしている⁉」

ロバートの脳裏《のうり》に、妹の顔が浮《う》かぶ。

父も自分も、やらかしたのは間違《まちが》いない。

だが、妹のライラは……。

「あー……。なんだ、お前？　前領主の令嬢《れいじよう》に懸想《けそう》でもしていたのか？　どこで会ったのか知らないが残念だったな。噂《うわさ》では王都から離《はな》れた辺境近くの子爵の後妻としてもらわれていったらしいぞ」

「し、子爵家⁉」

「しかもその相手、三十以上年上だとか。身内がバカなせいで巻き込まれて気の毒なことだよ」

役人は可哀想《かわいそう》にと言葉では言うが、表情は面白《おもしろ》がっている。

「そ、そんな……ライラ……」

母親は違えども、妹もランス家ひいては王家の血を引く高貴な身であった。

そんな妹が子爵家の、かなり年上で、辺境近くの領主なんかに嫁《とつ》がなくてはならなかったなんて……ロバートはやっと、本当に自分がどれだけのことを仕出かしたかを理解した。

自身に下った罰は貧しい村で畑を耕し、種を植え、収穫しそれを売って損害の賠償《ばいしよう》をすること。

心のどこかで楽しいなんて思って過ごしたこともあった。

その裏で、妹が酷《ひど》い目に遭《あ》っていたことも知らずにのうのうと自分は畑を耕していたなんて……。

「ほら、早くその訳の分からん芋を持って帰ってくれ。収穫期《しゆうかくき》はこっちも忙《いそが》しいんだ。後がつっかえてんだから、行った行った」

高貴な血筋であるロバートを、役人は野良《のら》犬でも追っ払《ぱら》うような仕草で追い返す。

領主であった父は失脚し、妹は田舎《いなか》の子爵家のおっさんに娶《めと》られた。

苦労して育てた芋は買い取ってもらえない。

ロバートは何重ものショックに言い返すこともできず、貧しい村へと重い足取りで帰るしかなかった。

◆　◆　◆

「ダリウス（ロバート）や。元気出しておくれ」

「すまんのう。芋を運ぶのにお前の金を使わせてしもうたのに」

「領主が約束守らんのはよくあることなんじゃ。先に言っておかなかった婆《ばば》が悪かった。芋は買ってもらえんかったが、この冬はその芋がある分、飢《う》えからは凌《しの》げる。ダリウス（ロバート）が頑張《がんば》ってくれたおかげじゃ」

出発した時と全く同じ量の芋を持って帰ってきたロバート（ダリウス）を老人達が責めることはなかった。

抱《いだ》いた希望が理不尽《りふじん》に踏《ふ》みにじられることは、この領ではよくあることで長く生きた彼《かれ》らにとって諦《あきら》めることは慣れっこだった。

だが、悪いのは領主という慰《なぐさ》めの言葉は、ランス家の嫡子《ちゃくし》であったロバートには痛いだけである。

王都からそれほど離れていない位置にあるこの村は、これから極寒《ごっかん》の地に変わる。

厳しい冬が待っている。

食糧《しょくりょう》としての芋があっても、辺りの痩《や》せた土地には薪《まき》になるような木も生えておらず、寒さをしのぐことは難しいだろう。

それを想像できるくらいにはロバートは村に馴染《なじ》んでいた。

やせ細った老人ばかりで、何人が無事に冬を越《こ》せるのか分からない。

「この……金で薪を買おう」

ロバートは騎士《きし》から貰《もら》った、銅貨ばかりの革袋を机に置く。

せめてもの罪滅《つみほろ》ぼしがしたかった。

銅貨でずっしりと重たかった革袋は、日々の暮らしと今回の運搬《うんぱん》費用でずいぶん軽くなっていた。

「それは、ダリウス（ロバート）が王都で必死に稼《かせ》いだ金じゃ」

「心配せんでええ。わしらのことはわしらで何とかする」

「これ以上、若者の金を老人に使ってはいけないよ？」

老人達はこれは受け取れないと銅貨の入った革袋をロバートの手に置いて、ただでさえ皺《しわ》だらけでくしゃくしゃの顔を更《さら》にくしゃくしゃにして笑った。

「っ！」

その温かで慈愛《じあい》に満ちた笑顔《えがお》にロバートは既視《きし》感を覚えた。

ふいに、エマ・スチュワートの笑顔が脳裏《のうり》をよぎる。

自分が酷いことをした令嬢はいつもこんな笑みを浮かべてはいなかったか？

老人達の慈愛に満ちた笑顔とエマ・スチュワートの笑顔は何故《なぜ》かとてもよく似ていた。

胸がじんわりと温かくなって、甘《あま》くて柔《やわ》らかくて、でもキュッと締《し》め付けられるようで、もどかしいような気持ちになる、あの笑顔に。

あの笑顔を奪《うば》ったのは他でもない、ロバートだ。

しかも悪意に満ちた悍《おぞ》ましい方法で。

今思えば、自分はただ気付いて構ってほしかっただけの大バカ者で、特別な彼女《かのじょ》に、特別な存在だと思われたかったというか、思われるべきだと何の根拠《こんきょ》もなくそう思っていた。

それが間違っていると気付けなかった。

……愛される方法なんて知らなかった。

父も義母も、ロバートのことを愛してはくれなかった、見てくれなかった。

だから皆《みな》に愛される、あの子が羨《うらや》ましくて……。

「ううぅっ」

ロバートは自分が誰《だれ》にも愛されたことがなかったなんて、知りたくも、認めたくもなかった。

だって……悲しいし、寂《さび》しくて、こんなにも胸が痛くて苦しい。

一人は怖《こわ》い。

公爵家の嫡子である自分が、王族の血筋を持つ自分が、そんなものに怯《おび》えているなんて知られたくなかった……知られる訳にもいかなかった。

自分より下のやつらに同情なんかされたら生きてはいけないではないか。

「あああ、ダリウス（ロバート）泣かないでおくれ」

「大丈夫《だいじょうぶ》、何の心配もいらないよ。長く生きてれば大変な目に遭うこともある。でもね、大概《たいがい》何とかなるもんじゃ」

「そうじゃ、そうじゃ。こういう時は食べるんじゃ。腹が満たされていれば悲しいことも、つらいことも、理不尽なことも、なんもかんもが少しだけ楽になる」

「腹が減るよりしんどいことはないからの。その点で言えば、わしらは幸せもんじゃあ。なんせダリウス（ロバート）のおかげでこんなに芋がある。食べ放題じゃ」

胸を押《お》さえて涙《なみだ》を流すロバートに老人達が次々に優《やさ》しい言葉をかけて、よしよしと頭をなでる。

「ひっく……うう……幸せ？」

「ああ、この村では皆が家族みたいなもんじゃないか。家族が冬に飢える心配がないってのは、幸せなことじゃよ」

泣きじゃくるロバートの前でカラカラと老婆が笑う。

村で唯一《ゆいいつ》の若者は、皆の大切な孫だ。

口は悪いが、最近ではしっかり働き者になった可愛《かわい》い愛すべき孫に、ロバートはなっていた。

「ほれほれ、あの芋蒸《む》してきたから食べよう、ダリウス。なーんも心配はいらん。熱々のうちに食べよう？　な？」

全てを領主に買い取ってもらうためにまだ誰も口にしたことがなかった芋を、ロバートのために老婆が調理して持ってくる。

「あちち！　ほう、に、においはなかなか……」

「火を通すと柔らかくなるのはジャガイモと一緒《いっしょ》じゃな。あちち！」

「ダリウスもほれ！　ほっくほくじゃて」

自分達で育てたとはいえ、初めて食べることになる芋を緊張《きんちょう》した面持《おもも》ちで老人達は手に取る。

「フーフー……。あちちっ、おお？　外の皮は赤いが中身はオレンジ色だ」

「むぅ。これはちと、勇気がいるの……」

「せ、せーので食べるぞ？　ダリウス（ロバート）もじゃ！　一人だけ後で食べようなんてずるいことはなしじゃよ？」

真ん中で割った芋の色にたじろぐも、これが食べられなくてはこの冬は飢えることになる。

「いくぞ？　せーの！」

老婆の掛《か》け声で覚悟《かくご》を決めた老人達とロバートは芋にかぶりつく。

「甘い！」

「甘々じゃ！」

「ねっとりとして、濃い！　甘い！　なあ、ダリウス（ロバート）？」

「……ああ、あまい、な」

その芋は想像以上に甘くて、泣きたくなるくらい優しい味がした。

◆　◆　◆

翌日、ロバートは大量の芋を前に難しい顔で腕《うで》を組み、何やらぶつぶつと呟《つぶや》いている。

「どうしたんじゃ？　ダリウス（ロバート）」

老婆が尋《たず》ねるとロバートは決心したように頷《うなず》き振り返る。

「この芋、売りに行こうと思うんだが」

領が買ってくれないなら自分で売ればいい。

「あれだけ甘いんだ。きっと売れる」

王都のパティスリーの作るスイーツとは違う、素朴《そぼく》で優しい甘さは舌の肥えたロバートでさえ素《す》直《なお》に旨《うま》いと感じた。

「うーん。売るのは難しいかもしれん」

しかし、老婆は難色を示す。

「何故だ？　皆、美味《うま》いと言っていたではないか」

「わしらは見たことのない食べ物は買わん。食い物で失敗する訳にはいかないからの。それに金の勘定《かんじょう》ができん。売ったり買ったりは金が行ったり来たりする訳じゃろ？　いつもの領の役人が言うがまま売って、いつも買ってるいつもの店に言うがまま金を払うことしかできん」

貧しい村人には教育を受ける機会がない。

文字も計算も誰も教えてはくれず、分かる者の言うがまま売ったり買ったりするしかないのだ。

「おい？　それだと騙《だま》されても騙されたことすら分からんだろう？　今回みたいに豊作でも、それに見合う賃金を要求することもできないなんて……」

「仕方ないじゃろう？　昔からずっとそうやって来たんじゃ」

ロバートからすれば大きな問題も、老人達は理解できずに仕方ないで済ませて頷き合っている。

昔からずっと、彼らは搾取《さくしゅ》され続けてきたのだ。

庶民《しょみん》に教育は無駄《むだ》だ、とロバートの父は言った。

教育は金がかかる。それを庶民に与《あた》えたところで我々には何の得もないと。

あの時、それを聞いた自分はどうしただろう？

そうですねと、何も考えずに頷きはしなかったか？

そんな単純な話ではなかったのだ。

文字が書けず、計算ができない者は偶然《ぐうぜん》得たチャンスを活《い》かす術《すべ》を持っていない事になる。

突如《とつじょ》降りかかった災難から逃《のが》れる術を知ることができない事になる。

父は間違っていたんだ。

村で過ごす数か月でロバートはもう父を尊敬できなくなっていた。

あのまま自分が爵位と領地を継いでいたら、この村はどうなっていたか……。

なら、今は？

これから、自分が村にできることは何だろう？

ロバートは必死に考えた。

成績はどうであれ、王国の最高水準の教育を受けて来た自分がこの村にできることは何だろうかと、必死で考えた。

自分以外の誰かのために、初めて必死で考えた。

「もう一度、馬を借りる」

ロバートは、騎士から渡《わた》された最後の金を村のために使うことに決めた。

「どうするんじゃ？　役人は芋を買ってくれないと言っていたんじゃろ？」

老婆は首を傾《かし》げる。

「ここから少し行ったところに南北を一直線に繋《つな》いだ、でかい道がある。あの道は王都と地方を行き来する商人がよく使う道だ。あそこで芋を売る」

この辺りの者が買わないなら、別の場所からくる者に売ればいいのだ。

「じゃが……。商人は金に意地汚《きたな》い奴《やつ》らじゃ。見たことも食べたこともない芋に大した額は出さんじゃろう？」

村にもたまに行商人が来るが、評判は良くないと老婆。

「値段はこちらでつける。言い値では売らない。ジャガイモよりもやや高めに設定して売れ行きを見て問題があるようなら変える。芋は……そうだな、見たことも食べたこともあるようにすればいい。その場ですぐ食べられるようにした芋も売る」

ロバートはどんどん湧《わ》いてくる案を実現しようと動き出す。

「芋は熱々が美味いから……芋の箱に焼いた石を入れて持って行けば現地に着くころには、火が通って食べごろになっているだろう。道で芋の良いにおいがすれば馬車を止めて買いに来る客もいるかもしれん」

そう、ロバートはこの世界で初めての、石焼き芋屋さんになるのだ。

◆　◆　◆

「……誰も、来んのう」

ロバートについて来た老婆が呟く。

あれから数日間、道沿いへ欠かさずに芋を売りに来ていたが、売れたのはすぐに食べられる焼いた芋と生の芋一袋ずつだけである。

「来たら来たで、大変だったけどのう……」

ロバートについて来ていた老爺が老婆の呟きに体を震《ふる》わせる。

唯一、馬車を停《と》めてくれた三人の客は明らかにその筋の者達であった。

「あんな悪そうな人間、初めて見たわい」

老婆も同意する。人間心根は顔に出るものだ。

あの威圧《いあつ》感のある強面《こわもて》は王都広しとはいえ、なかなかお目にかかれない代物《しろもの》である。

それが揃《そろ》いも揃って同じくらいの強面という柄《がら》の悪いことこの上ない客達だった。

「若い方のが、伯父貴《おじき》……とか呼んどったじゃろ？　あれは俗《ぞく》に言うファミリー的な呼称《こしょう》で、呼ばれた年配の男はきっと王都では知らん者はいないような大きな組織のドンじゃと、儂《わし》は思っとる」

老爺は年長者としての経験から、間違いないと言い切った。

「そんな客にダリウス（ロバート）はしっかり芋を売ったのは立派じゃったのう。膝《ひざ》、ガックガクじゃったけど」

老婆は今も道行く馬車を止めようと手を振るロバートの姿に目を細める。

「ああ、金もちゃんと受け取っておった。膝、ガックガクじゃったけどなぁ」

老爺もロバートの方へと目を向ける。

あの時は、強面の威圧感にブルブル震えながらも、走って逃《に》げることができない年寄りを置いて逃げることなく、声は裏返っていたけど客の質問にも応答していた。

「ええ子じゃのう」

「ええ子じゃなぁ」

ジジババは数か月前とは比べ物にならないくらい頼《たの》もしくなった孫を愛《め》でる。

芋は殆《ほとん》ど売れていないものの、若者の成長する姿はいつ見ても良いものだ。

「おーい！」

「おーい！」

「おーい！」

そんなほっこりする時間を過ごしていた時、どこからか声が聞こえて来た。

「ん？　聞こえるか？」

「ん？　ああ、何か声が……」

老婆と老爺がロバートを見るが、道行く馬車を停めようと必死で手を振っているロバートには聞こえていないようだった。

若者には聞こえない声となると……。

「「お迎《むか》えかの？」」

なんて二人でご長寿《ちょうじゅ》ジョークをかましていた矢先、遠くから見覚えのある馬車が走ってくるではないか。

「だ、ダリウス（ロバート）大変じゃ！」

「ま、マフィアがまた来よった！」

あれは、先ほど話していた唯一芋を買ってくれたその筋の男達が乗っていた馬車だ。

「な、何か芋に問題があったかの？」

「に、逃げた方がいいのではないか？」

オロオロと年寄り二人が思案しているうちに、その見覚えのある馬車はロバートのすぐ近くまで来て速度を緩《ゆる》め停止した。

「ああ、そうじゃった！」

その筋の男達が乗っていた馬車は、芋を買ってくれた時も今も、他の馬車よりも倍の速度で走っていた。

逃げる時間などない。

まさかとは思うが、馬車を引く馬にイケない薬でも与えたのではないかと疑うくらいには異様なスピードが出ていた。

「良かった！　いてくれて！」

御者台《ぎょしゃだい》から降りながら、その筋の男達の中で一番若い男が胸を撫《な》で下ろしている。

「ひっ、あ、あなたは！」

必死で手を振っていたロバートもさすがに気付いて声を裏返らせる。

唯一芋を買ってくれた客だが、どう見ても関《かか》わってはいけない類の人種、二度目でも変わらずちゃんと怖い。

「あ、あの。芋に何か問題が？」

あの芋のせいでうちのボスが～的ないちゃもんが始まるのかとロバートは絶望の表情を浮かべる。

「ああ、大問題発生だとも」

馬車から参謀《さんぼう》っぽい初老の男が顔を出す。

どんなに極悪人に売ろうとも金は金、その金で冬に備えて薪が買えるではないか。

そんな気持ちで数日前に震えながら芋を売ったのが裏目に出てしまった……ロバートはあの日の己《おのれ》の行いを呪《のろ》う。

「あの……慰謝料《いしゃりょう》は……あの、えっと払うのは難しいので……」

もう、あの騎士から貰った銅貨は底をついていた。

芋は売れないし、その上慰謝料なんか無理だ。

「あ？　医者料？　お前どっか悪いのか？」

参謀っぽい初老の男に続いてボスらしき初老の男がゆっくりと馬車から降りてくる。

「あ……（一応元気そうだ）ひっ！」

元気そうなボスの様子にロバートが安堵《あんど》したのも束《つか》の間、最初に御者台から降りた若い男がゴキンっと首を鳴らす。

「この芋、うちの天使が気に入ってなぁ」

「はいぃぃ！　申し訳ございませんでしたぁ！　……え？」

あまりの恐怖《きようふ》に先手必勝で謝《あやま》るロバートだったが、よくよく聞いてみると男の声は怒《おこ》っておらず、むしろ褒《ほ》められていた。

「この芋、まだあるか？」

参謀は生の芋を入れていた袋を見せてくる。

「あ、あります。あの……」

ああ、数日前の威圧感再び……覚えのある膝の震えでガクガクしながら、ロバートは持ってきていた芋を載《の》せている荷馬車の方を見る。

ロバートなんか放っておいて先に逃げればよいものを、律儀《りちぎ》に荷馬車の番をしている老婆と老爺が心配そうにこちらを見ている。

「あれだけか？」

「はひ？」

荷馬車を一瞥《いちべつ》したボスがロバートを睨みつける。

「他にもあるのかと、訊《き》いているんだ」

「ひっ！　焼いてないものならまだ……村にたくさんありますっ」

今日も一つも売れていない芋は荷馬車にみっちり載せられているのに、まだ足りないとでも言うのだろうか。

とにかく怖すぎてロバートは素直に答える。

「よし。その村にあるのも全部買う」

「へ？」

「焼いていない芋を全部売ってくれ」

芋を売ってくれと言うボスの隣《となり》で、参謀の男が持っていたアタッシェケースを開ける。

その姿はもう、麻薬《まやく》の裏取引だと言われた方がしっくりくる。

「これで足りるかの？」

「なっ！　き、金貨!?」

アタッシェケースにはロバートがいくら公爵家の嫡子《ちやくし》だったとはいえ、これだけの量はまとめて見たことがないくらいぎっしりと金貨が入っていた。

「ん？　ああ、そうだった。この辺りでは金貨は両替《りようがえ》が難しいんだったか？」

参謀が急いでいて失念していたと額を打つ。

「…………で、できれば銅貨で頂きたいです」

あれだけの金貨、王都へ持ち帰ればロバートがやらかした騒動の慰謝料を払ってもかなりのおつりがくる。

こんな貧しい村なんかすぐにおさらばして、王都で貴族の暮らしができる……ハズなのに、ロバートの口は銅貨が欲《ほ》しいと言った。

この村が冬を越すために必要な薪は金貨では買えない。

毛布も外套《がいとう》も保存食も、村のためのものを買うには、ここでは流通していない金貨よりも銅貨の方が必要だから。

貴族の生活と村の生活なら、迷わずロバートは貴族の方を選ぶだろう。

だが、父と村の老人達どちらを助けたいか、となるとロバートの選択《せんたく》はひっくり返る。

今も、その筋の男達に囲まれたロバートを老婆と老爺はオロオロと心配そうに見ているのだ。

「うーん、できれば手付金は払いたかったのだが……。このあと、小一時間もすればロートシルト商会の馬車が芋を引き取りに来るから少し待ってもらえるか？」

参謀は実はあまり時間がないのだとチラチラと馬車の方を気にしている。

「へ？」

「儂らは自領に急いで帰らんとならん。あと一時間、待ってもらえれば商会の馬車が追いつく手筈《てはず》なんじゃや。それまではこの焼いとらん方の芋は誰にも売らないでくれ」

「え……と？」

そこまでしてこの芋が欲しい理由はなんだ？

芋を全て買うと言う男達を前にロバートは戸惑《とまど》いを隠《かく》せない。

「おい、ザック。そろそろ出発せんとアーバンの小言が増えるぞ！」

ボスが馬車の扉《とびら》に手をかけて参謀を急《せ》かす。

「ギリギリまで王都にいたからなぁ」

若い男も既《すで》に御者台に座《すわ》っている。

「分かっておる！　おい、商人が来たらこれを見せて代金を貰ってくれ。大体察してくれるから、な？　頼んだぞ！」

そう言うと参謀はスーツの胸ポケットからハンカチを取り出し、ロバートに押し付けて馬車へと乗り込む。

「えええ？　ちょっと…あの……え？」

せめて芋を何に使うか知りたいとロバートは参謀を追うが、馬車はもう出発していた。

「馬……はやっ」

ロバートは遠く小さくなってゆく馬車を見送ることしかできなかった。

「何を貰ったんじゃ？　ダリウス（ロバート）？」

首を傾げながら歩いてくるロバートに老爺が尋ねる。

殆ど会話は聞こえなかったが、無事で何よりと老婆は胸を撫で下ろしている。

「ああ、なんか……芋買ってくれるって……!?」

老爺に答えつつ参謀が押し付けてきた異様に手触《てざわ》りの良いハンカチを広げたロバートは、目を見開く。

「これは……エマシルク!?」

ハンカチの端《はし》には小さく猫柄《ねこがら》の紋章《もんしょう》が刺繍《ししゅう》されていた。

「スチュワート家？　は？　なんっで、スチュワート家が俺《おれ》の芋を……!?」

意味が分からなかった。

ロバートは今、罰を受けている。

貴族の年端《としは》もいかないとある令嬢に、酷い嫌《いや》がらせをして大きな騒動を起こしたのだ。

「ダリウス（ロバート）？」

「どうしたんじゃ？」

老婆と老爺がハンカチを凝視《ぎようし》したまま立ち尽《つ》くしているロバートに声をかけるが、返事はない。

「お前……どこまで……お人好《ひとよ》しなんだ……エマ・スチュワート……」

ロバートはそのままガクンと膝をつく。

私を助けようというのか……。

あんな目に遭っておきながら、それでも私を赦《ゆる》すと言ってくれるのか？

「は、ははっ……聖女……スゲー……」

格の違いをまざまざと思い知らされたロバートは天を仰《あお》ぐ。

「ん？　聖女様がどうしたんじゃ？　ダリウス（ロバート）？」

「ん？　聖女様に会ったことがあるのか？　ダリウス（ロバート）？」

聖女、と聞いて老婆と老爺の目の色が変わる。

この辺りの貧しい村人にとって聖女の話は最高級の娯楽《ごらく》であった。

二人はスラムを救った噂は本当なのか、不治の病《やまい》に冒《おか》された者を手ずから看病したのは本当なのかとロバートに畳《たた》み掛けるように訊いてくる。

「ああ……」

そんなこともあったか……と、ロバートは笑う。

何もかも素直に受け取れなかったかつての己の愚《おろ》かさを、笑う。

「ああ、だけじゃ分からん！　そこ詳しく教えてくれダリウス（ロバート）！」

「聖女様独り占《じ》めダメ、絶対！」

じくじくと鈍《にぶ》く痛むロバートの自尊心の傷なんて知る由《よし》もない老婆と老爺は遠慮《えんりょ》なく抉《えぐ》りに来る。

聖女の、エマの話をするということはロバートにはこの上なく恥《は》ずかしく格好悪いことである。

なのに、許してくれそうもなかった。

ロバートは商人がやって来るまでの小一時間、二人に聖女の話をすることになる。

それが、新たなる布教活動となるとは知らずに。

聖女の話は村人達にとっては娯楽。

人伝《ひとづて》に話が行き交《か》うにつれ、尾《お》ひれが一枚、二枚と付けられてゆくのは誰にも止めることはできない。


王都から広まって来ていた偽物《にせもの》聖女エマ・スチュワートの噂は完全にこの村で断《た》ち切られ、そればかりかサツマイモと共に新たに幾重《いくえ》にも積み重なった伝説が追加されて、王都へと返されることになるのだった。

書き下ろし特別編2　辺境のパレスはにわかに沸き立つ

辺境パレス。

「アーバン様！」

領主代行のアーバンの執務室《しつむしつ》に狩人《かりゅうど》がノックもなしに勢いよく入って来る。

「大変です、あ、あ、あ、赤い魔牛《まぎゅう》が出ました！」

「赤の魔牛！」

狩人の報告に、書類とにらめっこしていたアーバンが立ち上がる。

「い、今、ザック様とギレルモ様が押《お》さえています」

魔牛が出現した結界に近い森から馬を走らせ、全速力でスチュワート家に来た狩人の息は切れ切れであった。

「私もすぐに行く。案内してくれ！」

いつもなら、息切れした狩人に少し休めと言ってやるが、魔牛、しかも赤い個体となれば話は別だった。

アーバンは、エマから贈《おく》られた愛用の弓を手に急ぎ執務室を後にした。

魔牛は狩人にとっても、辺境の領主にとっても特別な魔物である。

単純に利益率が高いのだ。

黒い魔牛は魔物肉の中でも味が良く、高値で取り引きされる。

魔牛は牛の倍ほどの巨体《きょたい》であるため黒い魔牛を三匹狩《びきか》れれば、その領はひと冬越《こ》せるなんていわれていた。

パレスの狩人は、魔物をただ狩るだけの他の辺境領の狩人とは違《ちが》い、血抜《ちぬ》きや毒抜き、肉の解体と、美味《おい》しく食べるためのノウハウをスチュワート家から嫌《いや》という程叩《ほどたた》き込《こ》まれている。

そのきめ細やかで丁寧《ていねい》な下処理の方法はエマの作った魔物かるたにもしっかりと記されている。

残念ながら学園のテストには出そうにないが。

エマの発案で、パレスではその他領産よりも美味しさにこだわった魔物のブランド化戦略を進めていた。

特に【パレス特産　黒毛魔牛】は人気が高い。

一度食べてもらえば味の違いが分かる筈《はず》だとエマが言った通りに、口コミでじわりじわりと売り上げを伸《の》ばしている。

他にも、茶色の魔牛は肉が硬《かた》くて食べられない代わりに人間が飲んでも安全な乳が出る。

魔物なので牛のように飼うことはできないが、狩りの際、隙《すき》をついて搾乳《さくにゅう》することで魔牛乳が手に入る。

暴れる魔牛から搾乳するのはかなり技術が必要で何よりも危険が伴《ともな》うが、それに怯《ひる》むような狩人はパレスにはいないのである。

魔牛乳は、そのまま加熱処理すれば牛乳と同じように飲めるし、チーズやバター、生クリームといった乳製品も作ることができる。

甘《あま》い生クリームが大好きなエマのために、親戚《しんせき》のおじさん達《たち》が率先《そっせん》して搾乳するのは言うまでもない。

これもエマの案で昨年から【パレス特産　ジャージー魔牛乳】と名付けられ、抜かりなくブランド化している。

誰《だれ》も【ジャージー】が何を意味するのかは知らないが、エマの言うことに反対する者はスチュワート一族にもロートシルト商会にもいない。

パレスの食堂ではメルサが考案した、ジャージー魔牛乳で作ったチーズを溶《と》かしたものに白ワインを混ぜ、パンや野菜に付けて食べる【パレスの郷土料理　魔チーズフォンデュ】が密《ひそ》かな人気となっている。

レシピをパレス領内の飲食店のみに教えることで、最近では遠方の領から【魔チーズフォンデュ】を食べるのを目的に辺境までわざわざ足を運ぶ者まで現れた。

これまで辺境は、魔物が出るから危険だと旅行に来る人間は皆無《かいむ》だったが、この【魔チーズフォンデュ】のおかげで観光客までも獲得《かくとく》しつつある。

そして、今回出たと報告があった赤色の魔牛は、出現頻度《ひんど》がかなり低く、食肉にもならないし乳も人には適さない。

だが、赤色の魔牛の価値は黒や茶とは比べものにならない程高いとされている。

赤色の魔牛の価値は涙《なみだ》にあるのだ。

その赤色の魔牛の涙には滋養強壮《じようきようそう》作用があり、千倍に希釈《きしやく》したものを一口飲むだけで半月間眠《ねむ》らずに働き続けることができた。

もはやドーピング薬と呼んでも差し支《つか》えないのだが、これほどの効果がありながら副作用は全くない。

回復薬ではないので病《やまい》を治すことはできないが、空が飛べそうなくらい色々めっちゃ元気になるといわれている。

子孫を残すことを重要視する貴族達には垂涎《すいぜん》の妙薬《みようやく》と呼ばれて信じられない額の高値にしても、市場に流せばすぐに売れてしまうらしい。

これもエマの案で【魔力を授《さず》けるエナジードリンク　赤い魔牛】と名付け、ブランド化される予定だが、出現頻度が低いために原料入荷待ちの状態であった。

独自ブランド【魔牛シリーズ】は品質と物珍《ものめずら》しさから今やパレスでは絹に次ぐ主力商品になっている。


パレス領主代行のアーバン自ら赤い魔牛を狩るために馬を走らせ狩場《かりば》へと急ぐ。

領の更《さら》なる発展のため、いや、シリーズを揃《そろ》えたがっていたエマのために。

それに、黒、茶に比べ赤い魔牛は更に狂暴《きようぼう》で危険極《きわ》まりない魔物である。

アーバンだけでなく、狩人の人数が多いに越したことはない。

「あ、アーバン！　早く！」

狩場へ着くと、魔牛を押さえていたギレルモがアーバンに気付き、叫《さけ》ぶ。

この赤色の魔牛は生け捕りの状態《ど》で涙を採取しなくてはならない。

この生け捕りが難しいのだ。

魔物は鮮度《せんど》が命。

涙も乳も魔牛が生きているうちに採取しないと味や効果が激減する。

「……相変わらず、バカ力ですね」

アーバンは従兄弟《いとこ》を見てちょっとだけ引く。

魔牛の巨体を殆《ほとん》どギレルモ一人で押さえていたのである。

「いや、早く涙取ってくれよ！　結構ギリだから！　うおっと！」

鼻息荒《あら》くもがく魔牛にバランスを崩《くず》し、ギレルモが暴れるなと力を込める。

太い首筋にも腕《うで》にも、ミチミチに血管が浮《う》いている。

「さて、どれにしようか……」

アーバンは懐《ふところ》から赤色の魔牛の魔物かるたを取り出す。

出現頻度が低い赤色の魔牛のかるたはいまだ検証が進んでおらず、その特徴《とくちょう》が記されているのみで涙の採取法は書かれていない。

かるたにはいくつか付箋《ふせん》が貼《は》ってあり、それにはエマが適当に思いついた対処法が書かれている。
・ドニャドニャを歌う。
・悲しい物語を読み聞かせ。

・渾身《こんしん》の変顔もしくは一発ギャグで泣く程笑わせる。
・ミントオイルを目の周りに塗《ぬ》る。
・まばたきできないように手で押さえて目を乾燥《かんそう》させる。
「ドニャドニャ……ってなんだ？」

歌うと書いてあるので歌なのだろうが、そんなタイトル聞いたことがない。

王立大学で学ぶために数年離《はな》れて暮らしたせいなのか、アーバンは最近エマとの共通の話題が少なくなっていると感じることが多い。

子供の成長は早いと聞いていたが、こんな些細《ささい》なことでもアーバンは寂《さび》しくなる。

「ううう、エマに……会いたい」

夏季休暇《きゅうか》の里帰りがなくなってしまい、エマとの距離《きょり》は遠くなるばかりである。

「ちょっ！　おい、アーバン！　お前が泣いてどうするんだよ!?　欲《ほ》しいのはこの魔牛の涙だ！　早く取ってくれないと……大分疲《つか》れ……うわっ」

姪狂《めいぐる》いアーバンがエマのことを思っている間に、ギレルモの体力の限界がきてしまった。

赤色の魔牛がギレルモを振《ふ》り払《はら》って突進《とっしん》しようと前脚《まえあし》で地面を蹴《け》って威嚇《いかく》する。

「危ない！」

「うわっ」

「盾《たて》を構えろー！」

自由の身になった魔牛を見て狩人達に緊張《きんちょう》が走る。

巨体から繰《く》り出される魔牛の突進は、まともにくらえば命にかかわる。

興奮状態の魔牛は標的をアーバンに定めた。

「アーバン様！」

「っ！」

ギレルモのような筋肉を持ち合わせていないアーバンでは突進から逃《に》げることはできても受け止めて押さえるなんて芸当はできない。

「アーバン悪い！　手が痺《しび》れちまって動けねえ」

長時間力いっぱい魔牛を押さえつけていたギレルモの腕は疲れきっていた。

「ひっ　アーバン様！　涙は諦《あきら》めましょう！」

狩人が叫ぶ。

「アーバン様の弓なら、倒《たお》せます！」

ギレルモの回復を待っていては、ここにいる狩人全員が突進の餌食《えじき》になってしまう。

涙が採取できれば莫大《ばくだい》な金が領に入るが、命の方が大事だとアーバンはエマから贈られた弓を握《にぎ》り直す。

「……仕方ない……か」

「おっと、助太刀《すけだち》するぜ！」

そんな声と同時に、どぉぉぉぉぉぉんと、爆発《ばくはつ》に近い衝撃音《しょうげきおん》が響《ひび》き渡《わた》る。

「！　ゲイン様！」

レオナルドとアーバンの父親の弟であるゲインが、魔牛の突進を正面から受け止めていた。

魔牛も負けじとガリガリ地面を蹴り押し返すが、どうしたことかゲインはビクともしない。

「情けないぞ、ギレルモ。この程度の魔牛で手が痺れるとは……」

グンっと自分の何倍もある魔牛を持ち上げて、ゲインが白い歯を見せる。

「伯父貴《おじき》ぃ⁉」

ギレルモがゲインの登場に驚《おどろ》く。

ここはゲインの狩場とは離れているために居合わせることはない筈だった。

「ちょうどいい時に通りかかって良かったわい」

後ろからギレルモの父である、ザックまでも現れる。

「親父《おやじ》ぃ⁉」

父親の声にギレルモが振り返る。

「よし、とりあえずこの魔牛の前脚と後ろ脚をこの糸で拘束《こうそく》するから下ろしてくれるか、ゲイン兄」

ザックは懐から紫 色《むらさきいろ》の糸を取り出し、兄であるゲインに持ち上げている魔牛を下ろせと声をかける。

「あ、それヴァイオレットの糸ですね？」

紫色の糸を見たアーバンの目が光る。

「ああ、以前エマを襲《おそ》ったらしい賞金稼《かせ》ぎのやつらをぐるぐる巻きにしていた蜘蛛《くも》の糸だ。ちと気になってレオナルドに一房貰《ひとふさもら》ったんだが……かなりの強度でどんなに引っ張ってもちぎれん。魔物を縛《しば》るのに使ってみたら中々便利でな」

ザックが持っていたのは、四匹の猫《ねこ》を追いかけパレス領にやって来た賞金稼ぎ達を拘束していたヴァイオレットの糸である。

その丈夫《じょうぶ》さに目をつけたザックが色々と試《ため》して、再利用していた。

因《ちな》みにパレス領でエマを襲った賞金稼ぎの男たちはもちろんエマを溺愛《できあい》するスチュワート家の親戚達の手によって二度と悪いことができないようにお仕置きされたのは言うまでもない。

「……ふむ。どうしてもわしが結ぶと縦結びになるな」

ザックが赤い魔牛の前脚を糸でぐるぐる巻きにして最後に蝶々《ちょうちょう》結びを試みるが、上手《うま》くいかない。

「ああ、エマがいたら……ザック大叔父《おおおじ》ちゃま、また曲がってるよって、直してくれるのに」

あの小さな手が一生懸命《けんめい》に蝶々結びをする姿が見れないなんて……と、巨大《きょだい》な魔物の前脚を前にザックはため息を吐《つ》く。

「ザック、思い出させんな！　ううう、また胸が痛むじゃないか」

弟の悲しみの呟《つぶや》きに、巨大な魔物を軽々持ち上げていた兄ゲインも胸を押さえる。

「はぁ……。エマに会いたい」

「皇国なんて遠い国、ほっときゃいーのに、エマ……」

赤い魔牛が前脚と後ろ脚を縛られ、モオォォォォォ！　と轟音《ごうおん》のような鳴き声の中でしんみりするおっさん達。

「あ、あの……アーバン様？　そろそろ……涙の採取を」

パレスの狩人はソワソワと領主代行に作業の続きを促《うなが》す。

命大事さに先程は諦めましょうと言ったものの、赤い魔牛の涙が手に入れば、豊かなパレスが更に豊かになると一介《いっかい》の狩人でも知っていた。

赤い魔牛は出現しても涙の採取が成功した例は少なく、希少価値の高さとそれを求める需要《じゅよう》のバランスが偏《かたよ》っているためにもう本当に想像ができないくらいに儲《もう》かるのだ。

「そうだな、とにかくエマの魔物かるたの対処法を片《かた》っ端《ぱし》からやってみよう」

アーバンは持っていたかるたをゲイン&ザック叔父と従弟のギレルモに見せる。

「…………」

「…………」

「…………」

静かに、ゲインがきゅぅうううっと締《し》め付けられる胸を再び押さえる。

「何これ、可愛《かわい》い」

普通《ふつう》ならば魔牛を痛めつけて涙を採取しようと考えるだろうにエマの対処法は全部優しさに溢《あふ》れていた。

「え、物語の読み聞かせって……。ああ、思い出すな。三年前に虫の本を二人で読んだこと」

ザックはエマのいない現在を忘れ、過去に思いを馳《は》せている。

「変顔とかギャグって！　魔物を笑わせようなんて発想どこからくるんだ?」

エマの変顔見てみたい。

絶対可愛いに違いないとギレルモは想像して悶《もだ》えている。

「あの……自分さすがに、あの、魔物が王国語を理解するとは聞いたことがないんですけど……」

アーバンが謎《なぞ》のドニャドニャなる歌（大元を知らないので作詞作曲アーバン）を歌い、ザックが魔物に渾身の悲しい物語（学園に行ったエマが夏季休暇に帰省しなかった件）を抒情《じょじょう》的に語り、ギレルモが渾身の変顔（怖《こわ》い、ただただ、怖い）と一発ギャグ（寒い、ただただ寒い）を披露《ひろう》する中、戸惑《とまど》いを隠《かく》せない新人の狩人が先輩《せんぱい》の狩人に尋《たず》ねる。

「口を慎《つつし》め、あの方達は本気だ。本気でエマ様の対処法で涙の採取ができると信じておられるのだ」

しかし、アーバン様の歌ヤバいな……と先輩狩人も内心思いながら新人を諭《さと》す。

スチュワート家に音楽的才能は皆無なのである。

「え？　本気で？　アレ、本気でやっているんですか？」

新人狩人は目の前のシュールな光景に必死に笑いを堪《こら》えている。

領主代行の歌は本当に酷《ひど》いし、ザックは泣きながら語り、ギレルモは怖い顔で寒いギャグを連発している。

「それが、スチュワート家の男に生まれた者の運命《さだめ》。逃《のが》れることはできないのだ」

「っ！　そんな⁉　それって、むしろ呪《のろ》いなんじゃ……」

あんなにクールビューティーなアーバン様が音痴《おんち》なんて、こんなことがなければ知ることはなかっただろうに。

あんなに効率を重視し魔物を駆逐《くちく》する知的なザック様が、泣きながら牛に読み聞かせする姿なんて見ることはなかっただろうに。

あ……ギレルモ様、さっきから一発ギャグが同じやつになってる。

ネタ切れか？　いや、気に入ったのか？　気に入っちゃったのかソレ？　ギレルモのココ空いてます、がそんなに気に入っちゃったのか？　面白《おもしろ》くないっスよ？　全然面白くないっスよ？

「そ、そういえば……ゲイン様は……？」

いつも一番うるさいのに、やけに静かだと新人狩人が辺りを見渡すと何やらゴソゴソとポケットを確認《かくにん》するゲインの姿があった。

「こっちのポケットだったか？　いや？　内ポケットか？　あ、あった！」

ゲインが胸のポケットから取り出したのは小さな瓶《びん》。

「あ、あれは!?」

新人狩人はその瓶に見覚えがあった。

ゲインの武骨な手に握られたソレは、昨年ロートシルト商会から発売されたお口ケア商品、【ミンスク】だ。

ミントのオイルをお口にシュッとすることで気になる口臭《こうしゅう》がさわやかに！　な商品である。

局地的結界ハザードで怪我《けが》をしたエマ様は、安静に（しばらく大人しくしなさい。頼《たの》むから！）という家族の言いつけもあり、長く療養《りょうよう》生活を強《し》いられた。

その間に暇《ひま》だからと大量の新商品のアイデアを出しており、三日にあげず見舞《みま》いに訪《おとず》れるロートシルト商会のヨシュアに提供していたらしい。

エマ様のアイデアは全《すべ》て採用するのがヨシュアという変態である。

昨年のロートシルト商会は新商品ラッシュに沸《わ》いたのだが、そもそも療養って何だっけ？　とスチュワート家に関して素人《しろうと》である新人の狩人は思ったものだった。

先輩狩人なんかは、エマ様が屋敷《やしき》から出ないと平和だな……とかなんとか言っていたので多分これがスチュワート家には療養に当たるのだと無理に納得《なっとく》したことも重ねて思い出す。

「てか、ゲイン様……お口の臭《にお》い、気にされてたんだ……」

スチュワート一族の中でも、ダントツでワイルドなゲインが【ミンスク】を携帯《けいたい》している事実に、新人狩人はなんだか微笑《ほほえ》ましい気持ちになる。

ゲインもまた、当たり前のようにエマのアイデアを信じて実践《じっせん》しようとしていた。

「モオォォォォォ！」

赤色の魔牛の巨体から繰り出される地響《じひび》きのような鳴き声の中、エマの考えた対処法を試すおじさん達の目は真剣《しんけん》そのものである。

それ故《ゆえ》に、もう、ずっと……面白い。

「ひっひひ……。先輩、俺《おれ》もう笑いを堪えるの、限界なんスけど」

「お前、修行《しゅぎょう》が足りないな。ふざけているように見えるかもしれないが、今すごく大事なことをしているんだぞ？」

「え？」

「出現頻度がただでさえ希少な赤い魔牛の涙を確実に採取できる方法が確立されてみろ、どれだけの富がパレスに舞い込むことになるのか。アレの市場は王国だけにとどまらない。帝国《ていこく》にも高値で売れる。絹以外で帝国が言い値で買ってくれる商品ができれば王国はもっと景気が良くなる筈だ」

パレスだけではなく、王国中に飢《う》える者がいなくなるような、そんな豊かな国になるかもしれない。

それは、もう、ただの民《たみ》からすれば理想郷ではないか。

「そんな、重大なことだったなんて……」

新人の狩人は己《おのれ》の浅はかさに反省する。

たとえアーバン様が一生懸命に下手な歌を歌っていようと、ザック様が泣きながら（もはや号泣《ごうきゅう》）物語を語っていようと、ギレルモ様が変顔（怖い）で色々やった一発ギャグの中で一番面白くないやつが気に入っちゃっていようとも、ゲイン様が口臭を気にしていたとしても、このとてつもなくシュールな光景は飢えに苦しむ人々を……救うこと……に……？

「ブフッ」

なるのは分かったけれども、面白いのには変わりなかった。

「！　お、おい！　目が潤《うる》んできたぞ⁉」

赤色の魔牛の目の周りにお口ケア用ミントオイル【ミンスク】を塗っていたゲインが叫ぶ。

「俺達も行くぞ！」

先輩狩人はそう言って新人を連れ、ゲインのもとへ走る。

「お前は、赤色の魔牛の目を手で開くように固定しろ！」

「は、はい！　せ、先輩は？」

たしか最後のエマ様の対処法の項目《こうもく》は、まばたきできないように手で押さえて目を乾燥させるだったっけ？　と新人の狩人は魔物かるたに貼られた付箋の内容を思い出す。

乾燥させるってどうするんだろう？　と新人の狩人は首をひねる。

「俺はお前が目を開いているところに向かって、フーフーする！」

「ブフォ！」

「バカ、何やってんだ⁉　真面目《まじめ》にやれ！　行くぞ？　フーフー……」

「ブフォ！」

「フーフー……」

「ブフォ！」

ベテランの先輩狩人は長い狩人生活の中で、片目を失い眼帯を着けている。

それでも生き残って危険な狩人を続けてこれた程の筋骨隆々《りゅうりゅう》な恵《めぐ》まれた肉体を持っている。

眼帯マッチョがフーフーする姿は、かろうじて我慢《がまん》できていた新人狩人の腹筋を崩壊《ほうかい》させた。

「こら、真面目にするんだ！　フーフー……」

「ブフォ！」

「ミント塗り塗り……」

「ブフォ！」

「ひっく……ついに、っく、エマが帰省しないことが、おおおおおーん……確定した。うう……」

「ブフォ！」

「ドニャ～♪　ドニャ～♪　にゃ～♪」

「ブフォ！」

「おおお！　おい新人!?　ブフォブフォ言ってないで容器出せ！　出るぞ！　涙が出るぞぉ！」

こうして一行は無事に赤色の魔牛の涙の採取に成功した。

新人の狩人は後に先輩になって、ベテランになって、更には引退する時までもずっと、この日のことを忘れることはなかった。

そして彼《かれ》が育てることになる沢山の後輩《こうはい》達に向けて酒に酔《よ》うたびに語るのであった。

あれほど我慢を強いられた狩りはなかった……と。

◆　◆　◆

「は？　馬に、【魔力を授けるエナジードリンク　赤い魔牛】を与《あた》える……？」

ロートシルト商会会長、ダニエル・ロートシルトは驚愕《きょうがく》の表情を浮かべていた。

赤色の魔牛の涙はさっそくロートシルト商会へと渡り、商品へと加工された。

領主代行の元へ商品の確認に来たダニエルは、そこでありえない提案を聞くことになる。

「気付いたのです。この【魔力を授けるエナジードリンク　赤い魔牛】の効果があれば、馬は昼夜休まずに走り続けることができると」

パレスのスチュワート家邸宅《ていたく》の応接室で、アーバンは静かに語る。

「……いや、まあ……人間が眠ることなく働き続けるくらいですから、馬もそうなるとは思いますが……」

ダニエルは嫌な予感がした。

赤色の魔牛の涙は原液を摂取《せっしゅ》すると摂取過多で人間はおかしくなってしまう。

商品化の際に最も気を付けたのは希釈率で、千倍で半月間昼夜眠らず働き続ける効果が出る。

貴族の求める子孫を残すために使うならば、今作ったものを更に薄《うす》めて使っても問題はない。

というか、全部貴族用として一晩だけ効果がでる薄さにすれば商品はより大量に作れ、大量に売ることができる。

今日はその許可をもらいに来たというのに、なんだか雲行きが怪《あや》しい方へ進んでいた。

「つまり、パレスから王都まで馬は昼夜問わず走り続けることができるということです」

アーバンは気付いてしまった。

エマに会えないのは王都が遠いことにある。

行き帰りだけで一か月もかかってはそうそう行ける距離ではない。

魔物狩《が》りという国防を担《にな》う領地を任された者として、一族が領地を空けられるのはせいぜい十日が限界だろう。

「えーと？　アーバン様？」

ダニエルは、商会始まって以来の儲けの大半が消えそうな予感がした。

「馬を途中《とちゅう》で替《か》えることなく、朝も昼も夜も走らせれば単純にかかる日数が半分になる。いや、半分どころか、【魔力を授けるエナジードリンク　赤い魔牛】の効果で馬の脚は強く速くなる上に、野宿や宿の手配といった些末《さまつ》なことに時間を取られずに済むから、もっと早く着けるかもしれない」

頑張《がんば》れば十日以内でパレスから王都まで行って帰れる。

アーバンの目は血走っていた。

昨夜、この事実を思いついてから寝《ね》ずに考えていたのである。

「……そ、それはどうかと……。夜は暗くて辺りが見えないですから馬を走らせるのは危険です」

なんて無茶なことを言うんだ、この領主代行は……とダニエルは無駄《むだ》と分かっていながら難色を示す。

そんなことに【魔力を授けるエナジードリンク　赤い魔牛】を使われるのは商人として許可できない。

しかし、長年スチュワート家と共に過ごしたダニエルは知っていた。

もう、ほとほと知り尽《つ》くしていた。

彼らにとって、エマに会いに行くことは【そんなこと】ではなく、最優先事項《じこう》であることを。

「大丈夫だ、問題ない。これを見てくれ」

バサッとアーバンは王国の地図を広げる。

「ここが王都、そしてここがパレス。ずっと真《ま》っ直《す》ぐな一本道でつながっているだろう？　見えなくても真っ直ぐ進めばいいのだ」

うん、問題なくはないな、とダニエルは思ったが口には出さないでおく。

「道中に宿を取ったり、馬の交換《こうかん》をしなければこの道を曲がる必要が全くないのだ。しかも【魔力を授けるエナジードリンク　赤い魔牛】を摂取した馬は暗闇《くらやみ》を怖がることはない」

アーバンはどや顔をキメてダニエルを説得する。

パレスに舞い込む富を思えば、絶対にしてはいけない愚策《ぐさく》だが関係ない。

エマに会うためなら幾《いく》ら使っても、幾ら損をしてもかまわなかった。

「……くっ」

ダニエルは頭の中で想定される数々の問題が、スチュワート一族が行くのならば打ち消されていくことに苦々しい気持ちになる。

彼らなら大抵《たいてい》のことは筋肉で解決するだろう。

「よし。さっそく旅の支度《したく》を……」

そう言ってアーバンが立ち上がろうとした瞬間《しゅんかん》、応接室の扉《とびら》が勢いよく開く。

「話は聞いたぜ☆　アーバン！」

「エマに会えるなんて最高だ……」

「わしもさっそく準備を……」

そこには叔父のゲインとザック、従弟のギレルモが立っていた。

「なっ！　どこから情報が!?」

バッとアーバンがダニエルを見ると、ダニエルはサッと視線を逸《そ》らす。

採取に携《たずさ》わったゲインたちにも貴族専用の商品化を許可してもらおうと呼んでいたのだ。

「ちょっ、さすがに全員でパレスを空ける訳にはいかないですって!?　せめて誰か残りましょうよ！」

旅支度をしようと踵《きびす》を返す叔父たちの背中にアーバンが急いで声をかける。

「んん？　もしやアーバンお前、一人だけ抜け駆《が》けするつもりだったのか？」

勘《かん》のいいザックがゆっくりと振り返る。

「は？　アーバン？　マジか？」

ザックの声にギレルモも振り返る。

「おい、おい。まさか一族から裏切り者が出るとは思わなかったぞ？」

ゲインがアーバンをまるで大罪人を見るような目で睨《にら》み、怒《いか》りを顕《あらわ》にする。

「はっ、裏切り者とは大げさな。私が思いついたのですから私が行って何が悪いのですか？」

姪狂いアーバンはエマに関することなら、三人の筋肉ゴリラを敵に回すことも厭《いと》わない。

「っだと！　アーバン表出ろやコラァ！」

「ふっざけんな、アーバン！　面《つら》かせやオラァ！」

「悪いに決まってるだろ、アーバン！　一族の決め事は拳《こぶし》で決めるのが習わしだ！」

アーバンの言葉に筋肉ゴリラ達は激昂《げっこう》する。

「ふん。何を言おうと譲《ゆず》る気はありません。三人まとめて相手してやりますよ」

プチプチとアーバンは袖《そで》のボタンを外して腕まくりする。

「…………」

ダニエルは無言でそっと応接室を後にした。

ここに一般人《いっぱんじん》がいたら危険だ。

もう、ここはスチュワート邸《てい》の応接室ではない。

戦場だ。

こうなってしまっては、ダニエルができることは一つだった。

「よし……スチュワート家の御《ご》婦人方、呼びにいこう」

因みに一人抜け駆けしようとしたアーバンだったが、結託《けったく》した三頭の筋肉ゴリラ達には勝てず一人パレスに残されることになるのだった。

書き下ろし特別編3　兄の道づれで没落した悪役令嬢は辺境の紳士に絆される。

「お嬢様《じょうさま》はまだお部屋にこもっているの？」

公爵家《こうしゃくけ》の洗濯室《せんたく》、メイド達《たち》は手を動かしながらもひそひそと声を潜《ひそ》めて情報交換《こうかん》をしていた。

もう数か月も、この家の令嬢は引き籠《こも》っている。

学園もずっと休んでおり、大事な社交シーズンに入ったというのに部屋から出る気配がない。

「奥様《おくさま》もつきっきりという訳にもいかないし、旦那様《だんなさま》と坊《ぼっ》ちゃまは……ねぇ？　これからどうなるのかしら？」

心配すべきはお嬢様だけではない。

王国四大公爵家であるランス家は嗣子《しし》であるロバート・ランスが起こした騒動《そうどう》をきっかけに没落《ぼつらく》の危機にさらされていた。

その騒動は使用人にしてみれば詳細《しょうさい》を聞けば聞く程《ほど》、他愛《たわい》もない悪戯《いたずら》であった。

だが、騒動はどんどん大きな問題へと発展していき、ランス家の邸宅《ていたく》は騎士《きし》によって家宅捜索《そうさく》されることとなった。

隅々《すみずみ》まで調べられた結果、旦那様が行ってきた数々の不正が何もかも暴《あば》かれてしまい、旦那様まで王城の地下牢《ちかろう》へと連行されてしまったのだ。

数か月経《た》った今も帰って来ていない。

その間、ランス家の当主は旦那様の弟へと変わり、嗣子もその弟君の子へと引き継《つ》がれることが決まった。

「お嬢様もとんだとばっちりよね？」

「第一王子様の婚約者候補《こんやくしゃこうほ》だったのに、辞退するしかなかったみたいだし……」

「奥様のご実家はあまり家格が高くはないそうだから、今後ご実家を頼《たよ》るにしてもこれまでのようなお相手は望めないでしょうね？」

うんと年の離《はな》れた貴族の後妻か、見た目の良くない令息か、碌《ろく》に財産のない名前だけ貴族の家か……少なくてもこれまでのように、王族や高位貴族からの求婚は手紙一つ、話一つですら来ないだろう。

現に、ここ最近のライラお嬢様宛《あて》の手紙は以前婚約を申し込《こ》んできた家からの求婚取消に関する内容ばかりであった。

貴族社会は一度没落した者にはとにかく厳しい。

情なんてかけて巻き込まれてはいけないと、知らんぷりを決め込むのだ。

「私達も身の振《ふ》り方を考えないとね？」

「あら？　このままここで働いてもいいって新しい旦那様は仰《おつしや》ってくれたじゃない」

「でも、何人かは向こうの屋敷《やしき》で雇《やと》っていた使用人を連れて来てるでしょ？　大体の仕事を把握《はあく》したら私達のうちの何人かは首切られるって噂《うわさ》よ？」

起こした騒動や不正の損害賠償請求《ばいしょうせいきゅう》の額も相当あるようだし……と内部事情に異様に詳《くわ》しいメイドが更《さら》に声のボリュームを下げ、とっておきの情報を出す。

「ここだけの話、スチュワート伯爵家《はくしやくけ》凄《すご》いらしいわよ？」

「え？　お給料？　待遇《たいぐう》？　それともご飯が美味《おい》しいとか？」

思わず聞き捨てならんと、ここだけの話にメイドが腰《こし》を浮《う》かせる。

「しー！　静かに！　全部よ。お給料は今の二倍以上で能力によって更に上も夢じゃないらしいわ。しかも、従業員組合なんてものがあって私達の要望もちゃんと通るし、お休みも週に二日もらえて、産休育休もあるし……。あ、ご飯めちゃくちゃ美味しいらしいわよ？　ロートシルト商会が優先的に質のいい食材を持ってきてくれるし、毎日当主の家族と同じメニューを食べさせてくれるとか」

「嘘《うそ》でしょう⁉　そんな天国みたいな職場あるの？」

興味津々《しんしん》で聞いていたメイドの目が光る。

既《すで》に公爵家の心配は忘れている。

「しかも、結婚する時はパレス産の絹でウエディングドレスを作ってもらったっていうメイドもいるらしいの」

「何それ最高じゃない！　でも、良いことばかりじゃないわよね？」

うまい話には裏があるのが世の常なのだ。

これだけの待遇に見合う何かしらの苦労がある筈《はず》。

「それがね？」

更にメイドは声のボリュームを落とす。

もうお互《たが》いくっつかないと聞こえないくらいの小さい小さい声になり、自《おの》ずと身を寄せ合う。

「絶対に守らなくてはならない秘密があるらしいの」

「ひ、秘密？　え、どんな？」

ゴクリ、とメイドは唾《つば》を飲み込む。

もう明日にでも履歴書《りれきしょ》を持ってスチュワート伯爵家へと面接に行きたい気持ちになっている。

「それが、どんなにしつこく聞いても教えてくれないのよ。あの口の堅《かた》さは異常だわ」

思いつく限りの手を使って調べたが分からなかった。

「でも、それだけスチュワート伯爵家での仕事を辞《や》めたくないってことよね？」

「それだけじゃないわ。だって皆《みんな》、秘密の話を聞いたら凄い不快そうな顔になるの。特に最近は」

「何それ？　幽霊《ゆうれい》でも出るのかしら？」

「私も訊《き》いたのよ？　もしかして幽霊？　って。でも幽霊ならどんなに良かったか……ってため息吐《つ》かれたわ」

面接に行くならそれなりの覚悟《かくご》は必要よ、とメイドは話を締《し》めくくる。

因《ちな》みにスチュワート家に就職する際の面接で一番初めに訊かれる質問は【虫は好きですか？】である。

◆　◆　◆

「ライラ、私達もうここには住めないらしいわ」

ライラの母、レイラはベッドで涙《なみだ》する娘《むすめ》に追い打ちのような言葉を告げる。

ランス公爵位は夫からその弟へと変わり、お情けで二人は屋敷に置いてもらっていた。

だが、それも許されなくなったと。

「な、何故《なぜ》ですか？　お母さま。ここは私の家ですわ」

騒動を起こしたロバートの腹違《はらちが》いの妹、ライラは毎日泣いて過ごしている。

ほとんど決まっていた第一王子との婚約も、社交界での立場も失い、さらには住む家までもなくなるというのか。

「ここは、もう、現ランス公爵様の屋敷になったの。あなたのお父様もお兄様も、もうここには住めないわ」

貴族が没落すること自体はよくあることだ。

特に王国では毎年のように辺境貴族が没落していた時期もあった。

だが、ランス家は王国でたった四つしかない公爵家だ。

その中でも王家の血を色濃《いろこ》く持つ兄がこんなに簡単に罰《ばっ》せられて良いものだろうか？

そして、父まで。

厳密にはランス家は、父の弟が引き継いだので没落した訳ではない。

だが、ライラにしてみれば没落したのと変わらない。

「ごめんなさい、ライラ。私の実家では今みたいな暮らしはさせてあげられないわ。ドレスも年に三着も作れないだろうし、食事もかなり粗末《そまつ》になるわ」

高貴な血にこだわる父でも、娶《めと》らずにはいられなかった美貌《びぼう》を誇《ほこ》る母が申し訳なさそうにライラの頭を撫《な》でる。

「お母様は悪くないわ！　でも、私どうすれば……」

約束された将来が突然崩《とつぜんくず》れ去ったというのに、悲しみに暮れる時間はもう残っていない。

「いっその事、あなたはお嫁《よめ》に行った方が幸せかもしれないわ」

ライラは美しい母に似ていた。

ランス家の王家の血を思わせる黒に近い茶髪《ちゃぱつ》ではなく、母の水色の髪《かみ》まで受け継いだことは父を落胆《らくたん》させたようだが、実は自分の容姿の中で一番気に入っているのはこの髪の色だった。

「でも、第一王子様との婚約はもう無理です」

近々、第一王子が留学先の帝国《ていこく》から帰国される予定と聞いて、その時に正式に婚約する筈だった。

それが今では住む家も追い出されようとしている。

「あなたは若いし、可愛《かわい》いわ。今と同じくらいとは言わないまでも良い暮らしをさせてくれる人はいると思うの」

貴族令嬢にとって若さは武器だ。

母レイラは失ったからこそ、誰《だれ》よりもそれを確信していた。

「でも他の求婚者達も皆、お断りの手紙が来たと聞いていますわ」

王家に睨《にら》まれるようなことを仕出かした父と兄を持つ令嬢を誰が嫁に欲《ほ》しいなんて言うか……ライラは自分で言っていて悲しくなる。

「皆、ではないわ。ほら、これを見て。まだ地方貴族達からは断りの手紙が来ていないの」

レイラは求婚者のリストをライラに見せる。

多くの名前が赤いインクで消されている中。ぽつぽつとだが、まだ消されていない名前がある。

王都から離れて暮らせば、華《はな》やかな社交界からは遠のくことになるが、今ならまだ間に合うと母レイラが力説する。

地方はどうしても王都の情報が届くのが遅《おそ》くなる。

その差を今は上手《うま》く使うのだ……と。

「でも、知られてしまえば同じことでは？」

旦那となる人に騙《だま》されたと罵《ののし》られるのは目に見えている。

「だから、知られる前に相手を惚《ほ》れさせればいいの」

もう、これしか望みはないわ、と母は真剣《しんけん》な目で娘を諭《さと》す。

「………………あっ」

まだ今ならこの中から自分で選ぶことができると母に説得され、残り少ない名前のリストをライラが追っていると、微《かす》かに覚えのある名前を見つけた。

「………………テオドール・ウォード……子爵」

「ウォード家？　辺境近くの領地を治める家だったかしら。ああ、でも良いかもしれないわ。最近はパレスの景気が良いおかげで周辺の領も豊かだって聞いたわ。これだけ離れた所なら噂が届くのも遅い筈」

母はライラの気が変わらないようにさっそく手紙を出しましょうと部屋を出て行った。

◆　◆　◆

愛とか恋《こい》とか、どんなに憧《あこが》れても貴族の婚姻《こんいん》にはその要素は含《ふく》まれることは少ない。

公爵令嬢ほど身分が高い時も、没落した今もライラの結婚は家のためか生きるための手段でしかない。

母の言う【選ぶ】と自分の求める【選ぶ】は同じ言葉なのに全く意味が違うのだ。

テオドール・ウォード子爵。

ライラの記憶《きおく》がたしかならば、彼《かれ》の名前を聞いたのは刺繍《ししゅう》の授業の時だった。

授業は手を動かしていればある程度のおしゃべりは認められていたので色々な令嬢が話しているのを聞くことができた。

あの日は、エミリー様が公開プロポーズをされた翌日で、理想のお相手はどんな方なのかといった話題で教室中が盛り上がっていた。

数少ない好き同士が許された二人の結婚話に、令嬢達は興奮していた。

一番人気はマリオン様で、本人を前にしても遠慮《えんりょ》無しにここが素敵《すてき》だと競《きそ》うように令嬢達がお話ししていたっけ。

マリオン・ベル様は、全令嬢の憧れの君だ。

私と同じ四大公爵家の令嬢、女性なので結婚はできないが本当に格好いい。

次いで、マリオン様の兄君であるアーサー様の名前が挙がって、顔だけなら仕立屋のマシューが最高だとか、年上だけどスチュワート家のアーバン様も未婚よ、あれだけ美しい顔なら全然あり、とか、同じ席に座《すわ》る令嬢が気を使って兄のロバートの名前を挙げてくれたりもしていた。

あの頃《ころ》は、楽しかった。

「エマ様は誰が理想か知りたいわ、ケイトリン」

「エマ様は誰が理想か知りたいわね、キャサリン」

そうだ。その流れからエマ・スチュワートが答えたのがあの名前だった。

テオドール・ウォード子爵。

辺境近くの領を治める方らしいのだが誰も知らず、教室が一瞬《いっしゅん》シンとなったのを覚えている。

「テオドール様は父ほどではないのですが、とても背が高くて優《やさ》しい方なのです。馬にまたがる姿は凛々《りり》しく、何よりも凄く優しいのです。あのさり気ない気遣《きづか》いはもう本当にうちの兄弟達にも見習ってほしいといつも思っていますの」

シンとなったことで恥《は》ずかしいのかやや早口で話すエマ様の頬《ほお》はほんのりピンク色で、教室中の令嬢が第二王子エドワード様の気持ちを知っているだけにかなり気まずい空気になっていた。

ああ、ロバート兄様が標的にしたエマ・スチュワートが少なからず想《おも》う相手との婚約なら悪くないかも……とライラは意地悪な笑《え》みを浮かべる。

兄のやったことは幼稚《ようち》で、被害《ひがい》に遭《あ》ったエマ・スチュワートを気の毒に思う気持ちもあるのだが、それとは別に、彼女《かのじょ》がいなければ今こんな目に遭っていないのに、と思う自分もいた。

だから、この婚約が進んで遠く辺境近くまで来てもライラの心は晴れやかだった。

テオドール・ウォード子爵に対面するまでは。

「遠路遥々《はるばる》来て頂いて申し訳ありません。本来は私が出向かないといけないところを……」

エマ様の言う通り、背の高い方だった。

わざわざ取り寄せてくれたであろうライラの好きな紅茶と、令嬢の小さな口に運びやすい小さな菓子《かし》が用意されていた。

さり気ない気遣いだ。

更には半ば強引《ごういん》に訪問した形のライラに優しい言葉をかけてくれる。

だが、そんなことじゃない。

そうじゃない。

目の前にいるテオドール・ウォード子爵はなんというか……どう見ても【おじいちゃん】だった。

そう、ライラは知らなかった。

エマの枯《か》れ専趣味《しゅみ》を。

頬を染めて早口で話すのはオタクが推《お》しの話をする時の特徴《とくちょう》だということを。

「こんな爺《じい》に若い娘さんがお嫁に来てくれるなんて、驚《おど》ろきましたよ。本当に私でいいのですか？」

自分で爺って言っちゃってるやん。

若いけどちょっと老《ふ》けて見えるだけという一瞬思いついた可能性は即座《そくざ》になかったことにされる。

「ほ、ほほほ。そんな……ご謙遜《けんそん》を……」

割と強引に話を進めて来た自覚がある手前、爺は嫌《いや》なんて口が裂《さ》けても言えなかった。

「わ、私こそ、至らぬことが多いのではと不安で……」

もう、いっその事兄がやらかして父まで牢《ろう》に入っているという噂が耳に入っていてくれ、そして破談にしてくれとライラは願った。

「美しい髪をお持ちですね。私が貴女《あなた》を受け入れないなんてこと絶対にありません」

さり気なく、ライラが自慢《じまん》に思っている髪を褒《ほ》める子爵。

絶対にありません、でなくてもいいのに……。

「テオドール様、すみません火急の知らせが……」

そこへ、慌《あわ》てた様子の使用人が部屋に入って来て、子爵に耳打ちする。

「っ！　ライラ様、申し訳ございません。少し席を外します」

そう言い残し、子爵は使用人を連れてどこかへ行ってしまった。

「……ゴクリ」

若い令嬢の間で人気のフルーツの香《かお》りがする紅茶を一口飲んだ後、ライラは決心した。

よし、逃《に》げよう……と。

スクっと立ち上がり、テラスへ続く窓を音が聞こえないようにそっと開ける。

鍵《かぎ》は開いていたようで、そのままテラスから庭へと静かに出る。

そして、一歩、二歩、三歩とゆっくり歩いてから、ダッシュした。

無理、無理無理無理。

無理ぃ～！

背高いけど、優しいけど、おじいちゃんは無理ぃ～！

ライラは生まれて初めてくらいに全力で走った。

走って、走って、走って……。

ぼふんっ！

そして、何かにぶつかった。

「痛いっ！　……ひっ」

ぶつかった衝撃《しょうげき》で尻《しり》もちをついたライラは顔を上げて言葉を失う。

人よりも大きい犬が、立っていた。

「え？」

グルルルル……と犬らしい（？）唸《うな》り声を上げているものの、それは何故か人間のように二本の脚《あし》で立っていた。

「何？　はっ……ま……もの？」

ライラはここが辺境に近い領であることを失念していた。

辺境の領でなくても、その近隣《きんりん》の領であれば時たま魔物《まもの》が出現することがある。

それは辺境の狩人《かりゅうど》が見逃《みのが》したか取り逃したりしたパターンで、近隣の領に現れた魔物は総じて気が立っている場合が多い。

逃げなくては。

だが、腰が抜《ぬ》けて立てない。

魔物は人間を襲《おそ》う。

逃げられないなら、もう、死ぬしかない。

「嫌ぁぁぁぁぁぁ！」

魔物の犬のような口が、グワァと開かれ大きな牙《きば》が見える。

最後は魔物に食われて終わりなんてあんまりだとライラが叫《さけ》んだ瞬間、グイッと後ろから腕《うで》を掴《つか》まれて引き寄せられる。

「大丈夫《だいじょうぶ》ですか⁉　ライラ様」

「あっ、テオドール……様？」

引き寄せたのはテオドール子爵だった。

「すみません。恐《おそ》ろしい思いをさせてしまいました。先程、魔物を一匹《ぴき》逃がしたと辺境の狩人から連絡《れんらく》が入りまして」

グルルルと唸る魔物に警戒《けいかい》しながら子爵がライラを守ろうと、魔物との間に入る。

子爵の腰には剣《けん》があるものの、相手は魔物である。

おじいちゃんが魔物に勝てる筈がない。

「コボルトか……」

テオドールが腰の剣を握《にぎ》る。

「あ、あの、テオドール様。逃げましょう」

ライラは震《ふる》えながらもテオドールの服の裾《すそ》を掴んで訴《うった》える。

「いえ、コボルトは素早《すばや》いので人間が逃げてもすぐに追いつかれてしまいます。少し下がっていて下さい」

テオドールはライラの手を優しく解く。

「あ、危ない！」

テオドール越《こ》しに、魔物の鋭《するど》い爪《つめ》が襲ってくるのが見え、ライラは思わず叫ぶ。

「っと！」

テオドールはライラを守ろうと覆《おお》い被《かぶ》さり、そのすぐ後にビッと彼の服が裂ける音がした。

「て、テオドール様！」

「ふふ、大丈夫。かすっただけだ。このくらいどうってことない」

もはや抑《おさ》えることのできない恐怖《きょうふ》と不安で涙が止まらないライラの頭をポンポンと優しく触《ふ》れてから、テオドールは立ち上がる。

「二人の逢瀬《おうせ》を邪魔《じゃま》するとは、なんて無粋《ぶすい》なコボルトだろうねぇ。残念だが結界を超《こ》えた魔物は殺処分と決まっているんだよっと」

向かってくるコボルトの上に飛び上がり、そのまま馬乗りになる。

グルルルル⁉

「何も魔物狩《が》りができるのは辺境領主の専売ではないのだよ」

そう言うといとも簡単に、テオドールは魔物の首を切り落とした。

魔物の頭がゴロンと転がり、頭を失った首から血が噴《ふ》き出す。

コボルトの倒《たお》し方は、人間と変わらない。

まだ出現した魔物がコボルトで良かった、不幸中の幸いだったとテオドールは安堵《あんど》のため息を吐き、ライラを見る。

「ライラ様？　もう、安心だよ。あれっライラ様⁉」

しかし、辺境ではよくある狩り風景も公爵令嬢として蝶《ちょう》よ花よと育てられたライラには刺激《しげき》が強すぎた。

恐怖の限界を迎《むか》えていたライラが意識の朦朧《もうろう》とする中で、最後に目にしたのは魔物に馬乗りになったテオドールの姿だった。

薄《うす》れゆく意識の中、あの日のエマの声が繰《く》り返し頭の中を巡《めぐ》っていた。

そう、あの時と同じ物凄《ものすご》い早口で。

「テオドール様は父ほどではないのですが、とても背が高くて優しい方なのです。馬にまたがる姿は凛々しく、何よりも凄く優しいのです。あのさり気ない気遣いはもう本当にうちの兄弟達にも見習ってほしいといつも思っていますの」

テオドール様は、背が高くて、優しくて、馬（魔物）にまたがる姿は凛々しくて……何より凄く優しい……あれ？　エマ様ったら何気に優しいを二回も仰っているわ……。

でも、そうね。

あの方は本当に優しい方だわ……。

遠く、テオドールがライラを呼ぶ声を聞きながら、ブツリ……と、かろうじて残っていた意識をライラは手放した。

それは、意図せずしてエマの布教活動が成功した瞬間でもあった。

◆　◆　◆

ライラが目を覚ますと、柔《やわ》らかいベッドの上にいた。

自室のベッドではない寝《ね》覚《ざ》めに戸《と》惑《まど》って周囲を確《かく》認《にん》すると、心配そうに覗《のぞ》き込んでいるテオドールと目が合った。

「ライラ様⁉　気が付きましたか？」

テオドールの声で、現実に引き戻《もど》されたライラは右手に温かな人のぬくもりを感じて、身じろぎする。

「ああ、すみません。うなされていたので、つい手を握ってしまいました」

ふわっと柔らかい声で謝罪はするものの、握られたライラの手を離す気配はない。

手を握ったままにしてくれることに、少しほっとした。

きゅん
「？」

なに？　今の音。

突然、ライラの中から変な音がした。

「安心してください。ここはウォードの屋敷です。魔物はいません」

テオドールには何の反応もなく、さっきの変な音が聞こえなかったようだ。

それどころか、さらっと自然な仕草でライラの顔にかかっていた髪の毛を、邪魔にならないように耳にかけてくれる。

きゅん
「⁉」

まただ。

また変な音がした。

ライラの中から。

「もう、大丈夫ですね？　しかし一応、用心して医者に診《み》てもらいましょう」

「あ！」

「ん？」

握っていた手を解こうとする気配に、何故か離れがたくてライラは思わず小さく声が漏《も》れる。

テオドールは握っていた彼女の手の方からギュッと力が加えられたのに気付き、立ち上がろうと腰を浮かせていたのを止め、また椅子《いす》に座る。

「でも、もう少しだけ、手を握っていても良いですか？」

ライラの気持ちを察して、テオドールは自分が握りたいからなんて言い訳を繕《つくろ》ってくれる。

なんてさり気ない気遣い。

きゅん、きゅん、きゅん
もう、ライラの中からは変な音が出続けている。

きゅん、が止まらないのである。

だって、魔物に破られた服の間から見えた体は、おじいちゃんなんかではなかった。

剣を握る腕も、華麗《かれい》に魔物の攻撃《こうげき》をかわし飛び乗ったあの身のこなしも、おじいちゃんじゃなかった。

ただただずっと優しい言葉をくれる、横柄《おうへい》な態度が全くない感じもライラの知っているおじいちゃんと違っていた。

つまり、彼はおじいちゃんではないのでは？

ライラの中で、よく分からない理論が浮かび上がる。

彼は、私の婚約者なのだ。

ライラは知らぬ間に恋に落ちていた。

自分はすることがないだろうと思っていた恋が、始まった。

あとがき

皆様《みなさま》、いかがお過ごしでしょうか。猪口《ちよこ》でございます。

この度《たび》は、偽物《にせもの》好きの偽物好きによる偽物好きのための転生小説「田中家、転生する。5」を手に取って頂き、誠《まこと》にありがとうございます。

まさか出せるとは思ってもみなかった第五巻！　ありがたいやら畏《おそ》れ多いやらでびくびくしながら狂喜乱舞《きようきらんぶ》しております！

ちょっと分厚い？　かもしれません。

こんなに書く予定ではなかった気がするのですが、性懲《しようこ》りもなく四巻に引き続き書き下ろし&加筆をまたまたいっぱいしてしまいました。

キャラ的にロバートと爺《じい》&婆《ばあ》がすごく書きやすくてちょっと困りました。

本編潰《つぶ》す勢いでページ数を使ってしまった……。

そのせいで最後のライラの書き下ろしをギリギリまで入れるか悩《なや》むことになるのですが、せっかく書いたのでねじ込《こ》みました。

更《さら》には少しだけシリアスさんが頑張《がんば》った五巻の貴重なコメディ枠《わく》として、小説家になろうの作中では出てきてないキャラクターの親戚《しんせき》のおじさま三人組が再びしゃしゃり出ております。

このおじさま達《たち》もとても書きやすいので困ります。

おっと、忘れてはならない大事なことを書かねばなりませんね。

今回は虫の出番が比較的《ひかくてき》少なめとなっておりますが、（全く出ないとは言っていない）やはりここは作者保身のため、読者様の心の安寧《あんねい》のために注意喚起《かんき》だけはさせて頂きます。

皆様、「絶対に検索《けんさく》してはいけない某虫《ぼう》」の画像検索は自己責任のもと行ってください。

当社（?）は一切《いっさい》の責任を負いかねますので何卒《なにとぞ》ご了承《りょうしょう》頂きますようよろしくお願いいたします。

捕食《ほしょく》シーンとか最高に可愛《かわい》いくて、おすすめなんですけどね（ボソッ）。


表紙のカバーにゃんこは二周目に入りまして、再びコーメイさん。

可愛いです。

五巻も⁉　またおじさんばっかりかよ！　とツッコミの声が聞こえてきそうで大変申し訳なく思いつつも……想像を超《こ》えて素敵《すてき》なキャラクターデザイン&イラスト描《か》いて下さったｋａｗｏｒｕ様に、この場をお借りしてお礼申し上げます。

いつも本が出る度にご褒美《ほうび》をいただいている気持ちでいっぱいです。

いつまでたっても原稿《げんこう》を送ってこないポンコツを気長に待っていて下さる担当様にもお礼申し上げます。

いつか怒《おこ》られると内心ヒヤヒヤしながらも、あれもこれも加筆修正し始める作者を担当様もまだかまだかとやきもきしていたことと思います。

これからも大目に見て頂けると大変助かります。

そして、何より五巻まで続いても変わらずこの『田中家、転生する。』を、虫にも負けず、爺にも負けず、主人公のおかしな言動にも負けぬ広い心を持って応援《おうえん》して下さる読者様に心より感謝申し上げます。

田中家のどさくさが皆様の気持ちを少しでも明るくできておりましたら幸いです。

これからも続けて読んで下さると嬉《うれ》しいです‼　よろしくお願い致《いた》します‼

猪口

DRAGON NOVELS
ドラゴンノベルス

田中家、転生する。5

2023年3月5日　初版発行

著　　者　猪口《ちよこ》

発 行 者　山下直久

発　　行　株式会社 KADOKAWA
〒102-8177　東京都千代田区富士見 2-13-3
電話 0570-002-301（ナビダイヤル）

編　　集　ゲーム・企画書籍編集部

装　　丁　杉本臣希

D　T　P　株式会社スタジオ２０５ プラス

印 刷 所　大日本印刷株式会社

製 本 所　大日本印刷株式会社

DRAGON NOVELS ロゴデザイン　久留一郎デザイン室+YAZIRI

ISBN978-4-04-074897-9　C0093